ro
ro
ro

Lone Theils war jahrelang London-Korrespondentin für die angesehene dänische Tageszeitung *Politiken* sowie fürs Fernsehen. Die Reihe um Nora Sand erscheint in 16 Ländern und wird für das Fernsehen verfilmt. Neben ihrer journalistischen Tätigkeit zwischen Dänemark und England teilt die Autorin mit ihrer Protagonistin auch die Leidenschaft fürs Kickboxen.

Lone Theils

Hexenjunge

Kriminalroman

Aus dem Dänischen von Karoline Hippe

ROWOHLT TASCHENBUCH VERLAG

Die Originalausgabe erschien 2018 unter dem Titel
«Heksedrengen» im Verlag Lindhardt og Ringhof, Kopenhagen.

Deutsche Erstausgabe
Veröffentlicht im Rowohlt Taschenbuch Verlag,
Hamburg, November 2019

Redaktion Annika Ernst und Stefan Pluschkat
Covergestaltung HAUPTMANN & KOMPANIE Werbeagentur, Zürich
Coverabbildung Ida Mrtensson / EyeEm / Getty Images;
HAUPTMANN & KOMPANIE Werbeagentur, Zürich
Satz aus der Sirba bei Farnschläder & Mahlstedt, Hamburg
Druck und Bindung CPI books GmbH, Leck, Germany
ISBN 978-3-499-00002-7

Kapitel 1

Schnee fällt in London eher selten. Wenn die Flocken dann doch über der Stadt schweben, passiert Folgendes: Die eher Verspielten unter den Londonern verlangsamen für einen Augenblick ihr Tempo, starren beseelt in den Himmel hinauf und träumen von mehr. In den Herzen Tausender Kinder erwacht die Hoffnung auf schulfrei. Und der Verkehr kommt zum Erliegen.

Nur die wenigsten britischen Autos sind mit Winterreifen ausgestattet, und kaum ein Autofahrer lernt, sich durch den Schnee zu manövrieren, bevor der Zauber auch schon wieder vorbei ist. Die Landebahnen der Flughäfen Heathrow und Gatwick sind verwaist, während das Personal verzweifelt versucht, die nicht gerade zahlreich vorhandenen Schneepflüge zu bemannen, die irgendwo in einem der hintersten Hangars abgestellt worden waren.

Das Nachmittagslicht tauchte den Stadtteil Highgate in viktorianische Weihnachtskartenstimmung, wie Nora fand, als sie an der alten Schlachterei neben dem Buchantiquariat aus dem Doppeldecker Nummer 210 stieg. Im milchweißen Schneetreiben und dem gelben Licht, das durch die Fenster der Häuser auf die Straße fiel, fühlte sie sich für einen Augenblick wie das Mädchen mit den Schwefelhölzern, das davon träumte, ins Warme zu kommen.

Sie schritt über den Platz, am Deli vorbei, und las noch einmal die SMS: *Highgate Cemetery in einer Stunde. Abioni.*

Der Bus war natürlich im Winterchaos steckengeblieben, nun hatte sie nur noch fünf Minuten bis zu ihrer Verabredung auf dem Friedhof. Mit raschen Schritten ging sie die leicht abfallende Swain's Lane hinunter. Der schmale Bürgersteig war glatt, weshalb sie die Hacken ihrer Stiefel einsetzen musste, um nicht auszurutschen.

Was tat man nicht alles für eine gute Story? Nora versuchte schon seit langem, Kweko Abioni von der Universität in Abuja zu fassen zu kriegen. Der nigerianische Professor forschte über Terrororganisationen und war Boko-Haram-Experte. Er hatte Nora ein Interview zu dem Thema für *Globalt* versprochen, sobald er das nächste Mal im Rahmen einer Konferenz nach London käme.

Ihr Chef Oscar Krebs, der nicht gerade für seine Gelassenheit im Redaktionsalltag bekannt war, bezweifelte stark, dass sie die Story wirklich bekommen würde. Doch Nora hatte es garantiert. Mit ein wenig Geduld würde sie diesen Mann schon zu einem Gespräch überreden. Schließlich wusste er mehr als alle anderen über jene Organisation, die in der ganzen Welt dafür bekannt war, unschuldige Opfer anzugreifen und junge Schulmädchen zu kidnappen.

Je näher die Konferenz gerückt war, desto schwerer war es allerdings gewesen, den Professor zu erreichen und einen Termin mit ihm zu vereinbaren. Er hatte weder auf E-Mails noch auf Anrufe reagiert, und Nora hatte selbst zu zweifeln begonnen, ob aus dem Interview noch etwas werden würde. Gestern jedoch hatte

Kweko Abioni nach zwei Wochen Funkstille angerufen, während Nora gerade an einem Artikel über die internen Zwiste in den Reihen der Labour Party saß. Sie hatte schon einige Male zuvor mit dem Professor telefoniert und erinnerte sich an eine Bassstimme, so tief, dass die Erde jedes Mal ein wenig zu beben schien, wenn er lachte. Dieses Mal hatte er hingegen gestresst geklungen, als er Nora erklärte, dass er bereits in London sei, und versprach, sich am nächsten Tag mit ihr zum Interview zu treffen.

«Zeit und Ort teile ich Ihnen morgen mit. Ich muss vorsichtig sein», hatte er gesagt.

Nora kannte die Methoden des Boko Haram, deswegen hatte sie die Diskretion des Professors nicht verwundert. Noch bevor sie etwas erwidern konnte, hatte er schon aufgelegt.

In der Tat hatte Abioni so verhalten geklungen, dass Nora nicht einmal Krebs von der Verabredung erzählt hatte. Sie hatte erst sichergehen wollen, dass sie etwas an Land ziehen konnte. Der Vormittag war dann ohne ein Lebenszeichen des Professors verstrichen, bis Nora schließlich vor einer Stunde die SMS erhielt.

Nun stand sie am Eingang zum Highgate Cemetery. Der viktorianische Friedhof war im Jahre 1839 ursprünglich für das gehobene Bürgertum im nördlichen London angelegt worden. Doch schließlich fand eine ganze Reihe von Persönlichkeiten wie Karl Marx, George Michael und der ehemalige russische Spion Alexander Litwinenko hier ihre letzte Ruhestätte.

Nora ging durch das schmiedeeiserne Tor auf eine kleine Gruppe von Menschen zu, die bibbernd in der Kälte vor der Kapelle am Eingang zum westlichen Teil des Friedhofs stand und auf ihre Führung wartete. Ohne Tourleitung durfte dieser Teil des Friedhofs wegen seiner Baufälligkeit nicht betreten werden.

Sollte es Kweko Abionis Plan gewesen sein, sich in der Menge zu verbergen, so war ihm das nicht gelungen. Die kräftige Gestalt, die eher an einen Schwergewichtsboxer als an einen Akademiker denken ließ, ragte zwischen den Touristen wie ein dunkles Ausrufezeichen hervor.

Nora ging auf den Mann zu.

«Professor Abioni? Ich bin Nora Sand.»

Er musterte sie für einen Augenblick, lächelte kurz und reichte ihr ein Ticket.

«Guten Tag», sagte er.

«Wir nehmen an der Führung teil?»

Er nickte und sah sich nervös um.

«Mir ist bewusst, dass dies vielleicht nicht der charmanteste Treffpunkt ist, doch wenn ich Ihnen erzähle, worum es geht, werden Sie es schon verstehen.»

Nora ließ die Hände in die Taschen ihres Mantels gleiten, während ihr Blick auf Abioni ruhte. Es fiel ihr schwer, Ähnlichkeiten zwischen dem Mann neben ihr und dem Foto auf der Homepage der Universität auszumachen. Er hatte stark abgenommen, und die Tränensäcke unter seinen Augen ließen ihn zehn Jahre älter wirken.

Der Tourleiter sah aus wie ein pensionierter Feldwebel, er trug eine Schiebermütze auf dem Scheitel, hatte einen Oberlippenbart und ging mit gestrecktem Rücken. Mit einem kleinen Stock hielt er die Besucher wie eine Herde Tiere zusammen. Als alle Teilnehmer an der Führung sich im inneren Bereich des Friedhofs versammelt hatten, hieß er sie willkommen und ermahnte sie, stets in der Gruppe zu bleiben.

«Es ist untersagt, diesen Teil des Friedhofs auf eigene Faust zu erkunden. Er ist teils sehr baufällig, und wenn Sie sich von der

Gruppe entfernen, halten Sie uns alle nur auf», erklärte er und sah die Anwesenden mit festem Blick an. Nora nahm an, dass dieser Blick über mehrere Jahrzehnte hinweg ungehorsame Rekruten zur Ordnung gerufen hatte.

Nora und Abioni hielten sich hinter einem brasilianischen Paar, das damit beschäftigt war, das passende Kameraobjektiv für das heutige Wetter zu ermitteln.

Kurz darauf blieb der Tourleiter an Alexander Litwinenkos Grabstätte stehen und begann seinen Vortrag damit, dass der ehemalige FSB-Agent in einer dicken Schicht Blei begraben wurde, nachdem er mit dem radioaktiven Stoff Polonium 210 vergiftet worden war. Der Mord konnte bisher nicht aufgeklärt werden.

Einige aus der Gruppe traten ein paar Schritte näher an das Grab, machten Fotos und schauten sich das Porträt des Mannes an, der den mächtigen russischen Kräften getrotzt hatte. Abioni nahm Nora zur Seite.

«Hören Sie, ich befinde mich in einer misslichen Lage, die sowohl mich als auch vielen anderen das Leben kosten kann.»

Nora sah ihn besorgt an.

«Boko Haram?»

Abioni schüttelte den Kopf.

«Die Spuren führen in ganz andere Kreise. Mir blieb nichts anderes übrig, als zu fliehen und hier in London unterzutauchen, aber es kann sein, dass sie mich gefunden haben», flüsterte er.

«Wer?»

Abioni schnitt eine Grimasse.

«Ich bin mir nicht sicher.»

Sie liefen unter einigen dunklen Zweigen hindurch, die sich filigran gegen den silbergrauen Himmel abzeichneten, passierten Engelsfiguren mit schneegepuderten Schultern und Grabsteine, die wie faulige Zähne aus dem Waldboden ragten. Nora leuchtete nun ein, warum Filmproduktionen immer wieder mit Nachdruck um Drehgenehmigungen für ihre Vampir- und Gruselerzeugnisse auf diesem Friedhof baten. Doch ihr leuchtete ebenso ein, warum alle diese Anfragen negativ beschieden wurden. Der Ort sah aus, als würde er in sich zusammenfallen, sobald ein Kamerateam mit voller Ausstattung auch nur einen Fuß auf ihn setzte.

«Erklären Sie mir bitte: Warum müssen Sie untertauchen?», fragte Nora.

«Ein Teil meiner Forschungsarbeit widmete sich unter anderem den Methoden, mit denen Boko Haram beim Kidnappen von Kindern in Nigeria vorgeht», erklärte Abioni beinahe im Flüsterton.

Nora nickte.

Sie hatte den Professor schon einmal am Telefon interviewt, zu der erschütternden Geschichte von über zweihundert Mädchen, die aus einer Schule in dem nigerianischen Bundesstaat Borno entführt worden waren. Die Terrorgruppe war in der Nacht gekommen und hatte die Mädchen mit Lastwagen abtransportiert. Sie erwartete ein Leben als Sklavinnen. Minderjährige Frauen von Soldaten, die jede Nacht nach Mutter und Vater weinten. Abioni war einer derjenigen, die versucht hatten, im Namen der verzweifelten Eltern mit der Gruppe zu verhandeln. Leider ohne große Erfolge.

«Boko Haram ist nicht die einzige Gruppe, die in Nigeria Kinder entführt», fuhr er fort.

«Wie ist das zu verstehen?»

«Wegen der Verhandlungen mit Boko Haram ist mein Name bekannt. Kurz darauf wurde ich von weiteren Eltern kontaktiert.

Eltern, die ebenfalls Kinder verloren hatten. Sie wurden ihnen regelrecht gestohlen. Jedoch nicht von Boko Haram.»

Bevor Abioni mehr sagen konnte, warf ihnen der Tourleiter einen strengen Blick zu.

«Es ist wichtig, dass die Gruppe zusammenbleibt. Wir können hier niemanden frei herumspazieren lassen. So sind die Regeln», sagte er laut.

Nora und Abioni beeilten sich und holten die Gruppe ein, die nun in der ägyptischen Allee stand, in der eine Reihe von Familiengräbern in einem Zirkel um einen jahrhundertealten Zedernbaum angelegt worden war. Der Schnee fiel wie Puderzucker auf die dicken schwarzen Äste. Er dämpfte den gewöhnlichen Lärm der Stadt und ließ die Gruppe still zwischen den Toten wandeln.

«Sie reden hier von organisierter Kindesentführung? Von wie vielen Kindern sprechen wir?»

«Von Hunderten, glaube ich.»

Nora ließ diese Information auf sich wirken. Es war ungeheuerlich, dass zahllose Kinder einfach so vom Erdboden verschwinden konnten, ohne dass sich jemand darum zu kümmern schien.

«Sind Sie der Einzige, der davon Kenntnis hat? Wie kann das sein? Wer steckt dahinter, und wie können die Täter einfach so davonkommen?»

«Ich kann nicht mit Sicherheit sagen, wer der Kopf des Netzwerkes ist. Doch es scheint sich um sehr, sehr mächtige Menschen zu handeln. Und die wissen, dass ich zu tief in die Angelegenheit verstrickt bin. Deshalb befürchte ich, sie wissen inzwischen auch schon, dass ich mich in London aufhalte», erklärte Abioni und warf einen Blick über die Schulter.

«Aber hier werden Sie doch sicher sein?», meinte Nora.

Abioni schüttelte den Kopf.

«Ich bemühe mich, unbemerkt zu bleiben. Versuche, so wenig wie möglich zu telefonieren, vermeide es, meine Kreditkarte zu benutzen, doch ich rechne mit dem Schlimmsten.»

Ein paar kichernde holländische Mädchen gingen an Nora vorbei und machten ein Selfie vor einem der Grabmale im Hintergrund. Abioni schwieg wieder.

«Sie gehen davon aus, dass diese Leute Sie bereits gefunden haben?»

Abioni nickte mit düsterer Miene.

«Warum haben Sie nicht die Polizei kontaktiert?»

«Ich befürchte, dass Maria die Konsequenzen zu spüren bekommen würde», sagte er.

«Wer ist Maria?»

«Meine Assistentin, Maria Nua. Die haben sie.»

«Die haben Ihre Assistentin entführt?» Nora klang alarmiert.

Abioni zögerte.

«Nein. Nicht ganz. Sie hat selbst ... sie hat sich denen aus eigenen Stücken angeschlossen.»

Während sie weitergingen, erzählte der Tourleiter von einem Zirkusdirektor, der noch zu Lebzeiten dafür gesorgt hatte, dass die Statue eines Löwen auf seinem Grab platziert werden sollte, und von einem Pferdehändler, der nun für alle Ewigkeiten unter einem dicken, steinernen Pony ruhte.

«Also gut, ich muss das alles erst einmal begreifen. Wer hat denn diese Kinder entführt?»

Abioni musterte Nora aus den Augenwinkeln.

«Woher soll ich wissen, dass ich Ihnen vertrauen kann?»

Nora seufzte.

«Sie haben dieses Thema doch angesprochen. Aber ich kann Ihnen versichern, dass ich mit niemandem aus Nigeria gemeinsame Sache mache, weder mit Hackern noch mit Kidnappern oder sonst jemandem», entgegnete sie.

Ein Lächeln huschte über Abionis Gesicht, verschwand jedoch genauso schnell wieder wie eine schmelzende Schneeflocke.

Nora startete einen neuen Versuch.

«Sagen Sie mir: Warum kommen Sie zu mir? Wenn es sich um einen Skandal diesen Umfangs handelt, warum wenden Sie sich nicht an die *Times* oder eine der anderen großen Zeitungen?»

«Ich traue mich nicht. Ich weiß nicht, wo diese Leute ihre Spione haben. Und dann haben Sie genau zum richtigen Zeitpunkt angerufen.»

Nora runzelte die Stirn.

«Wollen Sie mir damit sagen, dass die nigerianischen Kindesentführer vielleicht Spione in britischen Redaktionen platziert haben? Das kann ich Ihnen kaum glauben.»

Abionis Blick heftete sich an ihren. Er war todernst.

«Vielleicht nicht direkt in den Redaktionen. Aber woanders. Möglicherweise ist es der Taxifahrer, der mich zum Redaktionshaus fährt. Oder der Rezeptionist, den ich anrufe, um zu einem Journalisten durchgestellt zu werden. Sie hingegen arbeiten allein, da ist das Risiko geringer.»

«Aber wer sind diese Menschen?»

Abioni schloss die Augen.

«Haben Sie von den ‹Kindern Gottes› gehört?»

Nora schüttelte den Kopf.

Abioni sah sich um, als ob er davon ausginge, dass jeden Moment jemand hinter einer der alten trauernden Engelsstatuen auf ihn zugesprungen käme. Das Krächzen eines Raben ließ ihn zusammenfahren.

Rasch folgten sie der Gruppe Touristen zu dem, wie der Tourleiter ankündigte, Höhepunkt der Veranstaltung. Der Blick des Feldwebels durchbohrte Nora, als er die Teilnehmer erneut dazu aufrief, Respekt zu zeigen und leise zu sein. Dann betraten sie ein dunkles Gemäuer, das der Tourleiter als Katakomben bezeichnete.

In dem sparsamen Licht konnte man die Feuchtigkeit von den Wänden triefen sehen, an denen Grabkammern in langen Reihen verliefen. In ihnen hatte man die Särge von vor langer Zeit verstorbenen Londonern aufgebahrt.

Die kalte Trostlosigkeit des Gewölbes und die Gewissheit, dass der Tod sie eines Tages alle holen würde, legten sich wie ein Dämpfer über die Gruppe, und die Leute flüsterten nur noch. Nora verspürte einen Druck auf dem Brustkorb, und sie sehnte sich nach Schneeglöckchen und Sonnenlicht.

«Das ist eine Glaubensrichtung, die sich immer weiter ausbreitet», raunte Abioni ihr zu.

«Was meinen Sie?», flüsterte sie zurück.

Der Tourleiter stellte sich direkt neben Nora, weshalb es unmöglich war, das Gespräch fortzuführen, während der Mann mit einem Hang zum Makabren von modernen Grabräubern erzählte und davon, wie im Nachbarschafts-Pub *The Flask* einst unerlaubte Obduktionen durchgeführt worden waren.

Fünf Minuten später stand die Gruppe wieder in der violetten Dämmerung, und Nora atmete befreit auf.

Sie wandte sich um, da sie das Gespräch mit Abioni fortsetzen wollte, doch der Professor war nirgends zu sehen. Auch der Tourleiter hatte dessen Abwesenheit bemerkt.

«Wo ist Ihre Begleitung, Miss?», fragte er sie.

Nora sah sich verwirrt um.

«Das ... das weiß ich nicht.»

Kapitel 2

Der Tourleiter marschierte mit gestrecktem Schritt zurück in die Katakomben, Nora dicht auf seinen Fersen.

«Ich wusste, dass er einer von den Typen ist, die sich von der Gruppe entfernen. Das sieht man auf den ersten Blick», erklärte er verbissen.

Sie betraten die Dunkelheit der Katakomben und stießen direkt hinter dem Eingang auf Abioni, der sich erschöpft an der Mauer abstützte.

«Entschuldigen Sie. Mir war plötzlich nicht wohl», erklärte er dem Tourleiter, der sofort in den Samaritermodus wechselte und ihm Wasser und seinen Schal anbot.

Der afrikanische Professor sah in der Tat schlecht aus. Seine dunkle Haut schimmerte grünlich, auf seiner Stirn standen Schweißperlen.

«Alles in Ordnung?», fragte Nora.

«Um ehrlich zu sein, nein. In engen geschlossenen Räumen fühle ich mich nicht so gut», gestand Abioni mit einem gequälten Lächeln.

Langsam gingen sie über einen abfallenden Pfad, an dem entlang die Mausoleen wie kleine Reihenhäuser standen, zu der wartenden Gruppe zurück.

Die Führung neigte sich nun dem Ende zu. Nora und Abioni ließen sich zurückfallen, damit sie ungestört sprechen konnten.

«Beginnen wir von vorn. Wie haben Sie von den Entführungen erfahren?»

«Maria kam auf mich zu. Sie hatten ihren Neffen geholt. Deshalb bat sie mich, etwas zu unternehmen.»

«Also wusste sie, wer ihn entführt hat?»

«So einfach war es nicht. Seine Eltern hatten ihn selbst weggeschickt.»

«Eben haben Sie noch gesagt, er wurde geholt?»

«Ja, von den *Kindern Gottes*.»

«Aber wenn die Eltern ihn dahin geschickt haben?»

«Sie sind manipuliert worden, vermutet Maria.»

«Also versuchten Sie, ihr zu helfen?»

Abioni nickte bitter.

«Ja. Das war mein Fehler. Ich wusste nicht, mit wem ich es zu tun bekommen würde.»

«Wie meinen Sie das?»

«Am Tag nachdem ich mich an die Kinder Gottes gewandt hatte, erschien ich wie gewöhnlich an der Universität. Als ich in mein Büro kam, herrschte Chaos. Mein Schreibtisch war zu Kleinholz verarbeitet worden, mein Computer gestohlen.»

«Das klingt schlimm, aber könnte das nicht auch ein gewöhnlicher Einbruch gewesen sein?»

Abioni schüttelte den Kopf.

«Ich schloss die Tür hinter mir und versuchte, nicht in Panik zu verfallen, sondern wollte mir zuerst einen Überblick verschaffen, bevor ich die Polizei rief. Doch aus meinem Büro war beinahe alles entwendet worden. All meine persönlichen Aufzeichnungen und meine Akten über Boko Haram. Notizen und Berichte, die Ergebnisse vieler Jahre Arbeit. Die Dokumente, die nicht gestohlen worden waren, hatte man zerfetzt und war auf ihnen herumgetrampelt. Jedes einzelne Buch war aus dem Regal gezerrt worden. Sie hatten nach etwas gesucht. Und es allem Anschein nach nicht gefunden.»

«Wonach können sie denn gesucht haben?»

«Nach meinem Notizbuch.»

«Und warum haben sie es nicht gefunden?»

«Ich hatte es am Tag zuvor mit nach Hause genommen, um an einer neuen Spur zu arbeiten. Daraufhin versteckte ich es im Büro eines Kollegen, während ich die Polizei anrief. Das war eine weise Entscheidung.»

«Was enthält Ihr Notizbuch?»

«Lebensgefährliche Informationen.»

Nora blickte Abioni an.

«Sie müssten ein wenig konkreter werden.»

Er nickte und schaute zu den schneebedeckten Baumkronen hinauf.

«Sie werden es noch zu Gesicht bekommen.»

Der Schnee hatte sich auf den breiten Wegen in Matsch verwandelt, und Nora fror an den Füßen, als sie weitergingen.

«Sie haben den Einbruch also der Polizei gemeldet?»

Abioni nickte.

«Ja. Anfangs dachte ich noch, sie könnten mir helfen, doch das war ein Fehler.»

«Warum?»

«Sie waren schneller vor Ort, als gedacht. Tatsächlich innerhalb von zwei Minuten, als hätten sie nur auf meinen Anruf gewartet. Sie erklärten, einen anonymen Hinweis bekommen und daraufhin mein Büro durchsucht zu haben. Dabei deuteten sie an, auf aufsehenerregendes Material gestoßen zu sein. Dokumente, die beweisen sollten, dass ich mit Boko Haram unter einer Decke stecken würde.»

Nora starrte ihn ungläubig an.

«Was? Selbstverständlich haben Sie Dokumente über Boko Haram in Ihrem Büro. Schließlich forschen Sie ja über Boko Haram!»

«Das wollte ich denen auch erklären. Aber sie haben mir nicht zugehört. Sie waren zu dritt. Ein Vorgesetzter und zwei Beamte, die mich aus dem Universitätsgebäude eskortierten, verbunden mit der Warnung, beim nächsten Mal würden sie mich festnehmen.»

«Mit welcher Begründung?»

Abioni schaute zu Boden.

«Terrorismus, anscheinend. Sie erklärten, sie hätten meinen Computer beschlagnahmt und darauf genug Beweise für Straftaten gefunden, auf denen die Todesstrafe stehe.»

«Und jetzt sind Sie in London?»

Abioni nickte.

«Ich konnte nicht länger im Land bleiben.»

Nach knapp einer Dreiviertelstunde erreichten Nora und der Professor wieder den Platz, an dem die Führung begonnen hatte. Der Feldwebel verabschiedete sich mit dem Hinweis, dass er unentgeltlich arbeite, und der Aufforderung, für den Erhalt des Friedhofs zu spenden.

«Können wir irgendwo einen Kaffee trinken gehen? Ich brauche mehr Hintergrundinformationen, wenn ich über all das schreiben soll.»

Abioni zögerte.

«Ich weiß nicht so recht. Ich muss vorsichtig sein.»

«Kommen Sie schon. Es ist wichtig. Haben Sie irgendwelche Beweise?»

«Nur meine handschriftlichen Notizen. Daten und Namen und so weiter. Aber mein Notizbuch habe ich an einem sicheren Ort versteckt, bis die Lage sich wieder beruhigt.»

«Haben Sie einige der Daten und Namen im Kopf, mit denen ich weiterarbeiten könnte?»

«Wenn wir irgendwo hingehen können, wo wir keine Aufmerksamkeit auf uns ziehen. Ein Ort, an dem man uns nicht von der Straße aus beobachten oder unser Gespräch belauschen kann?»

«Es gibt da vorn ein Café. Wenn man im hinteren Teil des Raumes sitzt, kann man von draußen nicht entdeckt werden, aber trotzdem sehen, wer hereinkommt», versprach Nora.

Abioni nickte.

«Okay.»

Die Touristengruppe löste sich langsam auf. Einige gingen in den Souvenirladen und kauften Postkarten und Bücher. Andere schlenderten zur Ostseite des Friedhofs, um Selfies vor der Karl-Marx-Büste zu machen.

«Warten Sie hier», bat Nora und ging um die Ecke. Von einem früheren Besuch des Friedhofs wusste sie noch, wo die Toilette zu finden war.

Doch die war besetzt, und Nora wartete mit überkreuzten Beinen beinahe eine Ewigkeit in der Kälte. Irgendwann verlor sie die Geduld und klopfte an. Drinnen polterte es, und kurz darauf stolperte das brasilianische Pärchen mit roten Wangen und zerzaustem Haar heraus.

Als Nora auf dem Klo saß, bimmelte Krebs mit seinem typischen Sinn für Timing und seinem personalisierten Big-Ben-Klingelton in Noras Tasche.

«Sand hier», sagte sie und hoffte, dass der Hall ihren momentanen Aufenthaltsort nicht verriet. Doch wie so oft scherte es Krebs nicht im Geringsten, womit Nora gerade beschäftigt war, sondern lediglich, was er ihr zur sofortigen Erledigung auftragen wollte.

«Sag mal, wie konnte uns denn diese Ninette-Sache durch die Lappen gehen? Alle anderen Zeitungen haben sie schon online, nur wir berichten nicht exklusiv aus London», schnaubte er mit vorwurfsvollem Ton.

«Ninette? Das Reality-Sternchen?», fragte Nora überrascht.

«Ja. Die Scheidung!»

Nora hatte zwar gelesen, dass das dänische Reality-Sternchen sich mitten in einem bitteren Scheidungskrieg mit einem steinreichen russischen Oligarchen befand, mit dem es in London gewohnt hatte, aber diese Information war für sie so interessant gewesen wie Wetterberichte und Sportresultate. Natürlich hatte sie mitbekommen, dass in den Zeitungen darüber berichtet wurde, doch sie war fest davon überzeugt gewesen, dass sie all das nichts anginge.

«Das ist doch keine Story für *Globalt*? Es ist reiner Klatsch und Tratsch mit Paparazzi-Fotos. Nichts für uns.»

Krebs stöhnte demonstrativ.

«Ist mir egal, Sand. Denn im Moment werden wir mit der Story von der Konkurrenz überholt. Du bist in London, und du kannst über die Story besser schreiben als jede andere.»

Nora holte Luft.

Es war kaum noch möglich zu wissen, was genau aus London berichtet werden sollte, nachdem *Globalt* einen neuen Geschäftsführer eingestellt hatte, der das Profil und die Onlinepräsenz des

Magazins reformieren sollte. Jener Steffen Halskov hatte nicht weniger als eine Revolution versprochen, als er seine neue Stelle angetreten war. Für eine minimale Summe wollte er in weniger als einem Jahr die Besucherzahl auf der Website von *Globalt* vervierfachen. Die Mitglieder des Vorstands leckten sich die Lippen, als wären sie ein Bridgeclub bei einer kostenlosen Sherry-Verkostung, und sie sicherten Halskov die Stelle schneller zu, als man *clickbait* sagen konnte.

Das Problem war lediglich, dass Halskovs Modell nur funktionierte, wenn die Journalisten zum gleichen Lohn doppelt so viele Artikel lieferten.

Krebs hatte ihnen versichert, dass alles reibungslos verlaufen würde, solange die Korrespondenten sich zusammenreißen und sich der Umstellung gegenüber gewillt zeigen würden. Falls nicht, so seine Drohung, würden einige «Rationalisierungen» vorgenommen werden. Doch Nora bekam nie eine klare Anweisung, welche Art von Storys sie nun liefern sollte.

Krebs riss sie aus ihren Gedanken.

«Wann kannst du abgeben?»

Sie klemmte das Telefon zwischen Kinn und Schulter fest, wusch sich leise die Hände und trocknete sie mit Klopapier ab.

«Vielleicht heute Abend. Ich bin gerade bei einem Treffen mit einem Informanten, dem Boko-Haram-Experten, erinnerst du dich, wir haben darüber gesprochen, ob ...»

Krebs unterbrach sie.

«Das ist nicht schnell genug. Wir brauchen die Story jetzt. Spätestens in anderthalb Stunden, dann erreichen wir die Feierabendleser auf der Website. Deiner Quelle kannst du absagen. Ist ja ganz nett, dass du diese investigativen Themen verfolgst, wir müssen allerdings auch an unsere Zahlen denken.»

«Aber ...»

«Das war keine Einladung zu einem Diskussionsbeitrag, Sand. Du kannst den Mann morgen treffen. Ich erwarte deinen Artikel», sagte Krebs bestimmt und legte auf.

Nora knallte die Tür zur Toilette gereizt zu und bereitete sich darauf vor, Abioni mitzuteilen, dass sie soeben abgezogen worden war. Das würde ihn nur noch nervöser machen, als er ohnehin schon war. Wenn er nun einen Rückzieher machte?

Sie überlegte, ob sie ihn dazu überreden könnte, mit zu ihr nach Hause zu kommen, damit er ihr nicht entwischte. Er könnte fernsehen, während sie schrieb, dann könnten sie bei einem gemeinsamen Abendessen ausführlicher über die verschwundenen Kinder sprechen.

Doch als Nora wieder um die Ecke bog, war der Platz vor dem schmiedeeisernen Tor des Friedhofs menschenleer, nur ein älterer Herr machte sich daran abzuschließen.

«Gut, dass Sie kommen. Sonst hätte ich Sie über Nacht bei den Gräbern eingeschlossen. Sie wären nicht die Erste.» Er lachte hämisch.

Nora sah sich um.

«Hier stand ein Herr und hat auf mich gewartet. Ziemlich groß, dunkelhäutig, in einem dunkelgrünen Mantel. Haben Sie ihn gesehen?»

Der Mann schüttelte den Kopf.

«Nein. Hier war niemand mehr, als ich kam. Die letzte Führung ist längst vorbei.»

Nora ging hinüber zum östlichen Teil des Friedhofs, bis eine Frau in dem kleinen Häuschen am Eingang sie aufhielt.

«Wir lassen niemanden mehr rein. Für heute haben wir geschlossen.»

Nora beschrieb Abioni, aber die Frau schüttelte nur den Kopf.

«Ich habe ihn nicht gesehen, und mit ziemlicher Sicherheit auch nicht eingeschlossen», sagte sie unwirsch und scheuchte Nora davon.

Die holländischen Mädchen aus der Touristengruppe standen vor dem Friedhof auf der Straße und studierten eine App mit Londons Metro-System auf ihren Handys.

«Habt ihr den Mann gesehen, mit dem ich bei der Führung war?», fragte Nora.

Die Mädchen schüttelten synchron den Kopf wie ein Zwillingspärchen.

Unruhe machte sich in Nora breit. Sie spähte die Swain's Lane hinauf und hinunter und versuchte einzuschätzen, in welche Richtung er gegangen sein könnte.

Schließlich lief sie die Straße hinauf zur Bushaltestelle und versuchte, die Nummer anzurufen, unter der Abioni ihr die SMS geschickt hatte.

Gerade als das Freizeichen ertönte, kam es Nora so vor, als ob sie ein Klingeln in der Nähe hören würde. Kam es vom Inneren des Friedhofs?

Sie spähte durch die nackten Bäume in die zunehmende Finsternis. Eine Frau mit einem Buggy und einem Handy am Ohr ging an ihr vorbei. Von ihr musste wohl der Klingelton gekommen sein.

Die Verbindung wurde unterbrochen, und Nora rief ein zweites Mal an. Dieses Mal sprang die Mailbox direkt an. «Hier ist Nora, wo sind Sie? Seien Sie so gut und rufen Sie mich zurück. Ich kann Sie nirgends finden.»

Vielleicht ist ihm wieder unwohl geworden? Was ist passiert, während sie auf die brasilianischen Turteltauben warten musste?

Hätte er ihr nicht Bescheid gesagt, wenn er bezüglich ihrer Abmachung kalte Füße bekommen hätte?

Nora machte kehrt und ging zurück zum Friedhof. Doch nun war das schmiedeeiserne Tor verschlossen, und alle Verantwortlichen waren in den Feierabend entschwunden. Sie rüttelte kurz am Gitter, doch auf dem Friedhof war alles still. Gerade als sie überlegte, wie sie nun weiter vorgehen sollte, rief der Chef vom Dienst aus der Onlineabteilung an.

«Wann schickst du uns den Text zu? Wir haben die Ninette-Story jetzt für den Abend eingeplant», sagte er.

«Entspann dich mal. Ich hab den Auftrag erst vor zehn Minuten bekommen», fauchte sie.

«Bitte um Verzeihung. Dann rechne ich damit, den Artikel innerhalb einer Stunde auf dem Schreibtisch zu haben», entgegnete er, ohne laut zu werden.

Nora versuchte erneut, Abioni anzurufen. Erfolglos.

Sie hinterließ ihre Nummer und ihre Adresse auf der Mailbox und bat Abioni, sie entweder schnellstmöglich zurückzurufen oder bei ihr vorbeizukommen. Dann lief sie durch den Schneematsch zurück zur Haltestelle und erwischte gerade noch den Bus, der Richtung Belsize Park fuhr.

Kapitel 3

Die Fahrt nach Hause hatte sich beinahe unerträglich in die Länge gezogen, und Nora stand unter enormem Zeitdruck, als sie sich endlich an ihren Schreibtisch setzte.

Sie balancierte ihr iPad auf dem Schoß, überflog ein paar Interviews im Netz und machte sich Notizen.

Die Ninette von heute hatte kaum noch Ähnlichkeit mit dem dreiundzwanzigjährigen Unterwäschemodel aus Randers, das durch eine Realitysendung bekannt geworden war, in der sie die meisten Jungs geküsst hatte, ohne nach Hause geschickt zu werden. Ihre Lippen waren seitdem viel voller geworden, und das Dekolleté war so prall, dass man an der Schwerkraft zweifeln konnte.

Ninette war nach London gezogen, um hier ihren internationalen Durchbruch als Model zu feiern, doch ihre Karriere war nur von kurzer Dauer. Nicht etwa, weil sie mit ihrem perfekten Körper, einem strahlenden Lächeln und ihrem klassischen nordischen Look nicht angekommen wäre. Sondern weil sie bei einem Empfang im The Dorchester einen Dirty Martini über Anton Bugakov geschüttet hatte, einen Mann, der daran gewöhnt war, genau das zu bekommen, worauf er zeigte. An jenem Abend entschloss er, auf Ninette zu zeigen.

Nora leuchtete es ein, warum es Ninette schwergefallen war, ihm zu widerstehen. Bugakov war ein attraktiver Mann Ende vierzig, gut gekleidet in wohlsitzenden Armani-Anzügen und mit einem ironischen Zug um den Mund, der zeigte, dass er sehr gut wusste, wie klischeehaft sowohl seine Sonnenbrille als auch die beiden kantigen Bodyguards waren, die ihm wie zwei treue Bulldoggen nacheilten. Dasselbe galt für die Yacht und den Sportwagen und das Faktum, dass er auf eine blonde Trophy Wife aus war, deren Brüste er selbst mitformen und bezahlen wollte. Und dass es ihm ziemlich egal war, was andere davon hielten.

Bugakov tat, was ihm passte. Und zwei Tage nach ihrem Treffen passte es ihm, seinen Privatsekretär zu einem von Ninettes Fotoshootings zu schicken, um ihr ein Diamantarmband von Bvlgari und eine Einladung zum Dinner zu überreichen.

Nach weniger als einem Jahr waren sie verheiratet. Ninette wurde in einem dreistöckigen Haus mit Garten in Chelsea platziert, und kein anderer als Bugakov durfte sie mehr in Unterwäsche sehen.

Die pompöse Hochzeit, bei der die Hälfte des FC Chelsea eingeladen gewesen war, hatte vor zehn Jahren stattgefunden. Angeblich hatte sogar Putin ein Set Golfschläger als Geschenk geschickt, er selbst musste am G8-Gipfeltreffen teilnehmen. Und nun stand die Scheidung des Paares an. Wenn man den britischen Klatschblättern Glauben schenkte, würde Ninette mehrere Millionen Pfund kassieren, sodass sie mit einem Schlag ganz oben auf der Liste mit den reichsten Dänen stehen würde. Vorausgesetzt, Bugakov würde sich friedlich mit ihr einigen, sein Vermögen mit ihr zu teilen. Doch darauf deutete nicht viel hin.

Nora fand einen Artikel aus der *Sun*, in dem behauptet wurde, Bugakov hätte dieselbe Anwältin eingeschaltet wie einst ein berühmter Rockmusiker. Bei der Scheidungsverhandlung jenes Rockstars brachte die Anwältin die zukünftige Ex-Frau dazu, derart die Beherrschung zu verlieren, dass sie aus reiner Wut einen Aktenordner nach ihr warf. Während im Gerichtssaal schockierte Stille herrschte, strich die Frau Anwältin in aller Seelenruhe ihr Kostüm glatt, wandte sich dem Richter zu und stellte fest, dass Seine Exzellenz nun mit eigenen Augen das unangebrachte Verhalten gesehen habe, das ihren berühmten Klienten dazu veranlasst hatte, die Scheidung einzureichen.

Doch die Aufteilung des Geldes war nicht das Einzige, worüber Ninette und Bugakov sich nicht einigen konnten. Der achtjährige Sohn des Paares, Nicholas, war noch ein viel größerer Streitpunkt. Bugakov wollte ihn bei sich in London behalten, den Jungen erst nach Eton und dann nach Cambridge schicken und ihm schließlich seine Öl-Aktiengesellschaft und all die anderen Unternehmen der Familie übertragen. Ninette hielt dagegen, dass der Junge besser daheim in Randers aufwüchse.

Nora sah die Berichterstattung vor sich: Holde dänische Jungfer, die Füße fest in Jütland verankert, im Kampf gegen den russischen Gangster. Es bestand kein Zweifel, dass die Story zu Hause in Dänemark für einige Klicks sorgen würde. Nicht zuletzt, wenn man sie mit Fotos von Ninettes Karriereanfängen und Bugakovs Porschesammlung würzte.

Die Anhörung bezüglich des Sorgerechts würde Montag beginnen.

Nora durchstöberte ihr E-Mail-Archiv und fand die Telefonnummer der Freundin einer Freundin, die sie bei einer Geburtstagsparty in Richmond getroffen hatte. Sie hatte Nora mit Anekdoten über Promischeidungen unterhalten, auf die ihre Anwaltskanzlei spezialisiert war.

Vera Vianka nahm den Anruf sofort entgegen, und nachdem Nora versprochen hatte, den Namen der Anwältin nicht zu nennen, sprudelte es aus Vera nur so heraus.

«Ninette hat keine echte Chance, das Kind zu behalten», erklärte sie. «Ich kenne die Anwältin, die Bugakov vertritt, und ich weiß, was sie kostet. Es ist ihm also enorm wichtig zu gewinnen.»

«Und was bedeutet das genau?»

«Du darfst mich nicht wörtlich zitieren, aber die Sache scheint übel auszugehen. Ich habe ähnliche Fälle von Leuten mit ... ja, sagen wir, ähnlichem Hintergrund und Kontakten wie Bugakov studiert. Sie geben erst Ruhe, wenn sie gewonnen haben, und sie gehen immer nach demselben Muster vor.»

«Und wie sieht das aus?»

«Erst unterstellen sie Untreue. Manchmal entspricht das sogar der Wahrheit, manchmal eben auch nicht. Wenn das nicht funktioniert, gibt es immer noch den Demeshev-Bluff.»

«Den Demeshev-Bluff?»

«Demeshevs Frau wurde lästig. Also heuerte er ein paar Ärzte an, die vor dem Richter bestätigten, dass die Frau unter gravierenden psychischen Problemen leide. Selbstmordgedanken, Hysterie und Paranoia. Je mehr sie es abstritt und zu erklären versuchte, dass die ärztlichen Atteste erkauft wurden, desto paranoider klang sie. Clever.»

«Gibt es das wirklich?», fragte Nora fassungslos.

«Tja», bemerkte Vera trocken.

Nachdem sie das Gespräch beendet hatten, saß Nora für einige Minuten nur da und starrte abwechselnd auf den leeren Bildschirm und aus dem Fenster, vor dem der Belsize Park in der Februarkälte erstarrt war. Der Obsthändler rückte seine Apfelsinen ein Stück tiefer unter den Baldachin. Menschen schwärmten in das Café auf der anderen Straßenseite. Nora überlegte, sich von dort eine heiße Schokolade zu holen, beschloss jedoch, erst die Arbeit hinter sich zu bringen. Sie atmete einmal tief durch und begann zu schreiben.

Nach vierzig Minuten setzte sie ihren letzten Punkt und rief den Diensthabenden in der Webredaktion an, um ihm Bescheid zu geben, dass der Artikel für die Veröffentlichung fertig war.

«Wurde auch Zeit», herrschte er sie an, aber Nora hatte keine Muße, einen weiteren nutzlosen Streit auszutragen. Sie streckte sich, ging in die Küche und setzte Teewasser auf.

In nur wenigen Stunden hatte sich der weiße Schnee in dunkelgraue Matsche verwandelt, kaputtgefahren von roten Doppeldeckern und Londoner Taxis, die langsam durch den dichten Verkehr krochen wie schwarze Skarabäen.

Abioni antwortete immer noch nicht, als Nora ein weiteres Mal versuchte, ihn anzurufen. Die Unruhe nagte in ihr. Ob sie die Polizei informieren sollte? Doch Abioni vertraute ihnen nicht, und was sollte sie den Beamten auch sagen?

Als das Wasser im Kocher den Siedepunkt erreicht hatte, war sie bereits wieder in ihre Stiefel geschlüpft. Die Teetasse stand einsam und verlassen auf dem Küchentisch, während Nora unten vor dem Haus versuchte, ein Taxi zu erwischen.

Zwei Stunden später kam sie unverrichteter Dinge nach Hause zurück. Fröstelnd und hungrig und ohne die geringste Idee, wo Abioni abgeblieben sein könnte.

Sie war zurück zum Friedhof gefahren, war den Zaun entlanggewandert und hatte versucht, zwischen den Bäumen in die Dunkelheit zu spähen. Doch dort war es totenstill gewesen, und mittlerweile hatte Nora so viele Nachrichten auf Abionis Mailbox hinterlassen, dass sie voll war.

Kapitel 4

Das Winterwetter hatte Primrose Hill in eine riesige Schlammpfütze verwandelt, und mehrere Male verlor Nora beinahe das Gleichgewicht auf dem rutschigen Boden. Doch das machte keinen besonderen Eindruck auf Enzo, der sich in ein riesiges handgeknüpftes Tuch eingewickelt hatte und – einen großen dampfenden Kaffeebecher in den Händen – Anweisung durch die kalte Morgenluft rief.

Der italienische Kickboxtrainer hatte seine eigenen Vorstellungen davon, wie man sich am besten für eine Einheit aufwärmte, und es gefiel ihm außerordentlich, Nora beim Laufen zuzusehen, während er sich entspannte.

Nora rang nach Luft, als sie sich zum dritten Mal den Hügel hinaufkämpfte, der dem idyllischen Park im Norden Londons seinen Namen verlieh.

Gegen zwei Uhr nachts hatte sie es aufgegeben, Abioni anzurufen. Auch auf ihre E-Mails hatte er nicht geantwortet. Daher hatte sie beschlossen, die Polizei zu kontaktieren, sollte sie im Laufe des heutigen Tages immer noch nichts von ihm hören. Egal, ob Abioni der Polizei traute oder nicht.

Endlich rief Enzo Nora vom Hügel herunter, und sie arbeiteten an ihrem Roundhouse-Kick, der nach Enzos Meinung immer noch sehr zu wünschen ließ.

«Wie oft soll ich es dir noch sagen? Geh mehr in die Hüfte. Dort liegt deine wahre Stärke», rief Enzo und gestikulierte mit einer Dramatik, die in dem Armenviertel Pisas, in dem er aufgewachsen war, viel natürlicher gewirkt hätten als in Londons trendigem Boho-Quartier.

Ttrotz der Winterkälte lief Nora der Schweiß über den Rücken, und Enzo ließ nicht locker, ehe ihr Kick einigermaßen saß. Erst dann arbeiteten sie an Noras Haken, und gerade als Enzo ihr mit einer extra Laufrunde drohen wollte, klingelte ihr Telefon.

Überraschenderweise sah sie Spencers Namen auf dem Display. Sie hatte den Leiter der Spezialeinheit für Serienmorde bei Scotland Yard während eines anderen Falls kennengelernt, und auch wenn sie keinesfalls Freunde waren, hatten sie doch im gemeinsamen Kampf gegen den Verbrecher Bill Hix und seine Handlanger gegenseitigen Respekt entwickelt. Leider reichte dieser nicht so weit, dass Spencer sich dazu herabließ, jederzeit einen Anruf von Nora entgegenzunehmen.

«Sand», sagte sie, außer Atem.

«Ich möchte Sie bitten, so schnell wie möglich bei mir vorbeizukommen. Ich muss mit Ihnen reden», teilte Spencer mit.

«Worum geht es?»

«Das möchte ich lieber in meinem Büro besprechen.»

Nora sah auf die Uhr. Ihr Training sollte noch zwanzig Minuten dauern, dann wollte sie nach Hause gehen und duschen.

«Ich kann in anderthalb Stunden da sein.»

«Wir würden es sehr zu schätzen wissen, wenn Sie sofort kommen würden», entgegnete Spencer bestimmt.

«Ich bin mitten im Training, könnten Sie mir also bitte wenigstens erklären, worum es geht?», fragte sie.

Spencer seufzte.

«Okay. Kennen Sie einen Kweko Abioni?»

Die Frage ließ das Lächeln auf Noras Gesicht gefrieren, der Schweiß auf ihrem Rücken war plötzlich eiskalt.

«Ja.»

«Können Sie Abioni für mich beschreiben?»

«Warum?», hakte Nora beunruhigt nach.

«Tun Sie es bitte.»

In kurzen Stichworten beschrieb Nora den kräftigen Körper, die braunen Augen, die Haare, die an den Schläfen schon ein wenig ergraut waren, und den dunkelgrauen Mantel, den Abioni gestern getragen hatte.

«Kommen Sie sofort. Wo befinden Sie sich gerade? Millhouse holt Sie ab.»

Nachdem sie sich von Enzo verabschiedet hatte, wartete Nora keine halbe Stunde später an der Ecke Albert Road auf Millhouse, der in einem flaschengrünen Mascot vorfuhr.

Nora hatte versucht, sich auf der Damentoilette am Spielplatz den Schweiß abzuwaschen, ihr war jedoch peinlich bewusst, dass ihr Vormittag beim Kickboxen kaum zu übersehen war.

«Entschuldige. Ich wollte noch duschen, aber Spencer ließ mir keine Zeit dazu», sagte sie und fuhr das Wagenfenster einige Zentimeter herunter.

Millhouse nickte.

«Ich weiß.»

«Ist Abioni etwas zugestoßen?»

Millhouse sah zu ihr herüber.

«Ich habe keine Befugnis, Informationen weiterzugeben, bevor wir alle in Spencers Büro versammelt sind.»

«Aber das klingt nicht nach guten Nachrichten», sagte Nora.

Millhouse kniff die Lippen zusammen und konzentrierte sich auf den Verkehr.

Wie immer war die Hampstead Road von reichen Londonern blockiert, die kein Problem darin sahen, ihre Range Rovers mit Warnblinkanlage vor der Metzgerei zu parken, um ihre Ribeye-Steaks abzuholen. Während der Verkehr durch die Straßen kroch, holte Nora ihr Handy aus der Sporttasche hervor und versuchte ein weiteres Mal, jedoch ohne große Hoffnungen, Abioni zu erreichen.

«Rufst du Abioni an?»

Nora nickte.

«Er wird nicht abnehmen, Nora», sagte Millhouse.

Als sie bei Scotland Yard eintrafen, saß Spencer schon an dem runden Konferenztisch und rührte in seinem Kaffee. Er begrüßte Nora mit ernster Miene. Millhouse setzte sich mit einem Diktaphon und einem iPad neben ihn.

«Ist er tot?», platzte es aus Nora heraus.

Ohne zu antworten, öffnete Spencer eine Mappe und reichte ihr ein Foto.

«Ist das Kewko Abioni?»

Nora nahm das Bild und betrachtete es kurz, dann nickte sie. Sein Gesicht war merkwürdig verzerrt, aber es bestand kein Zweifel, dass das hier Kweko Abioni war, und zwar mausetot.

«Ja. Er ist es», antwortete sie kaum hörbar.

«Vielen Dank. Er wurde heute Morgen kurz nach sieben von einem Parkgärtner auf dem Friedhof bei der Highgate gefunden.

Es hat etwas gedauert, seine Identität festzustellen», sagte Spencer.

«Was ist passiert? Warum sieht er so komisch aus?»

Spencer gab Millhouse ein Zeichen, der daraufhin auf seinem iPad herumtippte und es dann Nora hinhielt. Es war eine größere Aufnahme von Abioni, der aussah, als hätte er sich friedlich auf einem Grab schlafen gelegt, bewacht von einem melancholischen Steinengel, der mit blinden Augen in die Kamera starrte. Millhouse vergrößerte das Bild mit zwei Fingern und zoomte das Gesicht heran. Nora erschrak.

Jemand hatte Abionis Zunge herausgeschnitten und seine Ohren abgetrennt.

Sie schlug die Hände vor dem Mund zusammen und konnte keine Worte finden. Millhouse schloss das Bild, doch es blieb an Noras Netzhaut haften, während sie sich vorzustellen versuchte, was dort passiert war. Wie es jemand geschafft hatte, Abioni unbemerkt zurück auf den Friedhof zu locken oder zu zwingen. Es konnte nicht leicht gewesen sein, einen so kräftigen Kerl wie Abioni zu überwältigen.

«Wurde er gefoltert?»

«Wir warten noch auf die endgültigen Ergebnisse der Rechtsmedizin. Aber die momentane Antwort lautet: Nein», sagte Spencer.

«Nein?»

«Ohren und Zunge wurden entfernt, nachdem Abioni schon tot war. Das hat er nicht mehr gespürt. Leider kann man das bezüglich seines Herzens nicht behaupten.»

Nora saß einfach da und versuchte, diese Information zu verdauen. «Sie haben sein Herz herausgeschnitten?»

Spencer nickte.

«Mit einer sehr scharfen Klinge und chirurgischer Präzision. Es scheint nicht das erste Mal gewesen zu sein, dass der oder die Täter auf diese Art und Weise vorgingen. Anschließend haben sie ihm die Jacke wieder angezogen und ihn auf dieses Grab gelegt. Alles deutet auf einen Ritualmord hin.»

Nora rieb sich die Stirn und versuchte, den Film in ihrem Kopf anzuhalten.

«Was sind das für kranke Leute, die lebende Menschen aufschneiden?»

Spencer sah sie direkt an.

«Wir hoffen, dass Sie uns in dieser Frage helfen können. Erzählen Sie uns alles, was Sie über Abioni wissen und welche Feinde er gehabt haben könnte. Sie sind die Letzte, mit der er Kontakt hatte, und Ihre Nummer ist die letzte auf seiner Mailbox», sagte er.

Nora nahm sich zusammen. Und dann begann sie zu erzählen.

Wie sie zunächst Kontakt zu Abioni aufnahm wegen einer Story über Boko Haram, und wie er ihr daraufhin versprochen hatte, sie in London zu treffen. Wie er auf dem Friedhof mit der komischen Geschichte von den Kindesentführern begann, die er nicht zu Ende erzählen konnte, weil er verschwand.

Millhouse notierte alles.

«Trug er sein Telefon bei sich?», fragte Nora.

Spencer schüttelte den Kopf.

«Die Kriminaltechniker haben es im Gebüsch in der Nähe des Leichenfundorts entdeckt. Er muss es weggeworfen haben, bevor er von seinen Verfolgern eingeholt wurde. Es wird gerade genauer untersucht.»

«Er ist einfach so verschwunden. Wenn ich nur nicht auf die Toilette gegangen wäre und dann nicht auch noch mein Chef angerufen hätte ...»

Spencer unterbrach sie.

«Haben Sie irgendjemanden auf dem Friedhof oder in der Nähe beobachtet, der dazu in der Lage wäre, Abioni zu ermorden? Er war immerhin ein stattlicher Mann.»

Nora schüttelte den Kopf.

«Nein. Da waren nur Touristen, soweit ich mich erinnere. Ich verstehe nicht einmal, wie sich ihm jemand hätte nähern können. Er war auf der Hut. Er verschwieg sogar, wo er hier in London untergekommen war.»

Millhouse hörte auf zu schreiben und sah zu Spencer.

«Wir haben in zehn Minuten einen Termin beim Pathologen», sagte er.

Spencer stand auf.

«Vorerst sind wir hier auch fertig. Sie haben natürlich keinerlei Befugnis, irgendetwas von dem, was hier besprochen wurde, an Dritte weiterzugeben.»

«Wann darf ich darüber schreiben?»

«Ich würde es zu schätzen wissen, wenn Sie sich an die Informationen halten, die später an die Presse gegeben werden. Andernfalls riskieren wir, dass die Ermittlungen vor Gericht anfechtbar werden», erklärte Spencer streng.

Nora seufzte.

«Ich werde doch wohl schreiben dürfen, was ich selbst erlebt habe?»

«Sie dürfen keine Details veröffentlichen, bevor wir eine offizielle Pressemeldung abgegeben haben. Und an die müssen Sie sich dann halten.»

«Aber was darf ich denn schreiben? Ich bin den ganzen Weg hierhergekommen, und ...»

«Ja, Sie sind den ganzen Weg hierhergekommen, um der Polizei bei der Aufklärung einer Straftat zu helfen. Vielen Dank dafür.»

Nora seufzte. Sie wusste nur zu gut, dass ihr kein Spielraum blieb, wenn Spencer in diesem Ton mit ihr sprach.

«Okay. Aber irgendetwas müsst ihr mir geben.»

Spencer schaute sie über den Rand seiner gold gerahmten Lesebrille an.

«Ich kann Ihnen nichts versprechen. Aber rufen Sie mich in ein paar Tagen an.»

Millhouse brachte sie hinaus. Niemand durfte unbeaufsichtigt in den Fluren des Scotland Yard herumspazieren.

«Was passiert als Nächstes?», versuchte Nora ihn auszuhorchen.

Er zuckte mit den Schultern.

«Stell dir mal vor, dass hier in London tatsächlich Leute herumlaufen, die lebendigen Menschen das Herz aus der Brust schneiden», fuhr Nora fort.

Millhouse schielte zu ihr hinüber, während sie in den letzten Korridor einbogen, der zur Rezeption zurückführte.

«Genau dieses Detail wollen wir vorerst nicht der Öffentlichkeit preisgeben. Das würde die Bevölkerung nur unnötig verängstigen.»

«Ja, aber wie wollt ihr denn die Verantwortlichen fassen? Wenn ihr nicht einmal über das sprecht, was passiert ist?»

Millhouse antwortete beschwichtigend: «Keine Sorge. Wir haben eine Reihe technischer Beweise vorliegen. Damit werden wir den Täter schon kriegen. Dafür sind wir ja da.»

Aber Nora war sich nicht sicher, ob er das zu ihrer Beruhigung sagte oder zu seiner eigenen.

Und so stand sie wieder auf der Straße.

Kapitel 5

Nachdem Nora wieder zu Hause war und eine lange heiße Dusche genommen hatte, rief sie Krebs an. Es klang, als wäre er an einem Ort, an dem Musiker ihre Instrumente für ein klassisches Konzert stimmen.

«Ich höre dich nicht, Sand!», rief er.

Nora versuchte, ihm zu erklären, dass Abioni tot war und sie ihn als Letzte lebend gesehen hatte. Und welche Spur Abioni verfolgt hatte.

«Und was willst du jetzt schreiben, einen Nekrolog? In Dänemark kennt den doch keiner», rief Krebs über eine Violine hinweg, die gerade eine Tonleiter spielte.

«Nein. Aber ich werde der Sache trotzdem nachgehen.»

«Sand, da musst du schon bis Montag warten. Wir hören uns. Jetzt muss ich auflegen.»

«Ja, aber ...»

Sie blieb auf dem Sofa sitzen und versuchte, sich zu beruhigen. Die Gedanken an Abioni zu verdrängen. Den Anblick der großen kräftigen Gestalt auf dem Grab und die Angst, die er verspürt haben muss, als er keinen Ausweg mehr sah.

Die Winterkälte zog durch alle sichtbaren und unsichtbaren Ritze und Spalten in die Wohnung hinein, und Nora wurde wieder daran erinnert, dass das der Preis dafür war, in einem der alten Gebäude Londons zu wohnen.

Nora kochte sich eine Tasse Tee und nahm sie mit ins Wohnzimmer, setzte sich mit dem Laptop auf dem Schoß aufs Sofa und las die Nachrichten auf verschiedenen Websites, um zu sehen, ob die Nachricht über Abionis Tod schon veröffentlicht worden war.

Bisher gab es nur einige Kurzmeldungen, die darüber informierten, dass die Polizei einen verdächtigen Todesfall auf dem Highgate Cemetery untersuchte und deswegen Teile des Friedhofs abgesperrt waren. Aber keine Details.

Der charakteristische Facetime-Klingelton riss Nora aus ihren Gedanken, und sie konnte sich ein Lächeln nicht verkneifen, als Andreas' Grinsen auf ihrem Bildschirm erschien.

«Hey», sagte sie.

«Hey», antwortete er, mit ebenso sanfter Stimme.

«Musst du heute nicht arbeiten?», fragte Nora.

«Doch, aber ich habe gerade Pause und vermisse dich.»

Sie schloss die Augen.

Wie sie es hasste, dass Andreas zurück nach Kopenhagen hatte ziehen müssen. Aber es wäre unangemessen gewesen, von ihm zu verlangen, eine großartige Karriere bei der Polizei für ihr Leben als London-Korrespondentin aufzugeben. Was sollte er hier denn tun?

Auch Andreas hatte Nora nie darum gebeten, ihren Job aufzugeben, den sie so sehr liebte.

Nun führten sie eine Wochenendbeziehung als Dauerkunden bei den Billig-Airlines. Keine ideale Lösung, aber es ging nun einmal nicht anders. Jedenfalls momentan nicht.

Wie Andreas sein Leben gestalten würde, wenn er einmal Vater wäre, war eine gute Frage, die sie jedoch vorerst nicht beantworteten. Nora aus dem Grund, weil sie den Gedanken im tiefsten Innern unerträglich fand. Beamten-Birgitte hatte Andreas, drei Wochen nachdem er sie für Nora verlassen hatte, mitgeteilt, dass er Vater werden würde.

Andreas hatte seinerseits auch nicht darauf bestanden, über das Thema zu reden, weil er ebenfalls keine Antwort darauf hatte, was die Zukunft bringen würde.

«Ich weiß nicht, wie es sein wird. Ich weiß nicht, was ich fühlen werde. Aber eines ist sicher: Dieses Kind soll nicht ohne Vater aufwachsen», hatte er an einem sonnigen Sonntagvormittag zu Nora gesagt.

Sie hatte nur genickt und ihn einmal mehr umarmt. Ob Andreas nun darum gebeten hatte, Vater zu werden oder nicht, es bestand kein Zweifel, dass ihn der Verlust seines eigenen Vaters, der bei einem Motorradunfall ums Leben gekommen war, schwer geprägt hatte. Deshalb dachte er nicht einmal im Traum daran, seine Pflichten als Vater nicht zu erfüllen.

An jenem Sonntag hatten sie eines der Boote vom Embankment aus genommen und waren zusammen mit den Touristen den ganzen Weg bis nach Greenwich und Cutty Sark getuckert. Dort hatten sie gefrühstückt und waren zum Observatorium geschlendert, um mit jeweils einem Bein in einer Zeitzone zu stehen. Nora hatte die von Wissenschaftlern erfundene Linie betrachtet und gedacht, es existierten Trennlinien im Leben, die noch radikaler waren als diese hier. Und dass Andreas an eine solche Trennlinie kommen würde, wenn das Baby erst einmal geboren sein würde. Er würde mit jeweils einem Bein in jeweils einem Leben stehen. Als Vater in Dänemark und als Noras Freund in London.

Bis zur Geburt waren es nur noch zwei Wochen. Zwei Wochen, bis sich alles verändern würde.

«Hallo? Erde an Nora. Sind deine Gedanken bei einer neuen Story?», fragte Andreas auf Facetime.

Sie berichtete ihm von Abioni und sah, wie sich die Besorgnis über sein Gesicht legte, als ihm bewusst wurde, dass Abionis Mörder ganz in Noras Nähe gewesen sein musste.

«Nora. Du musst vorsichtiger sein. Ist dir klar, wie gefährlich das für dich hätte werden können?»

Sie zuckte mit den Schultern. Diskussionen dieser Art hatten sie schon zuvor geführt, doch Andreas' Bedürfnis, auf alle um sich herum aufzupassen, harmonisierte nicht besonders gut mit Noras Neugierde und Risikobereitschaft. Sie wollte sich gar nicht ausmalen, wie er reagierte, wenn sie wieder in ein Kriegsgebiet geschickt werden würde.

Also nahm sie noch einen Schluck von ihrem Tee und wechselte das Thema.

«Wann landest du am Freitag?», fragte sie.

«Gegen 16 Uhr in Luton. Also nur noch sechsmal schlafen.»

Nora war kurz davor, etwas zu sagen, was ihn für den Rest seines Arbeitstages abgelenkt hätte, als ihr Telefon zu vibrieren begann. Sie wagte es nicht, Krebs warten zu lassen, wenn er es denn war, der sie zu erreichen versuchte.

«Ich muss an mein Handy. Kuss! Du kannst mir heute Abend erzählen, was bei dir so los war.»

Sie wurde mit seinem leicht spöttischen Lächeln belohnt.

«Darauf kannst du dich jetzt schon freuen», sagte er und beendete das Gespräch.

Als sie den Anruf entgegennahm, hörte sie ein Knacken und Rauschen, das auf eine schlechte Verbindung aus dem Ausland schließen ließ. Sie warf einen Blick auf das Display. Eine unterdrückte Nummer.

«Nora Sand», sagte sie.

Das Rauschen wurde stärker, und eine entfernt klingende Stimme versuchte, die Hintergrundgeräusche zu übertönen.

«Hier ist Ma...»

«Entschuldigung? Ich kann Sie so schlecht verstehen», rief Nora in den Hörer.

«Hier ist Maria. Ich ... Prof. ... Abionis Assis... wir ... treffen», sagte die entfernte Stimme.

Noch bevor Nora antworten konnte, war die Verbindung abgebrochen.

Kapitel 6

Den ganzen restlichen Samstag wartete Nora darauf, dass die Anruferin sich noch einmal bei ihr melden würde, doch das Telefon blieb stumm. Schließlich schob sie es sich in die Hosentasche und spazierte nach Hampstead, kaufte sich italienische Salsiccia mit Fenchelsamen, schwarze Belugalinsen, Staudensellerie und eine gute Flasche Rotwein bei M&S. Während sie in der Schlange an der Kasse wartete, rief sie Pete an und hoffte, dass er gerade nicht bei einem seiner vielen Fotoaufträge war, die er annahm, wenn er nicht gerade mit Nora für *Globalt* zusammenarbeitete. Zu ihrer Erleichterung meldete er sich nach nur wenigen Sekunden mit seiner entspannten Stimme und dem unverkennbar australischen Akzent.

«Hast du schon Pläne fürs Abendessen?», fragte sie ihn.

«Ach. Vielleicht die Nummer 14, und wenn ich richtig Kohldampf habe, nehme ich noch die Nummer 52 mit extra Käse.»

«Komm in anderthalb Stunden vorbei und bring Brot mit.»

Anderthalb Stunden später stand Pete mit einer Focaccia vor der Tür und warf das Sonntagsmagazin *The Age* aus seiner Heimat Melbourne auf den Küchentisch. Nora blätterte durch die fünfseitige Fotoreportage über ein Flüchtlingslager in Griechenland, während Pete den Tisch deckte.

«Meine Mutter hat mich vorhin über Skype angerufen, um mir zu sagen, wie stolz sie auf mich ist. Ich wusste nicht, dass sie Skype kennt», erzählte Pete mit einem breiten Grinsen.

Sie stießen auf das Skype-Konto von Petes Mutter an. Beim zweiten Glas erzählte Nora von Abioni.

Es war spät, als Pete nach Hause ging, und Nora erteilte sich selbst die Erlaubnis, am nächsten Morgen auszuschlafen. Ausnahmsweise gelang ihr das, ohne von Krebs wachgeklingelt zu werden. Erst gegen Mittag trottete sie die Treppen hinunter, um die Zeitungen von der Türschwelle zu holen.

Billie Holidays betrübte Liebeserklärung an Porgy verstärkte die Illusion, dass Nora ihren Sonntag in ruhigerem Tempo angehen lassen konnte. Sie trank Kaffee und blätterte durch die Zeitungen. Aus dem *Observer* fischte sie den Gourmetteil und legte ihn auf den Stapel mit Artikeln, die sie gerne lesen würde, wenn sie irgendwann Zeit dazu hätte.

Gerade hatte sie eine Reportage über die Position der Labour Party in Schottland zur Hälfte durchgelesen, als der Diensthabende der Onlineredaktion anrief.

«Wie schnell kannst du etwas über Nicholas liefern?», fragte er ohne Begrüßung.

«Bugakov? Ich habe doch gestern eine größere Sache geschickt. Kann das nicht ...»

«Check mal die Nachrichten, und dann ruf mich wieder an», entgegnete er nur.

Nora fand die Fernbedienung hinter einem Sofakissen und schaltete *BBC News* ein.

In einem roten BREAKING-NEWS-Banner blinkte ihr die Schlagzeile entgegen: *Junge am helllichten Tage mitten in London gekidnappt.*

In der Berichterstattung wurde das Foto eines blonden Jungen gezeigt, offenbar auf dem Weg zum Fußballtraining, denn er trug ein blaues Chelsea-Trikot.

Sofort rief Nora die Website des *Guardian* auf und las die Details.

Nicholas war mit seiner Mutter am Samstagvormittag im Shoppingcenter Westfield im Londoner Stadtteil Shephard's Bush gewesen, um einen Fußballspieler zu treffen, der für eine neue Marke Fußballschuhe auf Werbetour war. Er hatte sich durch die wartenden Fans nach vorn gekämpft, in der Hoffnung, ein Autogramm von dem Spieler zu erhaschen, doch war dann in der Menge verschwunden und nicht zu seiner Mutter, Ninette Bugakov, zurückgekommen. Ohne Erfolg hatte sie nach ihm gesucht. Als der Auftritt des Fußballers vorüber war und die Menge sich langsam auflöste, war der Junge immer noch nirgends zu sehen. Auch die Sicherheitsleute des Centers und mehrere Aufrufe über die Lautsprecheranlagen hatten Mutter und Sohn nicht wieder zusammengeführt.

Scotland Yard blieb keine andere Möglichkeit, als eine Kindernotfahndung auszulösen – über Radio, Fernsehen, Internet und Verkehrstafeln wurde über Nicholas' Verschwinden berichtet, in der Hoffnung, dass irgendjemand irgendetwas gesehen hatte.

«Die ersten Stunden sind entscheidend», sagte ein Sprecher der Polizei auf Anfrage der *BBC* und nannte eine Telefonnummer, die man wählen konnte, wenn man Hinweise auf den Verbleib des Jungen hatte.

Erneut klingelte Noras Handy. Diesmal bezeugten die Glocken des Big Ben zweifelsfrei, wer da mit ihr sprechen wollte.

«Sand.»

«Hast du das mit der Entführung mitbekommen?»

«Ja.»

«Was tun wir?»

«Ich lese gerade alles, was ich finden kann. Und ich habe eben mit dem CvD der Onlineredaktion telefoniert.»

«Gut. Wann hast du den ersten Text fertig?»

Sie seufzte innerlich.

«Kommt darauf an – was wollt ihr haben?»

«Na, was für die Website», antwortete Krebs mit einer Stimme, als müsste er einer Zweijährigen erklären, dass man nach dem Zähneputzen keine Süßigkeiten mehr essen darf.

Nora versuchte, die Gereiztheit in ihrer Stimme zu unterdrücken.

«Das ist mir schon klar. Ich kann euch in einer halben Stunde eine Zusammenfassung von dem, was die anderen geschrieben haben, liefern. Wenn du etwas Fundierteres haben willst, dann brauche ich mehr Zeit. Ich muss Informanten anrufen und dergleichen.»

«Ich will beides», sagte Krebs begeistert.

«Aber das schaffe ich wohl …»

«Dann haben wir einen Deal. Du kannst die Artikel selbst redigieren und im Netz veröffentlichen. Der CvD ist gerade mit einem Handballspiel in Kolding beschäftigt», sagte Krebs und legte auf.

Nora schaltete Miss Holiday ab und setzte sich an den Schreibtisch. In das Suchfeld bei Google tippte sie den Namen Nicholas Bugakov, und sofort erhielt sie mehr als sechshundert Resultate.

Die Nachricht hatte sich verbreitet wie ein bösartiger Virus in einem fiebergeplagten Körper.

Nora erstarrte. Eine der großen britischen Klatschzeitungen, die *Daily Mail*, hatte auf ihrer Seite ein Video verlinkt, bei dessen Anblick es Nora kalt den Rücken hinunterlief. Vor ihrem inneren Auge tauchten sofort bestialische Hinrichtungen auf.

Über dem Video, das in gnadenloser Wiederholung abgespielt wurde, schrie sie die Schlagzeile an: *Kidnapping: Steckt der IS dahinter?*

Der sieben Sekunden lange Clip, der von einer Überwachungskamera zu stammen schien, zeigte einen sichtlich unglücklichen Nicholas, der durch eine Glastür das Westfield Center verließ.

Doch Nicholas war nicht allein. Jemand hielt ihn an der Hand, und die Kamera zeigte deutlich, dass es eine Frau in Burka war.

Kapitel 7

Die folgenden zehn Minuten verbrachte Nora damit, jemanden bei Scotland Yard zu erreichen, wie wahrscheinlich auch die mehreren tausend anderen Journalisten aus aller Welt, die sich in London niedergelassen hatten. Ein Anrufbeantworter verwies sie auf die Website, wo über eine Pressekonferenz am selbigen Nachmittag informiert wurde.

Nora fand die Nummer eines Terrorexperten in Oxford, den sie schon bei anderen Recherchen kontaktiert hatte, und entschuldigte sich vielmals, ihn am Wochenende zu stören.

«Ach, Sie sind meine Rettung», sagte er fröhlich. «Meine Frau hat mich gerade dazu verdonnert, das Tafelsilber zu polieren. Aber jetzt muss ich mich wohl in mein Büro verziehen. Wie es scheint, steht wichtige Arbeit an.»

Nora konnte hören, wie Henry Fitzgerald einen Flur entlangging und dann eine Tür hinter sich schloss.

«So, jetzt bin ich in meinem Büro. Worum geht es denn?»

Nora berichtete kurz von den Geschehnissen der letzten Tage, und ehe sie zu Ende gesprochen hatte, hatte er schon erraten, mit welchem Anliegen sie ihn angerufen hatte.

«Und nun wollen Sie von mir wissen, mit welcher Wahrscheinlichkeit der IS dahinterstecken könnte.»

«So etwas in der Richtung», bestätigte Nora.

«Null Prozent, lautet die kurze Antwort», sagte Fitzgerald und erklärte im Laufe der nächsten vierzehn Minuten, warum die Entführung seiner Meinung nach nicht mit der islamistischen Terrorgruppe in Verbindung gebracht werden konnte.

«Weshalb sollten sie sich mit einer Entführung zufriedengeben, wenn sie töten könnten? Bei den letzten Angriffen haben wir ja gesehen, dass es für den IS eben um Gewalt geht. Enthauptungen, Sprengstoffanschläge und so weiter.»

«Aber ein Kind zu entführen, ist das nicht der Versuch, maximal Angst und Schrecken zu verbreiten?», fragte Nora.

Fitzgerald zögerte kurz, ehe er fortfuhr.

«Sie können sich auch folgende Frage stellen: Wer hat gewusst, dass Nicholas Bugakov zu genau diesem Anlass in genau diesem Einkaufszentrum sein würde? Wer wusste, wie er aussieht und wie man sich ihm nähern kann, damit er ohne zu zögern folgt? Das sieht, bei allem Respekt, nicht nach typischer IS-Arbeit aus», sagte er.

«Könnte es eine neue Taktik sein? Um Geld für weitere Terroraktionen zu erpressen? Der Vater des Jungen ist reich, sehr reich, und der IS hat ja vorher schon Geiseln genommen, um Lösegeld zu fordern», fügte Nora an.

«Meiner Meinung nach nicht. Das hier ist nicht der IS. Es ist eine tragische Geschichte, und ich bin sicher, dass die Eltern eine schwere Zeit durchmachen, aber ich kann mit bestem Wissen sagen, dass die Tat nicht nach einem Terrorakt aussieht.»

«Hm. Okay. Darf ich Sie in diesem Zusammenhang zitieren?»

«Selbstverständlich. Haben Sie noch weitere Fragen?»

«Nein, das war erst einmal alles, danke», sagte Nora und warf einen Blick auf die Uhr.

«Ach ja. Dann ist jetzt wohl das Tafelsilber dran. Schönen Sonntag noch, Miss Sand.»

«Viel Spaß beim Polieren.»

Noras Finger flogen nur so über die Tastatur. Zunächst schrieb sie die Fakten nieder, die schon bekannt waren. Wann und wo der Junge verschwunden war. Wer seine Eltern waren. Die Scheidung, die am nächsten Tag vor Gericht verhandelt werden sollte und unter diesen Umständen vermutlich verschoben werden würde. Sie schrieb über das Fußballevent im Einkaufszentrum und einen kurzen Abschnitt darüber, was für ein Ort das Westfield war, gewürzt mit eigenen Beobachtungen von ihrem letzten Besuch.

Dann beschrieb sie den Videoclip von Nicholas' Verschwinden und verlinkte die *Daily Mail*, die vermutlich einen korrupten Mitarbeiter des Sicherheitsdienstes mit einer hohen Summe geschmiert hatte, um die alleinigen Rechte an der Aufnahme zu erhalten. Sie zitierte Fitzgerald und betonte die Aspekte, die gegen eine Entführung durch den IS sprachen.

Anschließend loggte Nora sich in das Redaktionssystem der *Globalt*-Website ein, das ihrer Meinung nach von dem unehelichen Teufelskind von SchulCloud und Moodle entwickelt worden war.

Nachdem sie sich durch mehrere umständliche Sicherheits-Logins manövriert hatte, die man sich nicht so leicht merken konnte, weil man alle drei Monate dazu aufgefordert wurde, die Passwörter zu ändern, musste sie den Artikel kodieren, was nur Sinn für Menschen machte, die ein krankhaftes Interesse am Programmieren hatten. Bevor sie die Verfasserzeile unter die Überschrift des Artikels setzte, spürte Nora, wie die Gereiztheit in ihren Schläfen pochte und sich langsam in ihre vermeintliche Sonntagsidylle fraß, die sie vorhin noch so genossen hatte.

Schließlich konnte sie auf den *SENDEN*-Button drücken. Danach ging sie ins Bad und ließ das warme Wasser den Stress von ihrem Körper waschen. Ausnahmsweise nahm sie sich Zeit dafür, ihre Haare zu föhnen. Sie bürstete durch ihr langes Haar und dachte erneut, dass sie endlich einen Termin beim Friseur machen musste. Die letzten drei Male musste sie ihre Friseurtermine wegen wichtiger Nachrichten absagen.

Sobald sie den Föhn abschaltete, hörte sie das Telefon. Nora wickelte sich ein Handtuch um den Körper und ging hinüber zum Schreibtisch, wo ihr Telefon lag und vibrierte.

Die Onlineredaktion hatte siebenmal angerufen. Krebs dreimal. Ziemlich beeindruckende Rate für die Viertelstunde, die sie unter der Dusche gestanden hatte.

«Johnhier», meldete sich der Onlinediensthabende sauer. Er sagte das immer in einem Wort, um zu betonen, wie beschäftigt er war.

«Nora.»

«Ich musste deine Story umschreiben.»

«Warum das?»

«Wir müssen verdammt noch mal auf der IS-Welle mitschwimmen. So wie alle anderen.»

«Was hast du gemacht?», fragte Nora und versuchte, ruhig zu bleiben. Sie rief im Internet die Seite der *Globalt* auf, ihr Bericht stand ganz oben.

IS entführt dänischen Jungen in London stand dort im Vorschautext.

«John. Das geht so nicht. Niemand hat diese Vermutung bestätigt.»

«Hör mal. Es ist die Topstory in allen anderen Medien. Ich kann nicht mit irgendeinem lauwarmen britischen Experten hinterherhinken, der die Wahrheit nicht einsehen will. Wir werden von den anderen Zeitungen übertrumpft. Die IS-Story ist der Hit, der sich verkauft.»

«Aber wir wissen nicht, ob sie wahr ist.»

«Das können wir später berichtigen.»

«Was sagt Krebs dazu?»

«Er steht komplett dahinter. Und er war ziemlich sauer, weil du nicht ans Telefon gegangen bist.»

Nora atmete tief ein und versuchte, sich zu beherrschen.

«Okay. Ich rufe ihn an. Aber wärst du so lieb und entfernst meine Verfasserzeile? Ich will nicht damit in Verbindung gebracht werden.»

«Wird gemacht. Deine Entscheidung. Noch was? Wenn nicht, dann muss ich mich jetzt um ein Handballspiel kümmern.»

Sie legte auf und rief daraufhin bei Krebs an. Er meldete sich sofort, als hätte er auf ihren Anruf gewartet.

Genau dreißig Sekunden ließ er ihr Zeit, sich zu beschweren, bevor er sie unterbrach.

«Die Story wird auf allen Plattformen gefahren. Wir können uns nicht allein hinter so einem halbherzigen Artikel herumdrücken», teilte er ihr mit.

«Ja, aber das ist doch alles reine Spekulation!»

Krebs stöhnte.

«Hör mal zu. Ich weiß, es bereitet euch Korrespondenten da draußen in der Welt noch Probleme, euch an die neuen Zeiten zu gewöhnen und das Internet auf die richtige Art und Weise zu füttern. Aber ich will ehrlich zu dir sein: Wir müssen etwas tun, um Annoncen verkaufen zu können. Wir haben so wenig im Sparstrumpf, dass ich mehr Wolle sehe als Münzen. Wenn wir nicht irgendetwas radikal ändern, bleibt mir nichts anderes übrig, als Leute zu feuern.»

«Schon, aber sollten wir dann nicht Texte bieten, die gründlicher und besser recherchiert wurden als bei den anderen?»

«Mein Herz sagt ja. Aber unsere Analysen zeigen, dass die Leser nicht mehr als durchschnittlich fünfunddreißig Sekunden an einen Onlineartikel verschwenden. Also bleibt die Frage, wie viel Aufwand man dafür betreiben soll, Sand.»

«Wer sind Sie, und warum haben Sie meinen Chef entführt? Den Chef, der der Meinung ist, dass guter Journalismus jede Mühe wert ist?»

«Sand. Ich hab keine Lust mehr, mir das anzuhören. Uns bleibt nichts anderes übrig, als umzusatteln. So einfach ist das.»

Beide beendeten beinahe gleichzeitig das Gespräch, ohne sich zu verabschieden.

Nora nahm eine saubere Jeans und einen weichen Sarah-Lund-Pullover aus dem Schrank. Der war ein Geschenk von ihrer Mutter, die es so spannend fand, dass alles Skandinavische in Großbritannien gerade im Trend war. Sie unterhielt ihre britischen Freunde gern mit der Behauptung, diesen Trend mitbegründet zu haben.

«Ich habe einen Dänen geheiratet, bevor es in Mode war», sagte sie, sobald Skandinavien zur Sprache kam.

Nora verließ gern das Zimmer, wenn ihre Mutter mit ihrer Ehe und den zwei Kindern kokettierte, aus der sie ausgebrochen war, als Nora noch ein Teenager war. Es war nicht besonders lustig, mit einem deprimierten Vater und einem schwierigen Bruder zurückgelassen zu werden, während die eigene Mutter sich ein neues Leben mit einer alten Flamme namens Patrick auf einem ökologischen Apfelhof in Devon aufbaute.

Rasch schüttelte Nora den Gedanken ab, zog sich den Pullover über und setzte sich wieder vor den Computer. Dort checkte sie die einschlägigen Onlinenachrichten. Die meisten britischen und dänischen Zeitungen boten tatsächlich die IS-Geschichte, und in den Fernsehnachrichten saß bereits eine Kommission von Sicherheitsexperten und diskutierte die Notwendigkeit neuer Sicherheitsmaßnahmen.

Nur wenige Zeitungen und die *BBC* hielten sich aus dieser Terrormaschinerie heraus.

Nora schickte eine SMS an einen britischen Kollegen vom *Daily Telegraph*, den sie in regelmäßigen Abständen bei Veranstaltungen zum Thema Sicherheit und Terror im Thinktank des Chatham House getroffen hatte. Sie hatten mehrmals darüber gesprochen, sich zum Kaffee zu verabreden, doch daraus war nie etwas geworden.

Die Antwort kam prompt: *Bin busy. Weißt du was?*

Vielleicht, schrieb sie kryptisch.

Zwei Minuten später hatte sie Jeff Mathiesson am Apparat.

«Okay, spuck's aus. Ich hab 'ne Deadline in einer halben Stunde. Welche Infos hast du?»

Nora gab die Frage zurück: «Welche Infos hast *du*?»

«Nicht besonders viele», gab er ehrlich zu. «Meine Quellen bei der Polizei sind gerade versiegt. Ich habe einen Informanten, aber der ist ausgerechnet in dieser Woche im Urlaub in New Orleans.»

«Hm. Glaubst du an die Terrorvermutung?»

«Ganz ehrlich?»

«Ja bitte.»

«Ich finde, es klingt unwahrscheinlich. Im Moment versuche ich einen Informanten vom MI5 zu kontaktieren, mal sehen, ob bei ihm etwas zu holen ist. Okay, Nora. Jetzt bist du dran.»

«*Fair enough*. Aber du hast nicht besonders viel auf Lager.»

«Manchmal sind die Dinge, die wir nicht sicher wissen, am interessantesten», entgegnete er kryptisch.

«Vielleicht suchst du an den falschen Orten. Was weißt du über die Familie?»

«Der Vater ist ein Oligarch, reich wie der Teufel. Die Mutter ist ein schwedisches Model oder so.»

«Nein. Sie ist Dänin. Und sie steht kurz vor der Scheidung von dem Oligarchen. Die beiden sind sich nicht einig, wer das Sorgerecht für das Kind bekommen soll.»

Jeff stieß einen Pfiff aus, der an Krimiserien aus den Fünfzigern erinnerte.

«Die Verhandlung über das Sorgerecht sollte eigentlich am Montag beginnen. Also ist der Zeitpunkt nicht unerheblich.»

«Weißt du, welche Anwälte involviert sind?»

«Anne Browne ist Bugakovs Rechtsanwältin.»

«Danke für den Tipp. Mein Vater hat mit ihr Jura studiert, ich werde sehen, ob ich ihm ihre Telefonnummer abluchsen kann.»

«Gibst du sie mir weiter?»

«Ich werde ihre Nummer wohl nicht rausrücken dürfen, aber sollte sie reden, wenn ich ihr die Pistole auf die Brust setze, dann schicke ich dir ein paar Häppchen zu», versprach Jeff.

«Du bist ein Held», antwortete Nora.

«Also, *wenn* sie redet», wiederholte er und legte auf.

Während Nora auf Jeffs Rückruf wartete, recherchierte sie zu Bugakov und seinen Geschäften. Abgesehen von einem Fall, der in ein paar Artikeln aufgegriffen wurde, schien der russische Oligarch eine beinahe endlose Erfolgsgeschichte hinter sich zu haben. Was war dieses eine Mal schiefgelaufen? Nora erinnerte sich schwach an irgendein afrikanisches Abenteuer, in das Bugakovs Ölkonzern verwickelt gewesen und in dessen Zusammenhang ein britischer Beamter wegen Bestechung beschuldigt worden war. Doch der Fall war nie vor Gericht gelangt. Gut für Bugakov. Nach gründlicher Recherche in verschiedenen Archiven fand Nora schließlich einen Artikel in der *Financial Times*.

Es war ein Hintergrundbericht über die neue, breit aufgestellte Zusammenarbeit zwischen der nigerianischen NNPC und einem der größten russischen Ölkonzerne Jurij Oil & Gas. Es ging um die Investition von mehreren Milliarden Dollar in das Nigerdelta. In einer Randbemerkung erklärte der Journalist, dass die Verträge ursprünglich mit Anton Bugakovs Ölgesellschaft und dem zuständigen Minister Kwento Tinubu geschlossen worden waren, der Handel aber im letzten Augenblick geplatzt war. Der Artikel nannte die Gründe nicht, sondern begnügte sich mit der Feststellung, dass Bugakovs Ölgesellschaft durch den geplatzten Deal mehrere Millionen verloren hatte, woraufhin der Aktienkurs des Konzerns gefallen war.

Nora kopierte die Informationen in ein neues Dokument und suchte weiter. Sie ging bei Google auf Bildrecherche nach Nicholas und fand einige Fotos von der Premierenfeier eines Kinderfilms, bei der er mit seiner Mutter über den roten Teppich am Leicester Square lief. Er sah aus wie ein gewöhnlicher achtjähriger Junge mit einem zurückhaltenden Lächeln und einem abwesenden Blick, während seine Mutter in die Kameras strahlte und den Fotografen der *Hello!* und der *MetroExpress* erzählte, wer ihr Kleid designt hatte.

Noras Recherche wurde vom erneuten Klingeln ihres Telefons unterbrochen.

«Hallo, Jeff.»

«Ich habe sie erreicht.»

«Okay, was sagt sie?»

«Nichts, das wir zitieren dürfen. Wie erwartet. Sie ist Juristin.»

«Aber …?»

«Aber – ohne Zitatfreigabe: Ninette hat keine reelle Chance darauf, das Sorgerecht zu bekommen. Bugakov hat schwere Geschütze aufgefahren.»

«Und was bedeutet das genau?»

«Dass es eine ziemlich fiese Scheidung für Ninette werden wird. Anne Browne wollte nicht ins Detail gehen, aber sie machte deutlich, dass sie mit einem recht schnellen Gerichtsurteil zu Bugakovs Gunsten rechnet.»

Kapitel 8

Nora hatte über eine Stunde vor Beginn der Pressekonferenz bei Scotland Yard die Metro von Belsize Park genommen, was sich als kluge Entscheidung erweisen sollte.

Niemand schien auf den Gedanken gekommen zu sein, an diesem Sonntag zusätzliches Personal an den Sicherheitsschleusen des Präsidiums zu positionieren, nur weil einige hundert Journalisten auf Einlass warteten. Ein Kameramann von *Channel 4* meckerte lautstark, weil er in der Schlange nicht vorgelassen wurde, um seine Kamera aufzubauen.

«Wir wollen pünktlich live auf Sendung gehen!», redete er auf den Beamten ein, den das jedoch nicht zu interessieren schien.

«Die Schlange endet dort. Stellen Sie sich bitte an. Sie kommen auch noch an die Reihe», entgegnete er mit einer vernichtenden Ruhe in der Stimme, geprägt von einem Arbeitsalltag zwischen johlenden Fußballfans und kampflustigen Trunkenbolden.

Der Riemen von Noras Tasche schnitt sich langsam in ihre Schulter. Sie hatte ihren Laptop mitgenommen, und sein Gewicht, gepaart mit drei Sonntagszeitungen, ließ sie die Tasche schließlich auf dem Boden abstellen.

Als sie endlich durch die Sicherheitskontrolle kam, entschuldigte sich der Beamte, dass nur noch Stehplätze frei waren, und zeigte auf einen großen Raum mit einem Podium, vor dem sich rund zweihundert Journalisten, Fotografen und Kamerateams versammelt hatten.

Nora zwängte sich in den hinteren Teil des Raums, lehnte sich gegen die Wand und holte ihren Notizblock hervor. Sie nickte einem norwegischen Kollegen zu, der zwischen zwei Journalisten von *Reuters* und *Russia Today* saß.

Der Geräuschpegel der klickenden Kameras, der Fotografen, die ihre Einstellungen an die Lichtverhältnisse anpassten, und der Journalisten, die ihre Redaktionen anriefen, um mitzuteilen, dass sie nun im Präsidium waren, verebbte, als eine Tür sich öffnete. Auf das Podium trat ein Pressemitarbeiter, der so aussah, als hätte er in der letzten Nacht keinen Schlaf bekommen. Er schaltete eines der Mikrophone an, die auf einem langen Tisch vor vier Stühlen aufgebaut worden waren.

«Meine Damen und Herren, zuerst begrüßen wir Kriminalinspektor Ken Craven. Er wird eine kurze Mitteilung vorlesen. Danach kommt Anton Bugakov zu Wort, der eine mit seiner Frau gemeinsam verfasste Erklärung vorträgt. Es wird keine Möglichkeit geben, den Eltern Fragen zu stellen. Wir bitten Sie alle darum, dies zu respektieren. Zum Schluss werden Sie jedoch fünf Minuten Zeit haben, dem Kriminalinspektor Fragen zu stellen. Jetzt verlese ich zunächst die Bestätigungen der Exklusivrechte für ausgewählte Fernsehteams.»

Er ließ seinen Blick über die Versammlung schweifen und nahm Blickkontakt zu einer blonden Frau in roter Wolljacke auf.

«Karen. Sie haben fünf Minuten. Keine Sekunde länger.»

Das triumphierende Grinsen blieb nur wenige Sekunden auf

dem Gesicht der *BBC*-Reporterin hängen, dann wählte der Pressesprecher einen Mann in grauem Anzug und mit perfekt sitzender Frisur aus.

«Matt. Dasselbe gilt für Sie. Fünf Minuten.»

Doch der ungefähr fünfundzwanzigjährige Journalist von *Sky News* ließ sich nicht so schnell abwimmeln.

«Sie haben mir eine Liveschaltung gleich nach den Nachrichten versprochen.»

Der Pressesprecher blickte ihn mit müden Augen an.

«Sie bekommen fünf Minuten. Das oder nichts. Ihre Entscheidung.»

Der Journalist grummelte, ließ sich jedoch nicht auf eine Diskussion ein, die er ohnehin verloren hätte.

Erneut öffnete sich die Tür, und ein verbissener Kriminalinspektor in einem akkurat gebügelten Uniformhemd betrat das Podium, gefolgt von Ninette und Anton Bugakov.

Nora musterte Ninettes Gesicht. Ihr Make-up war verschmiert, die Augen gerötet. Anton Bugakov ging zwei Schritte hinter ihr. Langsam musterte er die versammelten Journalisten. Sein Mund war schmal wie ein Bleistiftstrich. Die Schultern hatte er hochgezogen, sein ganzer Körper stand unter Spannung.

Ken Craven setzte sich, er legte seine Uniformmütze vor sich auf den Tisch und räusperte sich. Sobald wieder Ruhe im Saal einkehrte, schaltete er einen Bildschirm hinter sich an. Nicholas erschien auf einem Schulfoto. Seine Haare standen auf der rechten Seite in einem widerspenstigen Wirbel ab, die Augen ähnelten denen seiner Mutter, und er hatte das gleiche, leicht ironische Lächeln wie sein Vater.

«Das ist Nicholas Bugakov. Ein Junge von acht Jahren. Circa 1,32 Meter groß, blaue Augen, blonde Haare. Nicholas verschwand am gestrigen Samstag gegen 10:40 Uhr im Westfield-Einkaufszentrum in Hammersmith. Er trug ein blaues Fußballtrikot von Chelsea mit der Rückennummer 10 und dem Spielernamen Hazard, eine Jeans und eine orangefarbene Steppweste der Marke Ralph Lauren», fasste Ken Craven zusammen.

«Die Polizei fordert die Bevölkerung auf, sich mit möglichen Hinweisen über den Aufenthaltsort des Jungen zu melden. Oder mit Hinweisen auf verdächtige Personen in der Gegend. Personen, die sich ab 10:00 Uhr am gestrigen Samstag auffällig verhalten haben. Der Junge war wahrscheinlich in Begleitung einer Frau in Burka.»

Nun wies Ken Craven auf die Telefonnummern hin, die man anrufen konnte, wenn man der Polizei behilflich sein wollte. «Wir haben ein ganzes Team an der Hotline», betonte er.

Anschließend sah er hinüber zu Bugakov, um ihm zu bedeuten, dass er nun das Wort hatte. Nora wusste, dass Bugakov als arroganter Dreckskerl galt. Doch in diesem Moment konnte man ihm das nicht ansehen. Wie er dort neben Ninette saß, wirkte er ängstlich. Er zitterte. Oder er war ein verdammt guter Schauspieler.

Umständlich faltete Bugakov ein Papier auseinander und las in monotonem Tonfall vor.

«An die Entführer meines Sohnes. Unseres Sohnes, Nicholas. Ich bitte Sie: Passen Sie gut auf ihn auf. Und sorgen Sie dafür, dass er in guter Verfassung zu uns zurückkehrt. Er ist nur ein kleiner Junge. Er hat niemandem etwas zuleide getan.»

Bugakov sah von dem Blatt auf und improvisierte, statt den gründlich einstudierten Text, den er mit der Presseabteilung der Polizei abgesprochen hatte, vorzutragen.

«Wenn jemand mir Schaden zufügen will und dazu meinen

Sohn benutzt, so sollen Sie wissen, dass ich bereit zu Verhandlungen bin», sagte er langsam.

Dann erhob er einen drohenden Zeigefinger.

«Sollte meinem Sohn irgendein Leid zugefügt werden, dann werde ich das nur schwer verzeihen können.»

Nun schweifte sein Blick über die Versammlung, und dieser Blick ließ keinen Zweifel daran, dass derjenige, gegen den diese Drohung gerichtet war, sich in naher Zukunft auf eine lange und schmerzvolle Todeserfahrung einstellen konnte.

Der Pressesprecher lehnte sich nach vorn und schaltete Bugakovs Mikrophon aus.

«Jetzt ist Zeit für Fragen an Inspektor Craven.»

«Hat jemand sich zu der Entführung bekannt? Gibt es eine Verbindung zum IS oder zu al-Qaida?», wollte die *Times* wissen.

Craven schüttelte den Kopf.

«Nein, bisher hat sich niemand bekannt. Aber wir verfolgen Spuren in alle Richtungen.»

Die *Daily Mail* übernahm.

«Also können Sie nicht ausschließen, dass es sich um islamistischen Terror handelt?»

Craven warf dem Journalisten einen müden Blick zu.

«Wie ich eben sagte: Momentan können wir noch keinen Täterkreis benennen. In diesem Augenblick sind wir auf die Hilfe der Öffentlichkeit angewiesen, um Nicholas zu finden.»

Der Pressesprecher blickte über das Meer von ausgestreckten Händen.

«Das war's für heute. Sie haben sicher Verständnis dafür, dass Inspektor Craven seine Zeit den Ermittlungen widmen möchte.»

Bugakov hatte sich bereits erhoben und mit ihm Ninette. Nora versuchte, ihre Aufmerksamkeit auf sich zu lenken.

«Ninette? Ich bin von *Globalt*», rief sie.

Aber ihr Rufen wurde übertönt von den vielen Kollegen, und dann schloss sich auch schon die Tür hinter Ninette, Bugakov und deren Gefolge.

Nora ging nach draußen und rief den CvD der Onlineredaktion an.

«Soll ich dir etwas über die Pressekonferenz schicken?»

«Wir haben sie hier zu Hause via *CNN* verfolgt. Die haben live gesendet, und Kasper bastelt gerade an einem Text. Hast du noch etwas hinzuzufügen?»

«Nein. Ich war vor Ort, mehr Infos habe ich auch nicht.»

«Dann kannst du dir den Rest des Tages freinehmen.»

«Okay. Danke. Wenn irgendetwas ist, ich habe mein Handy dabei», sagte sie.

Als sie auflegte, sah sie Bugakov aus einer Seitentür kommen. Er sah aus, als wäre er bereit für einen Mord. Hinter ihm trat Ninette aus der Tür. Sie wurde von einer älteren Frau mit silbergrauem Pagenkopf gestützt.

Nora ging auf sie zu.

«Ninette? Ich bin von *Globalt*. Darf ich Ihnen ein paar Fragen stellen?», fragte sie auf Dänisch.

Die ältere Dame warf ihr einen Blick zu, der Chilischoten am Strauch zum Vertrocknen gebracht hätte.

«Lassen Sie meine Tochter in Frieden! Ihr Sohn ist verschwunden, und sie braucht Ruhe! Verstehen Sie das nicht?», rief sie wutentbrannt.

Ninettes Mutter hatte ein Machtwort gesprochen, und Nora sah ein, dass sie keine Details aus Ninette herausbekommen würde, bevor die zu einem Gespräch bereit war.

Zurück in Belsize Park lag ein altmodischer Luftpostumschlag auf dem Hausflur im Eingangsbereich. Persönlich abgeliefert an einem Sonntag und adressiert an *Nora Sand, Journalistin*.

Vorsichtig nahm sie den Umschlag und hielt ihn gegen das Licht, das durch das Fenster an der Garderobe fiel. Ein leichter Schauer durchfuhr sie, weil sie an den Serienmörder Hix zurückdenken musste, der Nora Fotos seiner Opfer an ihre Adresse geschickt hatte, mit der Aufforderung, die Finger von dem Fall zu lassen, wenn sie nicht genauso enden wolle.

Doch soweit Nora erkennen konnte, enthielt der Umschlag nur ein Blatt Papier.

Oben in ihrer Wohnung setzte sie Teewasser auf und öffnete den Umschlag vorsichtig mit einem Messer. Ein einzelnes, durchsichtiges Blatt fiel heraus.

Sehr geehrte Miss Nora Sand,

ich habe versucht, Sie zu kontaktieren. Ich bin die Assistentin von Professor Abioni, mit dem Sie vor einigen Tagen verabredet waren. Er war besorgt, dass ihm etwas zustoßen könnte, und hat mich darum gebeten, Ihnen etwas auszurichten, falls er mehrere Tage lang kein Lebenszeichen von sich gibt. Seine Nachricht an Sie lautet: Die Toten nehmen die Geheimnisse mit ins Grab.

Ich mache mir große Sorgen, dass unser Freund in Gefahr ist. Es ist zu gefährlich für mich, Sie anzurufen. Aber ich melde mich wieder. Muti ist groß.

Unterzeichnet war der Brief mit *Maria Nua*.

Nora drehte und wendete den Umschlag, doch nirgendwo stand ein Absender. Nach einigem Überlegen rief sie Millhouse an, der abwesend klang, als er ans Telefon ging.

«Hallo, hier ist Nora. Ich habe einen Brief von Abionis Assistentin Maria bekommen.»

«Ach ja? Hat sie Hinweise zu seiner Ermordung? Oder wird aus dem Schreiben ersichtlich, wo sie sich aufhält?»

«Nein. Aber ich glaube, sie ist hier in der Stadt, denn der Brief ist nicht frankiert.»

«Was schreibt sie?»

«Ich glaube, sie will mir irgendetwas über den Fall erzählen, den Abioni verfolgte. Und sie erwähnt jemandem, der Muti heißt. Ist dir der Name geläufig?»

«Nie gehört. Mach bitte ein Foto von dem Brief und schick es mir aufs Handy.»

Nora sendete das Foto, während Millhouse in der Leitung blieb.

«Hm. Das bringt uns nicht viel, außer sie nimmt wieder Kontakt zu dir auf. Wir können natürlich auf Fingerabdrücke untersuchen, aber das hat momentan keinen Sinn.»

«Habt ihr etwas Neues über die Organisation, die Abioni auffliegen lassen wollte?»

«Nora. Du weißt sehr gut, dass ich dir solche Informationen nicht weitergeben darf. Nicht zum derzeitigen Ermittlungsstand.»

«Komm schon. Ich habe dir von meinem Brief erzählt.»

Millhouse machte eine Pause.

«Okay. Ich habe einen Tipp.»

Nora hielt den Atem an.

«Muti ist keine Person. Es ist eine Glaubensrichtung.»

Kapitel 9

Die Dunkelheit legte sich über Belsize Park, während Nora einen furchterregenden Artikel nach dem anderen las.

In der milden Version war Muti nichts anderes als afrikanische Naturmedizin, die angeblich für alles eine Heilung kannte, von Gicht bis zu mangelndem Glück bei Geschäftsverhandlungen. Doch dann gab es noch die düstere Version, die an schwarze Magie erinnerte, wenn man einer Website mit fetten Überschriften in blauen und roten Buchstaben Glauben schenken wollte. Abgesehen von Muti beschäftigte man sich hier auch mit blutrünstigen Morden.

Die Homepage verwies auf einen Artikel aus einer Psychologie-Zeitschrift, von der Nora noch nie zuvor etwas gehört hatte. Darin wurde erklärt, dass für Muti Körperteile verwendet wurden, die man von Lebenden oder Toten beschaffte, um daraus magische Elixiere und Salben herzustellen.

«Je lauter das Opfer schreit, desto stärker wirkt die Zauberkraft. Daher werden die Morde oft so brutal wie möglich ausgeführt», stand dort geschrieben, neben der Information, dass jedes Jahr «mehrere hundert» Muti-Morde in Afrika begangen wurden.

Der Artikel berichtete detailliert davon, wie die verschiedenen Körperteile bei unterschiedlichsten Problemen eingesetzt wurden. «Geschlechtsteile bringen Glück, Augäpfel werden zu Medizin gegen Sehschwäche verarbeitet.»

Unmittelbar wanderten Noras Gedanken wieder zu Abioni. Wozu brauchte jemand das Herz des Professors? Oder seine Ohren und seine Zunge?

Der Artikel endete mit einem erschreckenden Fazit: «Die Bezeichnung *spiritueller Heiler* versucht, das Satanistische zu verbergen.»

Nora konnte nur den Kopf schütteln. Der Verfasser dieses Textes wirkte wie ein Verschwörungstheoretiker, der wilde Gerüchte zu einer These zusammenwürfelte, für die es keine Beweise gab.

Sie informierte sich über Juju, eine spirituelle Glaubensrichtung Westafrikas, die sich sowohl in schwarze Magie als auch in die harmlosere Variante aufteilte. Die Magie konnte für persönliche Zwecke genutzt oder gegen andere gerichtet sein. Heilung und Hilfe. Oder ein Angriff. Nora wünschte, sie könnte Abioni fragen, was das alles zu bedeutet hatte.

Auf der Webseite waren leider weder eine Telefonnummer noch eine E-Mail-Adresse aufgeführt, unter der man die Informationen überprüfen oder weitere Nachfragen stellen konnte. Nora versuchte, mehr über die Psychologie-Zeitschrift in Erfahrung zu bringen, auf die die Webseite verlinkte. Sie hatte ihren Sitz in Missouri, doch es sah ganz danach aus, als wäre die Redaktion vor fünf Jahren geschlossen worden.

Die brauchbarste Information war der Hinweis auf die spirituellen Heiler. Nora gab den Begriff ins Suchfeld ein und gelangte zu den Annoncen der Londoner Gratiszeitung *Time Out*. Dort, unter einem Inserat für Hausaufgabenhilfe, fand sie eine Anzeige:

Spiritueller Heiler. Ich befreie Sie von Pech und Unglück, das Sie und Ihre Liebsten heimsucht, und erlöse Sie von schwarzer Magie. Ich kann Ihnen helfen, zu Ihrer sexuellen Kraft zurückzufinden. Ihre verlorene Liebe zurückzugewinnen. Finanziellen Reichtum zu erlangen. Ich heile alles, was für andere unheilbar ist. Das wird Ihr Leben verändern. Kontaktieren Sie mich, Kebau Ibi.

Dies tat Nora, wenn auch ohne große Hoffnung, dass unter der Nummer jemand an einem Sonntagabend ans Telefon gehen würde. Doch bereits nach drei Freizeichen meldete sich eine weibliche Stimme. Sie teilte Nora mit, dass Dr. Ibi in Peckham, im Süden Londons, anzutreffen sei, vierzig Pfund für eine Konsultation verlange, und dass sie versuchen wollte, Nora für Freitag um vierzehn Uhr in seinem Kalender unterzubringen.

«Oh. Will er gar nicht wissen, warum ich ihn aufsuche?», fragte Nora, als die Frau gerade auflegen wollte.

«Das ist nicht nötig. Dr. Ibi sieht alles.»

Nora schüttelte den Kopf. Dann würde Dr. Ibi wohl auch sehen und hoffentlich gutheißen, dass Nora von einem australischen Fotografen auf ihre Exkursion nach Peckham begleitet werden würde.

Sie rief Pete an.

«Ein spiritueller Heiler? Ist das dein Ernst?»

Nora erzählte ihm von Marias Brief.

«Und ich hoffe, dass Dr. Ibi uns vielleicht erklären kann, was es mit Muti auf sich hat und wie diese Art schwarzer Magie funktioniert.»

Pete zögerte.

«Ich weiß nicht recht. Wenn ich ehrlich bin, sträubt sich etwas in mir.»

«Warum?»

«Ich habe Martti irgendwann einmal auf eine Reportage begleitet, bei der wir auch einen afrikanischen Heiler aufgesucht haben. Danach war Martti wie von allen guten Geistern verlassen. Du kennst ihn nicht, aber Martti ist ein riesiger, blonder Finne mit einem breiten Kreuz. Ein Kerl wie Hulk. Ich bin ihm zum ersten Mal in Somalia begegnet. Der Typ hat vor nichts Angst. Aber nachdem wir bei dem Hexendoktor waren, war er nicht mehr er selbst. Bis zu unserer Heimreise, zwei Tage später, war er total apathisch. Im Flugzeug bekam er dann Schweißausbrüche und Kopfschmerzen.»

«Aha?»

«Ich hab mich noch über ihn lustig gemacht, er sei vom Hexendoktor verflucht worden, aber ihm war überhaupt nicht nach Lachen zumute.»

«Ach, und du meinst nicht, er hatte vielleicht Malaria? Die trägt ja bekanntermaßen auch nicht zur guten Laune bei», warf Nora ein.

«Nein. Da steckte irgendetwas anderes dahinter. Aber ich habe nie erfahren, was damals vor sich ging, als er bei dem Hexer war.»

«Wie auch immer, Pete. Wir sind ja hier nicht in Afrika. Wir wollen nach Peckham. Wenn du Angst hast, kannst du dich dort einfach in den nächsten Pub setzen und dir ein Pint bestellen, während ich diesen Doktor treffe», drängte Nora ihn.

«Okay. Vielleicht sehe ich ja Gespenster. Aber du weißt, was ich davon halte. Mit solchen Leuten spaßt man besser nicht», betonte er.

«Nein. Immer mit der Ruhe. Ich will den Typen ja nur treffen, um ihn ganz allgemein zu schwarzer Magie zu befragen.»

Pete seufzte.

«Okay. Dein Überzeugungstalent wirkt mal wieder. Ich bin dabei. Dann irrst du zumindest nicht allein durch Peckham. Dort gibt es Taschendiebe und was weiß ich.»

■

Nora schlief auf dem Sofa ein, während bei *Inspector Barnaby* gerade ein Mord im Zusammenhang mit einer Pferdewette aufgeklärt werden sollte. Daher bekam sie nicht mit, ob der Jockey der Mörder war. Ihr Griff um die Fernbedienung lockerte sich, und das Gerät fiel mit einem dumpfen Poltern auf den Fußboden.

Im Traum wurde Nora von einem wütenden Medizinmann verfolgt, der Schlangen um den Hals und kreischende Vögel auf den Schultern trug. Deren Schreie rissen sie aus dem Schlaf. Sie schnappte nach Luft, und ihr Blick fiel auf ihr Handy, das auf dem Sofatischchen lag und blau leuchtete.

Es war Andreas. Und er hatte achtmal versucht, sie zu erreichen.

«Was ist passiert?», fragte sie mit einem Kloß im Hals, als sie ihn zurückrief.

«Ich bin Vater geworden», erklärte er.

Nora nahm das Telefon mit ins Schlafzimmer, setzte sich auf die Bettkante und hörte Andreas zu, der von dem kleinen Mädchen erzählte, dem wunderschönsten Wesen, das man sich vorstellen konnte.

«Ich dachte, es wäre erst in zwei Wochen so weit?»

«Ja, schon. Aber die Fruchtblase ist gestern Abend geplatzt. Und dann hat Birgitte angerufen. Wir waren ab halb neun im Krankenhaus. Ich habe versucht, dich zu erreichen, aber du bist nicht ans Handy gegangen.»

«Gratuliere», stammelte Nora, während sie überprüfte, wie es ihr eigentlich damit ging.

«Danke», antwortete er glücklich. «Ich weiß noch nicht, wann wir nach Hause dürfen. Vielleicht schon morgen.»

Das kleine Wörtchen *wir* stach Nora wie ein Glassplitter, den man sich an einem Sandstrand eintritt.

«Fahrt ihr zusammen nach Hause?»

«Ja. Birgitte hat ja sonst niemanden, und ich kann sie doch nicht allein mit dem Baby lassen, jedenfalls nicht die erste Zeit.»

Nora schwieg, während die Worte immer noch aus Andreas heraussprudelten.

«Sie hat es auch noch nicht geschafft, alles einzukaufen. Wir konnten ja nicht wissen, dass das Baby so früh kommt.»

Wir. Da war es schon wieder. Nora hasste sich dafür, dass sie mitzählte.

«Okay. Mensch, das klingt aber toll. Wie gut, dass Birgitte dich hat», krächzte sie.

Selbst wenn Andreas herausgehört hatte, wie angespannt sie war, ließ er sich zumindest nichts anmerken.

«Wir wollen sie Viola nennen. Nach meiner Großmutter.»

Nora versuchte, fröhlich zu klingen.

«Schöner Name.»

Dann beendete Andreas das Gespräch.

«Ich muss wieder los. Sie schläft gerade, aber es kann sein, dass sie gleich aufwacht. Sie ist ein Wunder. Ein echtes Wunder!»

Nora ließ sich rücklings ins Bett fallen. Sie schloss die Augen, aber die Chance, jetzt wieder einzuschlafen, war nicht besonders groß.

Andreas war Vater geworden. Es war also passiert. Hurra. Vielleicht war es ein hübsches Kind. Vielleicht würde Nora es irgendwann sogar lieben, und vielleicht würde das Kind sogar sie als – wie soll man sagen – Tante lieben?

Plötzlich kam es Nora so vor, als wäre Andreas auf einen anderen Planeten übergesiedelt, und sie konnte spüren, dass er sicherlich für eine Weile in diesem fremden Universum bleiben würde. Sie musste also damit rechnen, ihn zu verlieren.

Schlagartig wurde ihr klar, dass es vollkommen lächerlich wäre, ihn zu fragen, ob er am Freitag nach London kommen würde. Natürlich nicht. Er war schließlich gerade Vater geworden.

Kapitel 10

Kurz vor sieben am Montagmorgen hatte Nora ausgeschlafen. Sie nahm eine Dusche und ging in das Café auf der gegenüberliegenden Straßenseite. An diesem Tag hatte sie keine Lust, allein zu Hause zu frühstücken.

Sie nahm einen Stapel Zeitungen mit an ihren Tisch und blätterte in ihnen, während sie auf das Ei wartete, das Dennis ihr gerade kochte. Von allen Titelseiten der Tagespresse prangte das Foto einer in Burka gekleideter Frau, die den kleinen blonden Jungen wegbrachte. Nora überflog die Artikel, doch keiner berichtete etwas Neues. Ihre Gedanken wanderten dabei immer wieder zu Andreas und wie glücklich er geklungen hatte. Sein kleines Wunder.

Bevor sie das Haus verlassen hatte, hatte sie auf der Webseite eines Blumenlieferdienstes einen üppigen Strauß für Birgitte bestellt und zu ihr ins Krankenhaus schicken lassen. Das war vielleicht eine merkwürdige Geste, aber was war schon das Richtige, wenn die Ex des eigenen Freundes dessen Kind auf die Welt brachte?

Diesen Gedanken hing Nora immer noch nach, als die Imitation der Big-Ben-Glocken durch das Café schallte. Sie schluckte hastig einen Bissen Toast herunter, bevor sie den Anruf entgegennahm.

Eine Stunde vor dem großen Montagsmeeting machte Krebs immer eine Telefonrunde mit seinen Korrespondenten, und man wusste ungefähr, anhand des Zeitpunkts seines Anrufs, welche Priorität man ein seiner Agenda gerade einnahm.

«Wie willst du den Fall weiterverfolgen? Wir wollen einen wirklich gründlichen Artikel. Er hat auch gut bis Freitag Zeit.»

«Vielleicht könnte ich einen etwas allgemeineren Blick auf Entführungen werfen. Wie gehen die Fälle meistens aus, bezahlen die Angehörigen oder nicht? Es gab doch diese Geschichte mit Getty junior, wo ...»

Krebs unterbrach sie sofort.

«Langweilig. Hast du etwas anderes?»

«Tja, man könnte versuchen zu ermitteln, ob der IS wirklich die Taktik geändert hat, aber ...»

«Aber was?»

«Ich bin mir nicht sicher, ob der IS tatsächlich dahintersteckt. Schließlich steht da auch noch diese Scheidung an. Ich glaube, dass der Fall eher damit zusammenhängt.»

Krebs überlegte einen Augenblick.

«Okay. Wir machen es folgendermaßen: Du schreibst eine aktualisierte Fassung über den IS-Verdacht für die Website, denn das ist die Perspektive, die gerade angesagt ist.»

«Gut», entgegnete Nora und versuchte, die Gedanken an den Streit, den sie gestern beinahe gehabt hätten, zu verdrängen. Sie war zwar schon oft von Krebs genervt gewesen, einige Mal sogar so sehr, dass sie Lust gehabt hätte, ihn mit einer zusammengerollten *Globalt* zu verhauen. Doch vor dem gestrigen Telefonat hatte sie seine journalistische Urteilskraft nie in Frage gestellt. Rasch schob sie diese Gedanken beiseite. Vielleicht war er nur gestresster als sonst.

«Wenn du damit fertig bist, will ich, dass du dich nächste Woche an ein gründliches Porträt von Bugakov und seiner Frau machst.»

«In Ordnung», sagte sie. Das klang doch gleich interessanter.

«Ich will alles über die beiden wissen. Welche Geschäftsinteressen verfolgt er. Welche Verbindungen hat er zur Mafia? Du könntest eventuell Sebastian in Moskau kontaktieren. Vielleicht kann der dir weiterhelfen. Wenn es etwas in Bugakovs Vergangenheit gibt, das irgendwie mit einer Entführung zusammenhängen könnte oder darauf hindeutet, dass er Kontakt zum IS hat, dann möchte ich das wissen. Ich will die ganz große Story. Mit Schwung. Die junge blonde Schönheit aus Dänemark, der böse Russe und das verschwundene Kind. Kannst du es vor dir sehen?» Bevor Nora antworten konnte, fügte er hinzu: «Wir brauchen außerdem einen Interviewtermin mit Ninette. Könntest du das regeln? Oder einen mit Bugakov? Ich will auch seine Version der Geschichte hören.»

Nora seufzte.

«Ich werde sehen, was sich machen lässt, aber es wird dauern, diese Dinge aufzudecken», sagte sie.

«Selbstredend.»

«Es wird also zeitlich schwer sein, auch die Webseite ständig auf dem neusten Stand zu halten», betonte sie.

«Das ist alles eine Frage der Einstellung. Wir hören uns nach dem Morgenmeeting.»

«Aber was ist mit der Story über Abioni? Darüber wollten wir doch heute sprechen? Ich wurde von seiner Assistentin kontaktiert, und ich glaube, ich habe neue Anhaltspunkte, um der Sache nachzugehen, die er mir anvertrauen wollte. Wenn du mir ein bisschen mehr Spielraum lässt, dann ...»

«Wir werden sehen, wie sich die Woche entwickelt. Jetzt sollst du dich erst einmal auf Bugakov konzentrieren», sagte Krebs bestimmt und legte auf, bevor Nora protestieren konnte.

Sie verließ das Café, ging nach Hause in ihr kleines Homeoffice und hängte sich ans Telefon.

Der erste Kontakt, den sie erreichte, war eine Professorin, die sie einige Male bei Vortragsreihen im Thinktank in Mayfair hatte sprechen hören. Martha Keller hatte den IS schon studiert, bevor die Organisation in aller Munde gewesen war, davor war sie auf al-Qaida spezialisiert gewesen. Sie hatte seit mehreren Jahren davor gewarnt, dass radikale Muslime sich immer extremer formieren würden, und wurde als Expertin auch in Downing Street Number 10 gehört, wenn mit diesen Gruppen Konfliktsituationen entstanden waren.

Nora war überrascht, dass die Professorin sofort ans Telefon ging, und noch verwunderlicher war, dass sie eine ganze Viertelstunde Zeit für Nora hatte, sofern sie sich mit ihr am St. James Square treffen würde.

Weniger als eine Stunde später begrüßte Martha Keller sie im Foyer des Chatham House.

«Ich erinnere mich noch gut an die Konferenz über die Auswirkungen der fallenden Ölpreise auf den Mittleren Osten. Sie haben dort eine Vorlesung gehalten», begann Nora das Gespräch.

«Wir können leider nicht in mein Büro. Ich stecke mitten in einem größeren Bericht, den ich in drei Tagen abliefern muss, es herrscht das reinste Dokumentenchaos.»

Martha Keller führte Nora in eine altertümliche Bibliothek mit dunklen Regalen, die randvoll mit in Leder gebundenen und

Goldbuchstaben verzierten Büchern waren. Studenten saßen in kleinen Grüppchen zusammen und tuschelten. Die Professorin ging zu einem Serviertischchen und goss Tee in zwei Plastikbecher, die an diesem ehrwürdigen Ort fehl am Platz wirkten. Sie setzten sich an einen runden Tisch mit Aussicht auf den kleinen Garten mitten auf dem St. James Square.

«Was ist das für ein Bericht, an dem Sie schreiben?», fragte Nora höflich.

«Es geht um Boko Haram. Auch um die Ausbreitung der Gruppe in ganz Nigeria.»

«Und um die Entführungen junger Mädchen?»

Keller nickte.

«Ja. Das ist eine der vielen Strategien der Gruppe. Aber es ist nur ein Bruchteil dessen, was sie vorhaben.»

«Wenn der Bericht veröffentlicht wird, freue ich mich sehr über eine E-Mail. Ich könnte für *Globalt* darüber berichten», sagte Nora.

«Gern. Ich werde dafür sorgen, dass Sie auf die Mailing-Liste kommen», versprach Keller.

Sie sah auf ihre Uhr.

«Wir haben maximal zwanzig Minuten. Schießen Sie los.»

Nora erkundigte sich zunächst nach der aktuellen Entwicklung und dem Status des IS, und Keller erklärte, dass die Gruppierung zunehmend Schwierigkeiten hätte, neue Mitglieder zu rekrutieren. Gleichzeitig betonte sie, dass es unmöglich sei, sich einen Überblick darüber zu verschaffen, wie viele IS-Agenten mit dem großen Flüchtlingsstrom, der in einem chaotischen Sommer über den Kontinent gezogen war, nach Europa gekommen waren.

«Und was bedeutet das für Großbritannien?»

«Wir bekommen auch unseren Anteil. Momentan hält Frankreich die Flüchtlinge noch im Dschungel fest», erklärte sie mit Verweis auf das französische Flüchtlingscamp Sangatte, das Tausende illegaler Einwanderer und abgewiesener Asylsuchende beherbergte, die ihrem Ziel Großbritannien so nah waren, dass sie es fast mit den Fingerspitzen berühren konnten. Das Glück lag eine Zugfahrt als blinder Passagier im Eurostar entfernt – oder zwanzig lumpige Seemeilen im Schutz der Dunkelheit im Gummiboot über den Englischen Kanal.

«Wie intensiv haben die Nachrichtendienste diese Menschen im Blick?»

Keller lächelte müde.

«Das müssten Sie die schon selbst fragen», erwiderte sie.

Nora berichtete von dem entführten Nicholas und der Frau in der Burka auf dem Überwachungsvideo.

«Ich bin über den Fall informiert», sagte Keller und deutete auf einen Stapel aktueller Tageszeitungen, die auf dem Nachbartisch lagen. Der kleine Junge starrte unglücklich von diversen Titelseiten.

«Kann Ihrer Meinung nach der IS dahinterstecken?»

Keller schnaubte.

«Als Akademikerin muss ich an dieser Stelle sagen, dass ich absolute Aussagen hasse. Aber hier kann ich doch behaupten, dass mich das sehr wundern würde.»

«Warum?», fragte Nora.

«Es ist nicht deren Stil.»

«Könnten sie ihren Stil geändert haben? Immerhin haben sie sich seit ihrer Gründung auch weiterentwickelt und versuchen sich immer wieder an neuen Methoden.»

Keller überlegte.

«Das stimmt natürlich. Aber es ist trotzdem nicht deren Stil.

Andererseits würde es mich nicht schockieren, wenn sie sich in Kürze trotzdem zu der Tat bekennen würden.»

Nora runzelte die Stirn.

«Aber sie sind nicht die Täter?»

«Nein. Das glaube ich tatsächlich nicht. Allerdings hat der IS sich bisher noch keine Möglichkeit entgehen lassen, etwas Gratis-Aufmerksamkeit einzuheimsen. Wer sollte ihnen schon widersprechen? Das ist ein Element ihrer PR-Maschinerie. Ihr Ziel ist es zum einen, Angst und Schrecken zu verbreiten, und zum anderen, den Anschein zu erwecken, überall gegenwärtig zu sein. Damit wollen sie auch neue Rekruten anwerben, die es aufregend finden, das Interesse der Weltpresse auf sich zu ziehen.»

Nora notierte Kellers Aussagen auf ihrem Block.

«Aber warum ist es nicht ihr Stil?»

«Angriffe durch den IS haben meist zum Ziel, zu töten oder Schrecken zu verbreiten. Wenn der Zufall es will, und das haben wir in der Vergangenheit schmerzlich erlebt, schrecken sie auch nicht davor zurück, Kindergruppen mit in den Tod zu reißen. Aber warum sollten sie sich mit einem einzelnen Kind zufriedengeben? Ausgehend von allem, was ich von ihnen weiß, ist es nicht wahrscheinlich, dass sie so operieren.»

Ihre Zeit war gleich um. Nora steckte den Block zurück in ihre Tasche, als ihr plötzlich noch etwas einfiel.

«Kannten Sie Professor Kweko Abioni?»

Keller sah sie verwundert an.

«Ja. Ich kenne ihn. Er ist ein hoch angesehener Kollege, seine Arbeit über Boko Haram ist einzigartig. Ich zitiere seine Forschung mehrmals in dem Bericht, den ich gerade schreibe. Warum wollen Sie das wissen?»

«Wann haben Sie zuletzt mit ihm gesprochen?»

Keller zuckte mit den Schultern.

«Das muss ein paar Monate her sein. Er hatte mich gebeten, ihm einige Kontakten zu besorgen, mit denen er sich in Vorbereitung auf eine Konferenz hier in London austauschen wollte.»

«Wissen Sie, woran er zu dem Zeitpunkt geforscht hat?»

«Nein. Warum fragen Sie mich das? Können Sie ihn nicht selbst kontaktieren?»

Nora blickte die Professorin an.

«Er ist tot. Ermordet.»

Erschrocken schlug Keller die Hände vor den Mund.

«Ermordet? Etwa wegen seiner Forschung? Hat Boko Haram etwas damit zu tun?»

«Das weiß ich nicht. Aber er wurde hier in London getötet», antwortete Nora.

«War es Raubmord?»

Nora schüttelte den Kopf.

«Das glaube ich nicht. Es deutet vieles darauf hin, dass er kurz davor war, eine brisante Sache aufzudecken. Er wusste Dinge, für deren Vertuschung jemand sehr weit gehen würde. Wissen Sie eventuell, woran er spezifisch gearbeitet hat? Kennen Sie seine engsten Kollegen, denen er vertraut haben könnte?»

Keller schüttelte den Kopf.

«Nein. So gut kannte ich ihn leider nicht. Wir haben einige Beiträge für eine Konferenz in Genf gemeinsam vorbereitet. Er war ein toller Mensch. Es ist so schrecklich zu hören, dass er tot ist.»

Eine in Gedanken versunkene und traurige Martha Keller begleitete Nora zurück ins Foyer.

■

Als Nora wieder vor dem Chatham House auf der Straße stand, hatte das Wetter umgeschlagen. Der Himmel war frostklar und blau wie ein Stück mundgeblasenes venezianisches Glas. Sie ging über den Piccadilly Circus in Richtung Leicester Square, schlängelte sich an Touristen vorbei, die Selfies vor dem M&M's-Store machten, fand ein Café, in dem sie arbeiten konnte, bestellte ein Sandwich und eine Tasse Kaffee und setzte sich an einen der Tische.

Nora ahnte schon, in welcher Weise die Onlineredaktion eine Überschrift aus ihrem Artikel generieren würde: *Britische Expertin: IS wird sich zur Entführung bekennen*. Dann würden die Leser, nachdem sie die Überschrift angeklickt hatten, jedoch feststellen, dass die britische Expertin eigentlich gar nicht der Meinung war, dass der IS hinter der Entführung von Nicholas steckte, sondern die Tat nur vielleicht für seine Zwecke nutzen würde.

Nachdem sie den Artikel abgeliefert hatte, rief sie Andreas an.

«Hi», sagte er schlaftrunken, aber mit einer wie von Glück besoffenen Stimme; und es verpasste Nora einen Stich, als ihr auffiel, dass es mehrere Monate her war, dass er so glücklich geklungen hatte.

«Hey, wie geht's?», erkundigte sie sich.

«Unglaublich gut. Sie schlafen beide. Die Kleine ist so hübsch, wenn sie schläft. Ihre Finger sind winzig», antwortete er.

«Seid ihr noch im Krankenhaus?»

«Nein, wir sind zu jetzt Hause. Also bei Birgitte.»

«Okay.»

«Die beiden sind im Schlafzimmer, und ich liege hier auf dem Sofa und glotze Discovery Channel, aber ich kann mich auf nichts konzentrieren und habe keine Ahnung, was ich mit mir anstellen soll», sagte er.

«Das muss total verrückt sein.»

«Ja, ich bin so verknallt. Also in Viola.»

Nora schaute aus dem Fenster. Der blaue Himmel von vorhin schien plötzlich von Blei überzogen zu sein.

«Soll ich dir ein Bild von ihr schicken?», fragte Andreas.

«Ja, gern», antwortete sie mechanisch.

Schon hörte sie ein leises Pling, das Foto war angekommen. Sie schaltete Andreas um auf die Freisprechfunktion, während sie das Bild öffnete.

«Oooh! Ist die süß!»

Ein winziges Baby schaute mit seinen kullerrunden blauen Augen unter einer rosafarbenen Haube mit grünem Blümchenmuster hervor, direkt in die Kamera.

«Wie hübsch sie ist!»

«Ja, ist sie nicht prächtig?», sagte Andreas.

Nora hörte ein Poltern im Hintergrund und das Weinen eines Babys.

«Du, ich muss auflegen.»

«Klar. Ich vermisse dich», sagte Nora.

Aber Andreas hatte schon aufgelegt.

Still starrte Nora hinaus in den Regen, trank den letzten Schluck des kalten Kaffees und wollte gerade ihren Laptop zusammenpacken, als ihr Blick auf das kleine blaue Viereck fiel, das ihr anzeigte, dass sie eine neue E-Mail bekommen hatte.

Morgen spricht Ninette, stand in der Betreffzeile. Die Mail kündigte an, dass das dänische Reality-Sternchen nun bereit war, jedem Journalisten, der am nächsten Vormittag zu einer Pressekonferenz kommen würde, die absolute Wahrheit über das Verschwinden von Nicholas schildern wolle.

Nora konnte es kaum erwarten.

Kapitel 11

Die Journalisten waren für Dienstagvormittag um elf Uhr bestellt. Nora traf bereits eine halbe Stunde vorher in der Lobby des Corinthia Hotels ein. Sie beobachtete die kleine Schar von circa zehn Kollegen und überlegte, ob Dänen darunter waren. Leider konnte sie keine bekannten Gesichter ausmachen, aber das war auch keine Überraschung. Noras Umfeld war meilenweit von Ninettes Promi-Welt entfernt.

Die Gruppe wurde in ein Konferenzzimmer in den ersten Stock geführt. Die dicken, cremefarbenen Teppiche im Korridor schienen jedes Geräusch zu absorbieren, es herrschte Stille wie in einem Bestattungsinstitut. Eine Stille, die man sich mitten in London nur für Geld kaufen konnte.

Der Portier, der sie hinaufgeführt hatte, klopfte an eine Tür. Eine dunkelhaarige Frau mit einem Wirrwarr an Rastazöpfen öffnete. Bei ihrem Anblick musste Nora an eine Statistin von *Game of Thrones* denken. Die Frau geleitete sie in einen Raum, der von einem großen ovalen Konferenztisch mit einer rot gefärbten Glasplatte dominiert wurde. Dort saßen bereits fünf Journalisten mit Diktaphonen und den iPhones neben ihren Notizblöcken.

Nora grinste schief.

«Sieht wohl doch nicht nach einem Exklusivbericht aus», bemerkte sie trocken und wurde mit dem geölten Grinsen einer Kollegin belohnt, die sich als Sally vom *Evening Standard* vorstellte.

Die Frau mit den Rastas teilte mit, dass Ninette noch in einem Interview mit einem Fernsehteam saß, aber innerhalb der nächsten zehn Minuten vor die internationale Presse treten würde. Dann stellte sie zwei Flaschen Mineralwasser auf den Tisch und verließ den Raum.

Die Situation erinnerte Nora an die vielen Schauspielerinterviews, denen sie im Laufe ihrer Karriere beigewohnt hatte. Man wurde in Gruppen zusammengefasst und wartete eine Ewigkeit darauf, dass der Star endlich auftauchte und dann doch nur sagte, was im Vorhinein besprochen worden waren – egal wonach gefragt wurde. Oft waren die Schauspieler in Begleitung eines PR-Typen, der im Hintergrund herumschwirrte wie ein Überwachungshubschrauber und mit gestrengem Blick darauf achtete, dass sowohl Star als auch Reporter sich nur zugunsten der Promotion des Films austauschten.

Die Journalisten musterten einander oder starrten aus dem Fenster. Irgendwann begannen die Leute dann, miteinander zu plaudern. Man erkundigte sich danach, wer woher kam.

Nora nickte einer dänischen Kollegin zu, die angereist war, um für ein Wochenmagazin zu berichten. Höflich fragte Nora, wie lange sie denn schon in der Stadt sei.

«Wir sind gestern angekommen. Ich habe schon meine erste Reportage aus Bugakovs Villa abgeliefert.»

«Sie sind da hineingekommen?», fragte Nora ungläubig.

Die Journalistin lächelte geheimnisvoll, doch bevor sie antworten konnte, ging die Tür auf, und Ninette trat ein.

Sie trug ein weißes Oversize-Hemd und eine eng anliegende Lederhose. Ihr Make-up war tadellos, und die Frisur saß, als hätte sie eben erst den Friseursalon verlassen.

Nora studierte ihr Gesicht. Es waren keine Spuren von Tränen mehr zu sehen. Die Frau wirkte traurig, jedoch sehr gefasst für eine Mutter, die ihren Sohn seit drei Tagen vermisste.

Ninette ließ ihren Blick über die Runde am Tisch schweifen, und für einen Moment blieb er an Nora hängen. Nora schob ihr ihre Visitenkarte zu. Ninette warf einen kurzen Blick darauf, ließ sie jedoch liegen.

«Ich habe Sie heute hierhergebeten, um Ihnen meine Version der Dinge zu schildern», begann sie.

Die Journalisten betrachteten sie abwartend.

«Ich habe Gründe für die Vermutung, dass mein zukünftiger Ex-Mann, Anton Bugakov, eine Reihe von Anschuldigungen gegen mich parat hält, mit denen er vor die Presse treten will. Dem möchte ich gern zuvorkommen», erklärte sie.

Nora goss sich ein Glas Wasser ein, nahm einen Schluck und sah sich um. Die Diktaphone waren eingeschaltet, und auch sie hatte die Aufnahmefunktion ihres iPhones gestartet.

«Um welche Anschuldigungen geht es?», fragte ein Journalist, der Nora schräg gegenüber saß. Sein Akzent klang russisch.

«Wie Sie alle wissen, befinden Anton und ich uns mitten in Scheidungsverhandlungen. Und die meisten von Ihnen wissen auch, dass es dabei in erster Linie um das Sorgerecht für unseren Sohn Nicholas geht.» Ninettes Augen wurden feucht, als sie den Namen ihres Sohnes erwähnte, aber sie riss sich zusammen.

«Mein Ex-Mann teilt nicht gern. Doch mein größter Wunsch ist es, meinen Sohn mit nach Hause nach Dänemark zu nehmen, wo ich ihm eine sichere und ruhige Kindheit bieten kann. Weit weg von den eher unglücklichen Umständen, die ein Zusammenleben mit Anton Bugakov mit sich bringt», erklärte Ninette. «Mein Mann, mein Ex-Mann, hat mir zu verstehen gegeben, dass es für ihn nicht in Frage kommt, meinen Sohn nach Dänemark ziehen zu lassen, und er alle Hebel in Bewegung setzen wird, um das zu verhindern», fuhr sie fort.

«Und wie sehen diese Hebel aus?», schloss der Journalist die nächste Frage an.

«Wenn ich ihn richtig verstehe, ist er dazu bereit, meinen Ruf zu ruinieren, damit das Gericht mich für ungeeignet erklärt, das Sorgerecht zu übernehmen.»

«Aber Sie waren doch mit Nicholas unterwegs, als er entführt wurde?», hakte der Journalist in aggressivem Tonfall nach.

Ninette sah ihm direkt in die Augen.

«Entschuldigen Sie, ich habe nicht mitbekommen, wer Sie sind.»

Der Mann grinste zynisch.

«Wahrscheinlich, weil Sie mich nicht gefragt haben. Ich heiße Yuri Safronov und arbeite für den *Moscow Messenger*. Ein Onlinemagazin», klärte er sie auf.

Ninette betrachtete ihn einen Augenblick lang.

«Ich kenne den *Moscow Messenger*. Mein Mann hat die Zeitung gekauft und ist nun der Eigentümer. Hat er es wirklich nötig, seine eigenen Journalisten herzuschicken? Wie erbärmlich.»

Yuri Safronov zuckte mit den Schultern.

«Wir berichten über alle Nachrichten, die für die Bürger Moskaus von Relevanz sind», entgegnete er in neutralerem Ton.

Ninette seufzte, und für einen Augenblick sah sie so aus, als würde sie den russischen Journalisten am liebsten rausschmeißen. Aber dann schien sie es sich anders zu überlegen.

«Nicholas verschwand unter meiner Aufsicht, aber ich bin mir sicher, dass es sich um eine geplante Aktion handelte. Mein Sohn wurde gezielt entführt. Jahrelang habe ich meinen Mann darum gebeten, Bodyguards für unseren Sohn einzusetzen, aber er hat immer wieder abgelehnt.»

«Warum jahrelang?», fragte Nora verwundert.

«Mein Mann hat Geschäftsbeziehungen mit Leuten, die nicht mit normalen Methoden arbeiten.»

«Was bedeutet das?», hakte Nora nach.

Ninette blickte ihr fest in die Augen.

«Genau das, was Sie vermuten. Mein Mann scheut keine Mittel, um zu bekommen, was er haben will. So ist es schon immer gewesen.»

«Aber ist es nicht ein bisschen zu einfach, derartige Anschuldigungen vorzubringen?»

Ninette seufzte.

«Wenn ich Journalistin wäre, würde ich einen gründlicheren Blick auf die Geschäftsverbindungen meines Mannes werfen. Daraus kann man viele Erkenntnisse über ihn gewinnen.»

«Glauben Sie, das ist der Schlüssel zu Nicholas' Entführung?», warf Sally vom *Evening Standard* ein.

«Ich habe sowohl meinen zukünftigen Ex-Mann als auch die Polizei immer wieder gedrängt, diversen Geschäftspartnern gründlicher auf den Zahn zu fühlen. Es sind alle möglichen Gestalten bei uns ein und aus gegangen. Sie haben Nicholas getroffen, und wenn sie Augen im Kopf hatten, konnten sie nicht übersehen haben, wie sehr Anton unseren Sohn liebt. Und dass unser Kind Antons wunder Punkt ist», erklärte sie.

«Aber die Polizei wollte diese Spur nicht verfolgen?», hakte die britische Journalistin nach.

Ninette schüttelte den Kopf.

«Könnten Sie das ein bisschen genauer ausführen?», bat Nora.

Ninette überhörte die Bitte und gab stattdessen das Wort an die dänische Journalistin von der Wochenzeitung weiter.

«Sie sind also der Meinung, die Polizei geht den falschen Hinweisen nach?»

«Ja. Sie wirken unaufmerksam, und ich fürchte, dass mein Mann mit Hilfe seiner Ressourcen und den teuren Anwälten, die ihm zu Seite stehen, die Ermittlungen über die Entführung in die falsche Richtung lenkt», sagte Ninette.

Eine Träne lief ihr die Wange hinunter.

«Das ist alles nicht leicht für mich», fuhr sie fort. «Ich bin ganz allein hier in London, isoliert und ohne jede Hilfe oder Unterstützung.»

Nora dachte an die erste Pressekonferenz bei Scotland Yard und dass man sich wohl nicht so allein fühlen konnte, wenn man eine derartige Bulldogge zur Mutter hatte.

«Was unternimmt Bugakov, um Ihren Sohn zu finden?»

Die Frage warf der russische Journalist in den Raum.

Ninette schüttelte den Kopf.

«Ich weiß es nicht. Er hat sich zu Hause in unserer Villa verschanzt, und ich komme nicht an ihn heran», sagte sie.

«Haben die Kidnapper in irgendeiner Form Kontakt zu Ihnen aufgenommen? Gibt es Forderungen?», fragte eine Journalistin, die neben Safronov saß.

«Nein. Und falls doch, hat mein Mann mich nicht darüber informiert», antwortete Ninette und schaute die Gruppe Journalisten trotzig an. Alle schrieben eifrig ihre Notizen nieder. Keiner sah auf, um ihren Blick zu erwidern, wie Nora bemerkte.

«Kann man sagen, dass Sie sich von der britischen Polizei im

Stich gelassen fühlen?», fragte die Journalistin weiter, und Nora ahnte, wie sie die Berichterstattung später aussehen würde: *Ninette: Allein und verlassen in London*, würde die Schlagzeile lauten.

«Im Moment sehe ich nicht, inwiefern sie zur Suche nach meinem Sohn beiträgt. Mir bleibt nichts anderes übrig, als meine Sorge in die Öffentlichkeit zu tragen, und aus diesem Grund bin ich heute hier. Ich werde nichts unversucht lassen, um meinen Sohn wiederzufinden.»

Jetzt sah Ninette aus, als würde sie um Fassung ringen. «Und leider kann ich heute keine weiteren Fragen beantworten.»

■

Auf dem Nachhauseweg ging Nora am British Museum vorbei. Der Anblick des beeindruckenden Gebäudes aus dem 18. Jahrhundert mit seinen gigantischen griechischen Säulen und der Treppe, die zu einer einzigartigen Sammlung von Kunstwerken hinaufführte, erfreute sie jedes Mal. Regelmäßig besuchte sie die Ausstellungen und wandelte je nach Laune durch die ägyptische Sammlung und verweilte am legendären Stein von Rosette, der ihr einst bei der Lösung eines Falls geholfen hat, nachdem sie seine Hieroglyphen entziffert hatte.

An anderen Tagen besichtigte sie die südamerikanische Sammlung oder sah sich den Parthenon-Fries an, den die Briten «Elgin-Marmor» getauft hatten, nach dem Earl von Elgin, der die schönste Kunst der alten Griechen gestohlen und nach Großbritannien hatte bringen lassen. In regelmäßigen Abständen versuchten die Griechen, die einzigartigen Reliefs zurückzuerlangen, wurden jedoch stets vom British Museum abgewiesen, das der Meinung war, die zahlreichen Besucher wollten die griechische Kunst eben in London sehen und nicht in Athen.

Es reizte Nora, auch jetzt die Museumshallen zu betreten, doch stattdessen rief sie in der Onlineredaktion an und berichtete in Kürze von der Pressekonferenz. Die Diensthabende konnte kaum abwarten, dass Nora ihren Bericht ablieferte.

«Ninette verschafft uns viele Klicks», sagte sie begeistert.

«Das versteh ich gut», erwiderte Nora kühl.

Sie setzte sich in ein Café gegenüber des Museums und schrieb den Artikel in weniger als einer halben Stunde, während sie an einem großen Latte macchiato nippte. Anstandshalber rief sie sogar bei Scotland Yard an und bat um eine Stellungnahme. Doch sie konnten ihnen keinen Kommentar entlocken.

Keine Spur von dem entführten Nicholas, lautete Noras Überschrift. Sie zitierte Ninettes Aussage über die besorgniserregenden Geschäftsbeziehungen ihres Mannes und ihre Frustration über den mangelnden Fortschritt der Ermittlungen.

Ohne sich große Hoffnungen zu machen, rief Nora anschließend bei Bugakovs Geschäftssitz in London an, bat um ein Gespräch mit einem Pressevertreter und wurde mit einem Sean Connoly verbunden.

«Herr Bugakov kann sich zurzeit nicht äußern. Er ist damit beschäftigt, seinen Sohn zu finden, statt für die Presse zu posieren», sagte Sean Connoly.

«Darf ich das so zitieren?», fragte Nora.

«Natürlich», antwortete Connoly ohne einen Funken Ironie.

«Ist es möglich, ein Telefoninterview mit Mr. Bugakov zu führen? Ich möchte alle Seiten dieses Falls beleuchten», versuchte Nora mit Connoly zu verhandeln.

«Ich werde mich erkundigen. Sollte sich die Möglichkeit ergeben, schicke ich Ihnen eine SMS», sagte Connoly und legte auf.

Nora fügte das Zitat in den Schlussteil ihres Artikels ein und schickte ihn an die Redaktion.

Dann trank sie ihren Latte aus, packte den Laptop ein und überquerte die Straße. Sie ging zwischen den Säulen hindurch ins Museum und ließ die friedliche Ruhe auf sich wirken, während sie Schaukästen mit Skulpturen und Masken aus Benin betrachtete.

Als sie wieder draußen auf der großen Treppe stand und die Winterkälte sie bibbern ließ, klingelte ihr Telefon.

Es war David, und er schnitt ihr schon das Wort ab, bevor Nora auch nur Hallo sagen konnte.

«Nora, du musst nach Hause kommen. Papa hatte einen Autounfall. Es ist ernst.»

Kapitel 12

Als Erstes sah Nora die Schläuche, als sie am Mittwochmittag das Patientenzimmer im Kopenhagener Rigshospitalet betrat. Sie waren in Kristian Sands Nase und an seinen Handrücken befestigt und mit einer großen grauen Apparatur verbunden, die einen Graphen mit piependen grünen Punkten anzeigte.

Ihr Vater lag auf dem Rücken und wirkte unglaublich schmächtig unter dem weißen Bettzeug. Er trug einen Verband um den Kopf. Ein leichtes Schnarchen verriet, dass er schlief.

Nora hatte gleich am Morgen den ersten Flieger genommen. David hatte sie mit einem Taxi vom Flughafen abgeholt und vor dem Krankenhaus abgesetzt, während er zur Arbeit weitergefahren war. Er hatte Nora versichert, dass Beschäftigung für ihn das beste Mittel sei, um den Schock zu verarbeiten.

Nun stand sie am Krankenbett. Die Pflegerin hatte ihr erklärt, dass der Zustand ihres Vaters stabil sei, er jedoch bei dem Verkehrsunfall schwer verletzt worden sei. In seinem alten Fiat war er gegen einen Baum gefahren. Das Auto hatte ihm allein gehört, nachdem Noras Mutter es in Dänemark zurückgelassen und ein neues Leben in Großbritannien begonnen hatte.

Neben den Wunden, die sich Kristian im Gesicht zugezogen hatte, waren außerdem das Schlüsselbein gebrochen sowie Milz und Leber verletzt.

«Wir können nur das Beste hoffen. Ihr Vater war ja schon zuvor nicht gerade in blendender Verfassung», sagte die Krankenpflegerin.

«Was meinen Sie damit? Dass er keinen Sport treibt?»

Verdutzt sah die Krankenpflegerin sie an.

«Nein. Ich spreche von seinen Herzproblemen. Sie komplizieren den Heilungsprozess.»

«Herzprobleme? Mein Vater hat Herzprobleme?»

Überrascht stellte die Krankenpflegerin fest, dass sie sich verplappert hatte, und sie versuchte, sich aus der Situation herauszumanövrieren.

«Jedenfalls ist er jetzt stabil. Über alles Weitere müssen Sie und Ihr Vater dann in Ruhe sprechen», sagte sie und hastete aus dem Raum.

Nora schaute auf ihren schlafenden Vater hinab. Er hatte kaum Farbe im Gesicht, und sein dichtes Haar war ungekämmt. Sie strich ihm über die Hand.

Da schlug er die Augen auf und sah sie an. Mit seinem ganz normalen Papa-Lächeln.

«Nora. Was machst du denn hier?»

Sie konnte es sich nicht verkneifen, sein Lächeln zu erwidern.

«Na, was glaubst du denn? Ich liebe Krankenhäuser, das weißt du doch.»

Kristian Sand gluckste vergnügt, doch dann fasste er sich an die Seite.

«Au. Lachen tut weh.»

Nora wurde ernst.

«Papa. Was ist denn passiert?»

Er schüttelte den Kopf.

«Daran kann ich mich tatsächlich nicht erinnern. Ich weiß nur noch, dass ich in der Uni saß und beschlossen hatte, früher Schluss zu machen und zum Louisiana zu fahren. Dort läuft gerade eine Ausstellung, die ich sehen wollte.»

«Und dann?»

Kristian Sand lächelte blass.

«In meiner nächsten Erinnerung liege ich hier in diesem Zimmer, und David schreit mich an. Er war sauer, weil ich mich in Gefahr gebracht habe. Aber er hatte vor allem Angst.»

«So klang er auch, als er mich anrief», bestätigte Nora.

Sie schwiegen eine Weile.

«Wirst du wieder gesund?», fragte Nora schließlich.

«Natürlich. Die grüne Erbse ist viel schlimmer zugerichtet als ich. Totalschaden. Ja, so kann's gehen. Immerhin hatte sie schon zwanzig Jahre auf dem Buckel.»

«Aber Papa, warum hast du dir nicht längst ein neues Auto gekauft? Der alte Knochen ist lebensgefährlich. Das sagen David und ich dir doch schon seit Ewigkeiten.»

Dabei kannte Nora die Antwort bereits. Das Auto war ein Überbleibsel aus dem Leben, das ihr Vater geführt hatte, bevor ihre Mutter mit Patrick durchgebrannt war. Mit dem Auto lebten glückliche Familienerinnerungen fort.

Kristian antwortete nicht. Er schlief wieder ein, und Nora schlich sich aus dem Zimmer.

■

Vor ihrer überstürzten Abreise hatte sie es nur noch geschafft, Andreas in einer SMS mitzuteilen, dass sie wegen ihres Vaters auf dem Weg nach Dänemark war. Und er hatte besorgt geantwortet, er hoffe, es sei nicht so schlimm.

Als sie aus dem Krankenhaus kam, rief sie ihn an.

«Wie geht es deinem Vater?», fragte Andreas sofort.

«Er wird's überleben, sagen sie im Krankenhaus. Aber er hat anscheinend Probleme mit dem Herzen. Darüber hat er nie ein Wort verloren.»

«Hm. Dein Vater spricht ja nicht so viel. Außer wenn es um historische Ereignisse geht.»

«Sehen wir uns?», fragte Nora unvermittelt.

«Ja. Ich kann in einer Stunde hier weg. Im Moment schläft Birgitte noch. Treffen wir uns in dem Café gegenüber der *Globalt*-Redaktion?»

«Weißt du was?», warf Nora ein. «Ich will eigentlich ein bisschen Ruhe haben, keine Menschen um uns herum. Einfach nur dasitzen und bei dir sein. Können wir zu dir?»

Es wurde still am anderen Ende.

«Ähm. Das passt eigentlich nicht so gut», meinte Andreas schließlich.

«Warum nicht?»

«Ich habe meine Wohnung an Palle untervermietet. Für einen Monat.»

«Warum das denn?»

«Na ja, ich bin ja sowieso die ganze Zeit hier bei Viola. Und da dachte ich, es macht doch Sinn, dass Palle bei mir zur Untermiete wohnt, bis er nach der Scheidung was Neues gefunden hat.»

«Du wohnst also den ganzen Monat bei Birgitte?»

«Bei Viola, ja.»

«Und wann hattest du vor, mir das zu erzählen?»

«Das haben wir gerade erst geregelt. Palle hat mich gestern gefragt und ist dann sofort eingezogen. Ich wollte dich anrufen und dir davon erzählen, aber dann ist das mit deinem Vater passiert, und ich dachte, du hast gerade Wichtigeres im Kopf.»

Nora wusste nicht, was sie antworten sollte.

«Aber willst du nicht einfach herkommen?», schlug Andreas vor.

Nora versuchte, ihre Enttäuschung im Zaum zu halten.

«Okay. Wo muss ich hin?», fragte sie verdrossen.

«Hey, Nora. Entspann dich, ja?»

«Schick mir einfach die Adresse.»

Er teilte ihr die Adresse in Frederiksberg mit, und Nora nahm ein Taxi dorthin. Während der Fahrt telefonierte sie mit Trine. Ihre Freundin hielt gerade einen Workshop für Paare ab, die sich aus den Klauen der Eifersucht befreien wollten. Doch Nora war es geglückt, sie in einer ihrer Pausen abzupassen.

Nora weihte sie in die Situation ein.

«Ich kann mir nicht vorstellen, dass Andreas andere Absichten hat, als mit seiner Tochter zusammen zu sein», meinte Trine.

«Aber das macht es für mich nicht einfacher», sagte sie.

Trine schwieg einen Moment, und Nora konnte hören, wie sie sich eine Zigarette anzündete und den ersten Zug nahm.

«Nora. Ich sage zu meinen Kursteilnehmern immer, dass es nicht nur darum geht, was die Intention des anderen ist, sondern in erster Linie, was *du* fühlst. Bist du bereit weiterzumachen? Was sagt dein Herz?»

Nora konnte nicht mehr antworten, da das Taxi bereits am Bordstein hielt und sie das Gespräch beenden musste.

Noch ehe sie den Finger auf den Klingelknopf gelegt hatte, öffnete Andreas die Tür und zog sie sanft in den Flur.

«Sch, sei leise», war das Erste, was er zu ihr sagte.

Nora schmiegte sich an ihn. Sie legte ihr Gesicht an seinen Brustkorb und ließ sich von ihm umarmen. Er roch nach Andreas, nach warmem Heu. Doch darüber lag ein fremder Duft. Babypuder und noch etwas anderes, Undefinierbares. Einen Augenblick lang standen sie still da.

Dann drang ein kleines Quäken aus dem Wohnzimmer, und Andreas befreite sich aus der Umarmung.

Nora folgte ihm in den Raum mit der hohen, stuckverzierten Decke. Birgitte saß auf einem Ecksofa und stillte. Sie sah müde aus, aber ihre Augen strahlten, und ihre Wangen glühten. Hinter ihr hing eines von Hans Scherfigs bunten Elefantenplakaten und vollendete das Bild des perfekten Mutter-Kind-Idylls.

«Hallo, Nora», sagte sie mit einem breiten Lächeln.

Nora stand zögernd da und wusste nicht, wie sie reagieren sollte. Dann trat sie einen Schritt näher.

«Gratuliere dir zu der Kleinen.»

«Danke», antwortete Birgitte und blickte Nora für einen Moment in die Augen, bevor sie sich wieder dem Kind zuwandte.

Andreas fühlte sich offenbar ganz wie zu Hause und kam mit zwei Tassen Kaffee und einem Kännchen Kräutertee für Birgitte aus der Küche.

Nora setzte sich in einen Sessel und nahm ihre Kaffeetasse entgegen.

«Wie geht es dir?», fragte Andreas.

Nora schluckte. Sie wollte von ihrer schlaflosen Nacht erzählen, von der angsterfüllten Fahrt zum Flughafen und dass es unmöglich gewesen war, ein vernünftiges Wort mit David zu sprechen. Wie es sich angefühlt hatte, vor ihrem schlafenden Vater zu stehen und sich dessen Sterblichkeit bewusst zu werden. Dass er eines Tages nicht mehr da sein würde. Dass auch sie eines Tages sterben würde. Und wie erschöpft sie davon war, die Tapfere zu spielen.

Aber dort auf dem Sofa saß Birgitte. Mit dem Kind, das sie von Andreas bekommen hatte. Und Nora konnte ihre angespannte Aufmerksamkeit spüren – wie eine Katze, die zum Sprung ansetzte.

«Er wird schon durchkommen», sagte Nora und schaute auf die Uhr. «Bald ist wieder Besuchszeit. Ich fahre besser los.»

Weder Andreas noch Birgitte schienen irgendwelche Einwände zu haben.

Also trank Nora ihren Kaffee so schnell, dass sie sich den Gaumen verbrannte. Andreas begleitete sie hinaus in den Flur.

Er zog die Schultern hoch.

«Ich weiß, es ist nicht optimal, aber ...»

Nora schüttelte den Kopf.

«Nein. Aber so ist das Leben eben gerade», sagte sie.

«Danke für dein Verständnis.»

Nora schloss die Augen und wappnete sich. Dann sagte sie: «Andreas. Ich verstehe sehr gut, dass Viola das Wundervollste ist, was du dir im Moment vorstellen kannst.»

Er lächelte stolz.

«Und jetzt braucht ihr Ruhe und Raum, um Violas Eltern zu sein. Also ist es das Beste, wenn ich mich zurückziehe. Jedenfalls für eine Weile.»

Sein Lächeln verschwand, als hätte jemand einen Schalter umgelegt.

«Nora, dafür habe ich jetzt wirklich, wirklich keinen Nerv ...»

«Eben, Andreas!»

«Nein, ich will auf keinen Fall, dass du dich zurückziehst!»

«Nein. Aber du musst dieser kleinen Familie jetzt eine Chance geben. Birgitte liebt dich immer noch, und Viola lebt hier in Kopenhagen. Ich bin dagegen in London. Das kann nicht funktionieren.»

Andreas packte sie an den Schultern und brachte sie dazu, ihm in die Augen zu sehen.

«Du weißt seit Monaten, dass hier ein Kind kommen wird. Warum schauen wir nicht einfach, wie sich alles entwickelt? Das ist doch jetzt nicht dein Ernst?»

Nora blickte zu Boden. Und nickte.

«Doch. Mach's gut, Andreas. Bis bald.» Sie riss sich los und lief die Treppe hinunter.

Als sie unten auf der Straße stand, kamen die Tränen. Dennoch hatte sie das Richtige getan. Denn als sie in Birgittes Wohnzimmer gesessen und gesehen hatte, wie selbstverständlich die neue Situation für die frischgebackene Familie war, hatte sie es begriffen. Die kleine Viola brauchte ihre Mutter und ihren Vater. Und zwar nicht diesen Typ Vater, der bei einer anderen war und nur an Feiertagen vorbeikam, um mit ihr in den Freizeitpark zu gehen, sondern einen Vater, der sich auch um sie kümmerte, wenn sie sich an einem ganz normalen Mittwochabend in den Schlaf weinte.

Der Taxifahrer, der sie auf der Frederiksberg Allé einsammelte, war taktvoll genug, um ihr Weinen nicht zu kommentieren.

Nora klappte den Spiegel in der Sonnenblende auf. Ihre Mascara war verschmiert. Sie wischte sich die Spuren aus dem Gesicht und band ihr Haar zu einem Knoten zusammen, bevor sie durch den Haupteingang der *Globalt* trat.

Kapitel 13

«Um Gottes willen! Was ist denn passiert?», entfuhr es Krebs, als sie in der Redaktion auf ihn stieß.

Nora berichtete von dem Verkehrsunfall ihres Vaters und entschuldigte sich, dass sie einfach so hereingeplatzt kam. Ihm von Andreas zu erzählen, dafür gab es keinen Grund.

«Du bist herzlich willkommen», sagte er und führte sie in sein Büro. In seiner Schreibtischschublade fand er eine Flasche Johannesbeerrum und zwei kleine Schnapsgläser.

«Ich weiß, wie altmodisch das ist, aber dies war in Krisensituationen immer die Medizin meiner Großmutter: Johannesbeerrum. Er hilft tatsächlich ein bisschen.» Krebs schenkte ihnen ein, ehe er sich erkundigte: «Wird er es überstehen?»

«Gerade ist er stabil.»

«Was ist passiert?»

Nora erzählte von dem alten Fiat und dass ihr Vater anscheinend die Kontrolle über den Wagen verloren hatte.

«Ich hoffe, er kommt bald wieder zu Kräften», sagte Krebs und machte dann eine, in seinen Augen angemessen lange Pause, bevor er fortfuhr: «Aber wenn ich dich schon hier habe …»

«Ja?»

«Wie läuft es mit dem Hintergrundbericht zu Bugakov, der bis Montag stehen soll? Kriegst du das hin?»

Nora wusste nur zu gut, dass Krebs eine Grenze überschritt, indem er sie bat, in ihrer Verfassung zu arbeiten. Aber ein Teil von ihr brannte darauf, sich an der Arbeit festzubeißen. An etwas, was die Gedanken von ihrem Vater und der kleinen Familie, die sie soeben in Frederiksberg verlassen hatte, ablenken konnte.

«Ich habe überlegt ... wir müssten das Ganze aus einem neuen Blickwinkel betrachten. Aus einer Perspektive, die keiner der anderen Reporter einnimmt», sagte sie.

«Zum Beispiel?»

«Wie wäre es, wenn wir darüber berichten, was für ein Leben Nicholas hier in Randers erwarten würde? Über den gewöhnlichen Alltag mit staatlicher Schule, Fußball und vernünftigen Hobbys.»

Krebs nickte.

«Ja, das wäre möglich.»

«Könnten wir dann nicht Sofie Lund in Århus mit einbeziehen? Dann hätte ich nämlich Kapazitäten frei für den Fall Abioni», schlug Nora vor.

«Das geht nicht. Sofie arbeitet gerade an einer größeren Sache für den Finanzteil. Und außerdem würde sie über das Thema nicht so schreiben können wie du. Der nigerianische Professor läuft uns nicht mehr weg.»

«Aber das ist ein wichtiger Fall. Wir sind vielleicht die Einzigen, die mit dieser Story kommen!»

«Tja. Aber im Augenblick ist es wichtiger, dass wir die Ninette-Sache bringen. Dann können wir uns nächste Woche den Professor vorknöpfen.» Krebs lächelte und fügte hinzu: «Ich weiß, dass ich gerade viel von dir verlange. Aber ich glaube wirklich, dass du mir zu dem Thema eine bessere Geschichte liefern kannst als Sofie. Du könntest Ninettes Familie in Randers aufsuchen und mit ihr sprechen. Außerdem hast du den richtigen Blick auf jenes London, in dem Nicholas aufgewachsen ist.»

Nora seufzte. Gegen ihren Willen hatte sie sich auf eine Reise nach Jütland eingelassen.

«Aber das schaffe ich nicht alles an einem Tag», entgegnete sie.

«Nein, das ist verständlich. Dann bleibst du noch ein bisschen und kannst auch deinen Vater weiter besuchen.»

«Aber was ist mit der Entführung? Der Junge ist ja noch nicht einmal gefunden worden, und wenn ich es richtig verstanden habe, hat sich auch noch niemand mit Lösegeldforderungen oder Ähnlichem gemeldet.»

Krebs winkte ab.

«Darüber mache ich mir keine Sorgen. Die Onlineredaktion verfolgt die aktuellsten Entwicklungen. Das decken wir schon ab. Ich will vielmehr, dass du in die Tiefe gehst und an der Hintergrundstory arbeitest, so wie wir es besprochen haben.»

«Soll ich einen Fotografen mitnehmen?»

Krebs schüttelte den Kopf.

«Vorerst nicht. Wir müssen ein bisschen sparen. Wenn sich die Gelegenheit für ein gutes Foto ergibt, dann mach es mit deinem iPhone.»

Nora hasste es, ohne einen Fotografen zu einem Auftrag zu fahren. Es ging ihr dabei nicht nur um Gesellschaft, sondern sie war auch der Meinung, dass zwei Paar Ohren und Augen mehr wahrnahmen. Ein guter Fotograf erkannte Zusammenhänge und spürte Stimmungen, die man als Journalistin leicht übersehen konnte, weil man sich zu sehr auf das Interview konzentrierte.

Sie erhob sich.

«In Ordnung. Ich miete ein Auto und fahre nach Randers.»

«Gut.» Krebs grinste zufrieden und geleitete sie aus seinem Büro.

▪

Ihr erster Halt war das Krankenhaus. Kristian Sand war wach, er lag in seinem Bett und schaute ein Handballspiel im Fernsehen.

«Liegst du hier herum und guckst Handball?», fragte Nora überrascht.

«Nicht freiwillig. Aber ich habe keine Ahnung, wo die Fernbedienung ist, und ich will die Krankenschwestern deswegen nicht von der Arbeit abhalten.»

Nora erzählte ihrem Vater, dass sie auf dem Weg nach Jütland war, aber in spätestens zwei Tagen wieder zurück sein würde.

«Ich werde dafür sorgen, dass David vorbeikommt und nach dir sieht.»

Ihr Vater schüttelte den Kopf.

«Nur, wenn er Lust hat. Du weißt, Krankenhäuser bereiten ihm Unbehagen.»

Sie nickte.

«Nur, wenn er Lust hat.»

▪

Nach ihrem Besuch verließ sie die Stadt, überquerte die Brücke und nahm Kurs auf Jütland. Vier Stunden später checkte sie in einem Hotel in der Torvegade im Zentrum von Randers ein und setzte sich mit ihrem Laptop aufs Bett.

Ninettes Mädchenname lautete Touborg, und in Randers schien es von Familienmitgliedern nur so zu wimmeln, stellte Nora fest, als sie das örtliche Adressverzeichnis durchsuchte.

Sie klickte sich durch andere Portale und fand über alte Besprechungen von Ninettes Reality-Show-Zeit heraus, dass ihre Mutter Vigga hieß. Mit einem derart besonderen Namen dürfte sie wohl die Einzige hier in der Stadt sein. Doch ganz so einfach sollte es nicht werden. Im Verzeichnis war keine Vigga zu finden, aber es gab zwei Personen, die als V. Touborg geführt wurden, und eine V. Touborg-Svendsen. Wenn sich hinter einer der drei Adressen Ninettes Mutter verbarg, so könnte Nora zumindest versuchen, Nachbarn oder Freunde anzutreffen, falls die Frau Mama selbst noch in London weilen sollte.

Bei der ersten Adresse war keine Telefonnummer aufgeführt, also wählte Nora die Nummer der zweiten, obwohl es bereits nach 21:00 Uhr war.

Die Nummer gehörte einem Viktor, der sich anhörte, als wäre er gerade erst zwanzig Jahre alt. Er kannte niemanden mit Namen Vigga, und als Nora einen zweiten Blick auf seine Adresse warf, stellte sie fest, dass er in einem Studentenwohnheim lebte. Unter der dritten Adresse stieß sie auf einen Zoohändler, der ihr mit Vogelgezwitscher im Hintergrund erklärte, dass er zwar keine Vigga kannte, Nora bei Interesse aber gerne ein paar Wellensittiche verkaufen würde.

Sie notierte sich die erste Adresse und beschloss, diese am nächsten Tag aufzusuchen.

In ihrem Postfach lag eine ungeöffnete E-Mail von Andreas, und als sie ihren Anblick nicht länger ertragen konnte, verschob sie die Mail in ein internes Postfach mit dem Titel *Später*. Nun war es fast so, als ob es diese Nachricht gar nicht gäbe.

Kapitel 14

Am nächsten Morgen packte Nora nach einer schnellen Dusche ihre Sachen zusammen, bezahlte an der Rezeption und erkundigte sich dort nach den besten Schulen in der Umgebung und wo ein Achtjähriger hier in der Gegend Fußball spielen könnte. Die Rezeptionistin war eine Frau mittleren Alters mit einem Pagenkopf, und ihre Enkel im Alter von zehn und zwölf hatten sie für diese Art von Fragen hervorragend auf dem Laufenden gehalten.

Nora notierte die Informationen, ging zu ihrem Mietwagen, tippte die Adresse von V. Touborg in ihr Telefon ein und wurde vom Navigationssystem nach Westen geschickt, hinaus aus der Stadt. Nach einigen Kilometern zeigte das Display an, dass sie in einen Feldweg einbiegen sollte, und wenige Minuten später hielt Nora vor einem Dreiseithof aus gelben Fachwerkgebäuden.

Die Stille in der rötlichen Wintersonne wurde nur von ein paar Krähen unterbrochen, die unzufrieden von einem nackten Baumwipfel herunterkrächzten. Das Zuschlagen der Autotür ließ die Vögel verstummen.

Nora ging drei Stufen bis zur Haustür hinauf und betätigte den Messingklopfer in Form eines Löwenkopfes. Der Schlag hallte wie ein Pistolenschuss durch den stillen Morgen. Nora schaute sich um. Der Ort schien verlassen zu sein. Hinter der Tür waren keine Geräusche zu hören. Dennoch klopfte Nora ein weiteres Mal an und wartete.

Dann ging sie die kleine Treppe wieder hinunter und auf eines der Fenster zu, um nachzuschauen, ob irgendjemand zu Hause war.

Die Nase an die Scheibe gedrückt, blickte sie in eine ganz gewöhnliche Küche. Plötzlich drang ein Klappern von der anderen Seite des Hofes zu ihr. Ein Mann, ungefähr Mitte fünfzig in blauer Latzhose und einem Isländerpullover, trat aus der Stalltür. Er schien sich über ihre Anwesenheit genauso zu erschrecken wie Nora sich über sein plötzliches Auftauchen.

«Kann ich Ihnen helfen?»

«Wohnt Vigga Touborg hier?»

Der Mann ließ sich Zeit damit, eine Pfeife aus seiner Tasche zu angeln und sie anzuzünden.

«Worum geht es?»

Nora erklärte, dass sie Journalistin war und einen Artikel über Ninette schrieb. Die Pfeife erlosch, und Nora musste auf eine Antwort warten, bis der Mann sie wieder angezündet hatte.

«Sie können reinkommen. Ich benutze Viggas Stall im Winter.»

Er bat Nora in eine Werkstatt, in der eine riesige Meerjungfrau aus Holz thronte. Der Fischschwanz war fertig geschnitzt, mit der Ausformung des Oberkörpers schien der Mann gerade erst begonnen zu haben. Auf dem Boden lagen Holzspäne, und ein alter Kachelofen in der Ecke hielt den Raum warm.

Der Mann reichte Nora die Hand.

«Johannes Egtved», sagte er.

Nora hatte von dem Bildhauer gehört, ihn jedoch nie zuvor gesehen. Sie setzte sich auf einen Schemel, der in einer Ecke des Raumes stand, während Johannes nach seinem Beitel griff.

«Wie hübsch sie ist», sagte Nora und deutete auf den gigantischen Holzklotz.

«Eines Tages wird sie das vielleicht sein, ja», brummte Johannes Egtved.

«Kennen Sie Vigga gut?», erkundigte sich Nora.

«Wir sind zusammen aufgewachsen. Waren auf der gleichen Schule. In jungen Jahren haben wir viel Zeit miteinander verbracht. Bis sie abgehauen ist.»

«Abgehauen?»

«Sie hat in einem Bibelcamp da oben in Fjellerup einen Missionar kennengelernt. Die beiden sind zusammen weggegangen», erklärte Johannes.

Nora meinte, eine Spur von Bitterkeit in seiner Stimme zu hören, und fragte sich, ob es ihrem Anliegen helfen würde oder ein Nachhaken das genaue Gegenteil bewirkte. Doch Johannes erzählte von sich aus weiter.

«Innerhalb eines Monats waren sie verheiratet. Damit sie ihn auf seinen Missionen begleiten konnte. Dann war sie fünfzehn Jahre lang weg.»

«Das ist eine lange Zeit», sagte Nora in neutralem Ton.

«Ja», brummte Johannes und bearbeitete die Skulptur mit dem Beitel.

Nora saß stumm auf ihrem Schemel.

«Sie kam erst wieder zurück, als ihre Mutter starb. Damals übernahm sie den Hof. Sie hatte Ninette dabei.»

«Und dann wohnten die beiden hier allein?»

«Ja.»

«Wo sind sie in all den Jahren gewesen?»

Johannes schnaubte.

«Vigga hat nie viel darüber erzählt. Aber auf jeden Fall in warmen Ländern. Es dauerte eine Weile, bis sie den dänischen Winter wieder vertrug.»

«Haben Sie eine Ahnung, wo in etwa sie gewesen sein können?»

«Afrika. Dort sind sie umhergereist.»

«Was ist aus dem Missionar geworden?»

«Tja. Der ist wohl dort geblieben. Vigga und Ninette sind ohne ihn nach Hause gekommen, und ich habe ihn seitdem nie wieder hier oben gesehen», sagte er und fügte hinzu: «Ich glaube, sie haben sich nach einigen Jahren scheiden lassen, da war irgendetwas mit einem Prediger, den Vigga da unten getroffen hat.»

«Und wo ist Vigga jetzt?», fragte Nora.

Johannes sah zu ihr hinüber.

«Na, sie ist doch nach London gefahren.»

«Wann?»

Er kratzte sich am Bart.

«Muss ein paar Wochen her sein. Da ging der Wirbel mit Ninettes Scheidung los – und dass sie den Jungen hier auf den Hof holen wollten.»

«Sind Sie sicher, dass sie noch in London ist?»

Johannes schnitzte an der Meerjungfrau herum. Er arbeitete an ihrem langen Haar, das ihr über die Schultern fallen sollte.

«Das hat sie jedenfalls gesagt.»

Nora bedankte sich und stand auf. Doch dann drehte sie sich noch einmal zu Johannes um.

«Haben Sie eigentlich Viggas Telefonnummer?»

Johannes schüttelte den Kopf, ohne aufzusehen. Nora war sich nicht sicher, ob er keine Nummer von ihr hatte oder ob er sie nicht herausrücken wollte.

Ein Satz kreiste durch ihre Gedanken. Ein Satz, den Ninette auf ihrer Pressekonferenz geäußert hatte: «Ich bin ganz allein hier in London.»

Also, wo steckte Vigga?

Kapitel 15

Unruhe saß ihr in den Gliedern, als Nora zurück in Belsize Park war, und sie versuchte, diese Unruhe mit Arbeit zu ersticken.

Den Großteil des Freitagvormittags hatte sie mit der Reportage verbracht, in der das Leben beschrieben werden sollte, das Nicholas in Randers erwarten könnte.

Aber sie fand einfach nicht die richtigen Worte. Es war einer dieser Tage, an denen sie mühsam drei Zeilen zustande brachte und sie wieder löschte.

Der letzte Besuch im Krankenhaus, bevor Nora wieder nach London geflogen war, war nicht so gut verlaufen. Zweimal hatte sie versucht, das kranke Herz anzusprechen, und beide Male hatte ihr Vater abgewiegelt.

«Darüber musst du dir keine Sorgen machen, Nora. Das ist nur eine Kleinigkeit.»

«Ach ja? Und warum hast du mir dann nichts davon erzählt?»

«Na, weil ich dir keinen Kummer bereiten will.»

Sie war frustriert und hatte Lust, mit der Hand auf die Krankenhausbettdecke zu schlagen.

«Also ist es wohl besser für mich, einen Schock zu bekommen, wenn eine wildfremde Krankenschwester mir erzählt, dass du Herzprobleme hast?»

Nach einer Weile hatten sie Waffenstillstand geschlossen, nicht zuletzt, weil David seine Abscheu vor Krankenhäusern überwunden und sich hergeschleppt hatte.

«Ich habe keine Blumen mitgebracht. Blumen gehören nicht in Krankenhäuser. Auf ihnen sitzen Millionen Keime», teilte er mit.

Kristian Sand tätschelte ihm sanft die Hand.

«Das ist vollkommen in Ordnung, David.»

Später am Abend war Nora zum Flughafen gefahren, nachdem sie David das hochheilige Versprechen abgenommen hatte, sie sofort anzurufen, falls der Zustand ihres Vaters sich verschlechtern sollte.

Sie ging in die Küche, um sich einen Kaffee zu machen. In der Obstschüssel fand sie eine Mandarine und nahm sie mit zu ihrem Laptop. Erneut versuchte sie, sich die Wörter aus den Fingern zu saugen. Langsam und schmerzvoll.

Als sie den Artikel endlich fertiggestellt hatte, war es an der Zeit, nach Hampstead zu fahren und Pete abzuholen. Denn heute war der Termin bei Dr. Ibi, dem spirituellen Heiler aus Peckham, der versprach, auch den größten Liebeskummer zu kurieren.

Das wollte Nora nur zu gerne sehen. Sie bezweifelte, dass es ein Elixier gegen den Kummer eines Menschen gab, dessen Freund gerade im Begriff war, mit einer Polizistin in Frederiksberg eine Familie zu gründen.

Da war es schon realistischer, die Praktiken von Muti zu durchleuchten und ob es wirklich hier in London ausgeübt wurde.

Sie parkten Petes ausgedientes Fotomobil hinter einem Morrisons-Supermarkt und sahen sich vor Noras Termin in dem Stadtteil um. Zwischen den wenigen übrig gebliebenen Pubs lagen kleine Geschäfte, die keinen Zweifel daran ließen, dass sich das ethnische Bild des Viertels längst von Cockney zu international geändert hatte. Sari-Geschäfte, kleine Handyreparaturläden und Friseure, die auf krauses Haar spezialisiert waren, lagen dicht an dicht mit Händlern, die getrocknete Fische mit ihrem charakteristischen, salzigen Gestank der großen Weltmeere neben Hühnerbeinen und Maniokwurzeln feilboten. Der Einrichtungsladen neben der Eisenbahnbrücke vermittelte den Eindruck, als hätte der Inhaber den Palast von Saddam Hussein nach der amerikanischen Invasion geplündert.

Wie in den meisten Stadtteilen Londons musste man auch in Peckham nur um eine Straßenecke biegen, um einen völlig anderen Charakter des Stadtbilds vorzufinden. Lärmende Ghettoblaster und der Klang von Bongos verstummten in den sauberen Seitenstraßen, über deren Bürgersteigen der Blauregen hing und Mini Cooper und Vauxhall-Modelle vor kleinen Vorgärten parkten.

Nora und Pete bogen in eine weitere Seitenstraße ein und blieben vor einem gewöhnlichen dreistöckigen Wohnblock stehen.

«Ziemlich enttäuschende Adresse für einen Mann, der einem ewigen Reichtum bescheren kann», sagte Pete sarkastisch.

Nora schmunzelte.

«Vielleicht wohnt er eigentlich in Kensington. Das hier ist ja nur sein Büro.»

Pete grinste nervös. Dann wurde er wieder ernst.

«Bist du dir sicher, dass du das hier machen willst? Ich meine ja nur – diese Leute können einen echt fertigmachen.»

Nora sah ihn prüfend an.

«Ich bitte dich, der Mann hat eine Anzeige in *Time Out* geschaltet. Vielleicht bringt er mich dazu, irgendein abscheuliches Kräutergebräu zu trinken, damit alle meine Sorgen verfliegen.»

«Wie du meinst. Aber wenn er mich nicht dabeihaben will, dann warte ich dort drüben.» Pete zeigte auf ein kleines Café, das auf der anderen Straßenseite zwischen einer Tapasbar und einer Jungenschule eingeklemmt lag.

Nora sah auf die Uhr. Es war zwei Minuten vor zwei. Also klopfte sie an. Nach einer kurzen Wartezeit wurde die Tür von einer Frau in einem weiten Gewand mit Löwen-Print geöffnet.

«Dr. Ibi erwartet Sie bereits», sagte sie und bat Nora in den Flur. Er war mit einem gemusterten Teppich ausgelegt, der wahrscheinlich schon nach der Fertigstellung des Gebäudes in den siebziger Jahren angeschafft worden war.

«Ist das Ihr Mann?», fragte die Frau und warf Pete einen strengen Blick zu, der seine Kamera strategisch in seiner Schultertasche verborgen hielt.

«Nein, das ist ein Freund. Er ist hier, um mich moralisch zu unterstützen.»

Pete wurde gestattet, ebenfalls durch den engen Gang zu folgen. Die Frau führte sie in ein Zimmer, in dem ein Dreisitzer stand, der mit rostfarbenem Samt bezogen worden war. An der Wand hing ein Fernseher, auf dem ein religiöser Kanal lief.

Die Frau verließ den Raum. Nora ließ sich auf das Sofa fallen, und Pete setzte sich sichtlich angespannt neben sie. In der Wohnung hing ein undefinierbarer Geruch von Rauch und getrockneten Kräutern. Er erinnerte Nora an die Gerüche in der Pusher Street in Christiania an einem geschäftigen Tag, aber er war nicht ganz so süßlich wie der Geruch von Marihuana.

Eine der Wände zierte ein Gemälde von Jesus, auf dem er den Anschein erweckte, alles zu überwachen und alle Gespräche zu belauschen, die in diesem Haus geführt wurden. Nora fragte sich, was Jesus wohl von spirituellen Heilern gehalten hätte, und kam zu dem Schluss, dass Dr. Ibi wohl seine ganz eigene, für ihn jedoch logische Erklärung dafür hatte, wie seine Praktiken mit der Botschaft der Bibel zu vereinbaren waren.

Nach einer Weile kam die Frau zurück.

«Dr. Ibi wäre jetzt so weit. Aber Sie gehen allein», sagte sie zu Nora und sah Pete streng an.

Nora wurde in ein Zimmer geführt, in dem ein Mann mittleren Alters auf einem verblichenen roten Plüschsessel thronte. Sein Blick war ebenso fest wie sein Händedruck, und hätte er nicht ein knallorange Hemd getragen, das über seinem runden Bauch spannte, hätte er wie ein ganz normaler Beamter ausgesehen. Abgesehen davon, dass dieser Mann seine Besucher vor einer an die Wand genagelten, beinahe zwei Meter langen Schlangenhaut, eingerahmt von albtraumartigen Masken willkommen hieß.

Dr. Ibi lächelte Nora an, doch sie erkannte den prüfenden Blick unter seinen schweren Augenlidern und dem krausen grauen Haar. Seine Stimme klang tief und melodisch, als er sie bat, auf einem kleinen Hocker Platz zu nehmen, auf dem sie sofort um einen Kopf kleiner war als er selbst.

«Ich kann sehen, dass du viele Sorgen mit dir herumträgst, mein Kind», sagte er ohne weitere einleitende Worte.

«Jaaa, aber nicht mehr als ...», setzte Nora an.

Doch Ibi hörte gar nicht zu. Sein Blick wurde glasig, und er legte den Kopf schräg, als würde er aufmerksam etwas lauschen, das Nora nicht hören konnte.

«Unglücklich. Eine sehr, sehr unglückliche Liebe», sagte er.

«Dr. Ibi ... Ich bin gekommen, um zu ...», versuchte Nora es erneut.

Er gebot ihr, still zu sein.

«Schweig! Die Geister sprechen zu mir. Unterbrich mich nicht», mahnte er und hob gebieterisch die Hand.

Unruhig rutschte Nora auf ihrem Schemel herum.

Plötzlich rollte Dr. Ibi mit den Augen und begann zu fauchen und zu gurgeln. In Noras Ohren klang er nach einer Katze, die einen Fellball hervorwürgte. Sie ermahnte sich, dieses Bild sofort aus ihrem Kopf zu verbannen, und sah Dr. Ibi mit ernstem Ausdruck an. Der Mann erweckte jetzt den Anschein, in eine ganz andere Dimension übergetreten zu sein.

Doch dann schien der Anfall langsam abzuklingen. Ibi sah Nora mit traurigen Augen an und schüttelte den Kopf.

«Es ist schlimmer als vermutet», erklärte er.

«Was ist schlimmer?»

«Du bist in großer Gefahr und weißt es noch nicht einmal.»

Nora runzelte die Stirn.

«Was meinen Sie damit?»

«Es ist ganz, ganz furchtbar. Jemand hat dich mit schwarzer Magie verflucht, sie ist der Grund, warum du die Liebe nicht finden kannst. Das wird niemals geschehen, solange der Zauber auf dir lastet.»

Nora beschloss mitzuspielen.

«Tja, das klingt ja nicht so gut.»

Ibi griff nach ihrem Handgelenk.

«Ich kann dir helfen. Ich kann die schwarze Magie austreiben. Aber du musst mir vertrauen», sagte er eindringlich.

«Okay?»

Er nahm eine Flasche mit brauner Flüssigkeit aus dem Regal

hinter sich. Mit der anderen Hand griff er nach einem kleinen Becher, der aus Ebenholz geschnitzt war. Er goss etwas von der Flüssigkeit hinein und reichte ihn Nora.

«Trink!», befahl er ihr.

Misstrauisch betrachtete sie die Flüssigkeit.

«Was ist das?»

«Ein magisches Elixier, das dich vor den schlimmsten Gefahren beschützt. Es ist nur eine Notlösung, bis wir das Problem dauerhaft beheben können», erklärte Ibi.

Zögernd nahm Nora einen Schluck. Es schmeckte nach staubigem Gras und Kümmel.

«Du musst alles austrinken», drängte Ibi sie.

Nora leerte den Becher und verzog das Gesicht.

«Du wirst von vielen bösen Geistern verfolgt. Das Juju ist stark.»

«Ja. Das klingt einleuchtend», sagte Nora und versuchte, an der Wirklichkeit festzuhalten, die außerhalb dieses kleinen Raumes lag, der plötzlich eng, staubig und stickig wirkte. Das Atmen fiel ihr schwer.

«Du kannst das Unheil nur abwenden, wenn du mir und meiner Behandlung vertraust.»

Nun packte Dr. Ibi sie am Arm und zwang sie, in seine goldbraunen Augen zu sehen.

«Tust du das?»

Nora versuchte, den Anflug von Klaustrophobie abzuschütteln. Sie dachte an Pete, der draußen im Nebenzimmer auf sie wartete. Doch er kam ihr unendlich weit weg vor.

«Hören Sie. Ich bin zu Ihnen gekommen, um mehr über schwarze Magie zu erfahren …», sagte sie mühsam.

«Da bist du hier richtig», antwortete Ibi eindringlich.

«Aber es geht nicht um mich», fuhr Nora fort.

Ibi sah sie streng an.

«Ich habe eine Nachricht für dich: Die Toten nehmen die Geheimnisse mit ins Grab.»

Nora sah ihn skeptisch an, als ihr plötzlich ein Licht aufging: Es war die gleiche Nachricht, die Maria ihr in ihrem Brief mitgeteilt hatte. Die Nachricht von Abioni.

Jetzt lief es ihr eiskalt den Rücken hinunter.

«Was wissen Sie über meinen Freund? Warum zitieren Sie ihn», fragte sie scharf.

Falls Ibi überrascht war, konnte er das sehr gut verbergen. Sicher war er es gewohnt, so allerlei von seinen Klienten zu hören.

«Was ist los, mein Kind? Du musst dich mir anvertrauen», sagte er mit seiner tiefen, hypnotisierenden Stimme.

Nora sammelte sich und konnte endlich mit der Sprache herausrücken. Sie erzählte, dass sie Journalistin war und für einen Bericht über rituelle Morde im Zusammenhang mit schwarzer Magie recherchierte. Als sie das Wort Juju in den Mund nahm, sah sie, wie Dr. Ibis Miene vollkommen undurchdringlich wurde, wie eine schwarze Wand aus Granit.

«Juju? Davon habe ich nie gehört. Ich habe keine Ahnung, wovon du sprichst», sagte er.

«Aber Sie haben es doch eben selbst erwähnt», erwiderte sie.

«Das ist etwas anderes. Das ist Hilfe für eine trauernde Seele. Wovon du aber redest – damit sollte sich kein Mensch jemals befassen. Es ist besser, wenn man einen großen Bogen um die Leute macht, die sich mit diesem Grauen beschäftigen.»

«Es gibt also Leute, die sich damit beschäftigen?»

Jetzt wirkte Dr. Ibi nervös. Er nickte.

«Ja. Aber halte dich von diesen Menschen fern. Sie sind böse und niederträchtig.»

«Gibt es Praktizierende in London?», bohrte Nora weiter.

Ibi schüttelte den Kopf.

«Ich will nicht darüber sprechen.»

«Also ja?»

Er schüttelte erneut den Kopf und legte einen Finger auf die Lippen.

«Und was ist mit Muti? Gibt es das wirklich?»

Ibi durchfuhr ein Schauder, er bekreuzigte sich.

«Wir sprechen in Anwesenheit Gottes nicht über so etwas. Diese Art von Magie ist ein Werk des Teufels.»

«Aber es gibt sie?»

«Das ist sehr, sehr schwarze Magie. Also, halte dich davon fern. Halte dich bloß fern von Muti.»

Nora spürte, wie die Angst sich wie eine Eisschicht auf ihren Körper legte.

Plötzlich wurde am anderen Ende der Wohnung eine Tür zugeschlagen, und Ibi schreckte auf, wie aus einer Trance. Er schlug die Hände zusammen und stand auf.

«So, das war alles, was ich für dich heute tun konnte. Ich werde für dich und deine Liebsten zu den Geistern und Jesus Christus beten.»

«Äh, okay», sagte Nora und stand verdutzt auf. Sie wühlte in ihrer Tasche und fand eine Visitenkarte. «Hier ist meine Telefonnummer, falls Sie mir doch noch mehr erzählen wollen. Diese Reportage ist mir sehr wichtig, und als Journalistin muss ich unbedingt mit jemandem sprechen, der sich mit der Materie auskennt. Sonst werden wir die Zusammenhänge nie verstehen», sprudelte es aus ihr hervor.

Ibi warf ihr einen kurzen Blick zu.

«Du *wirst* sie nie verstehen», sagte er nur.

Nora verließ den Raum und hatte das Gefühl, aus einem wundersamen Tagtraum zu erwachen. Bevor sie über die Schwelle trat, schaute Dr. Ibi noch einmal zu ihr herüber.

«Pass auf dich auf. Die Augen des Bösen sind auf dich gerichtet», lautete seine letzte Warnung.

Als Nora die Tür hinter sich schloss, stand die Frau im Löwen-Print bereits im Flur.

«Das macht vierzig Pfund», sagte sie.

Nora zog das Geld aus ihrer Tasche, reichte es der Frau und ging in das Nebenzimmer zu Pete.

Fragend sah er sie an, doch sie schüttelte unmerklich den Kopf. Nein, sie würden kein Foto von Dr. Ibi machen. Nicht jetzt.

Ein paar Minuten später standen sie wieder auf der Straße. Eine Handvoll Kinder spielte mit einem beinahe platten Fußball im Hof, unter Aufsicht einer Frau, die mit abwesendem Blick dasaß und einen Buggy mit einem schlafenden Kind vor sich hin- und herschob. Auf der anderen Straßenseite stand ein großer, dünner Mann in einer schwarzen Daunenjacke und starrte mit bösartigem Blick zu ihnen herüber.

Noras Blick traf den seinen. Irgendetwas schien mit ihm nicht zu stimmen. Er starrte mit derartiger Intensität zurück, dass Nora etwas Physisches in der Luft zwischen ihnen zu spüren glaubte. Sie packte Pete am Arm.

«Guck mal, der Typ dort!»

Pete sah von seiner Kameratasche auf.

«Wer?»

Der Mann war verschwunden.

Kapitel 16

«Gehen wir noch ein Pint trinken?»

«Ja, aber lass uns nach Belsize Park fahren. Ich habe keine Lust mehr, hier herumzuhängen», sagte Nora und schüttelte sich.

Kurz darauf saßen sie im dunklen Fotomobil und hörten Clash und Sex Pistols über Petes iPod, während er den Wagen durch den nicht enden wollenden Feierabendverkehr manövrierte. Die frischen Flocken hatten sich wieder in Schneeregen verwandelt und fielen platschend auf die Windschutzscheibe.

Anderthalb Stunden später hielten sie endlich vor Noras Tür – es war Zeit für ein Abendessen.

«Bier und Pizza?», fragte Nora.

«Deal», antwortete Pete und parkte.

Sie gingen zum Italiener auf der anderen Straßenseite und fanden einen freien Tisch am Fenster. Luca schob ihre Pizzen in den Ofen und servierte das Bier mit einer Unbekümmertheit, die jeden, der sich an die Tische mit den rot karierten Tischdecken setzte, davon überzeugte, dass die Welt doch noch normal war.

Pete trank einen Schluck von seinem Nastro Azzuro und legte die Hand auf Noras Schulter.

«Hey. Was auch immer er dir geflüstert hat – entspann dich. Die setzen dir irgendwelche Flausen in den Kopf, damit du immer wieder zu ihnen hingehst und sie dir für schlechte Ratschläge und Kräuteraufgüsse das Geld aus der Tasche ziehen können. Genau so gehen diese Leute vor. Die sind nicht ganz richtig im Kopf», erklärte er.

Nora nickte.

«Das weiß ich. Das weiß ich wirklich, aber irgendetwas passiert doch mit einem, wenn man da sitzt. Er wirkte so ... überzeugend. Einen kurzen Moment lang habe ich ihm tatsächlich geglaubt.»

Pete schnaubte.

«Ich vermute, diese Typen benutzen irgendeine Form der Hypnose oder irgendwelche anderen Tricks, damit die Leute auf ihren Schwindel reinfallen. Genau das ist wohl Martti damals in Afrika passiert.»

Ihre Pizzen kamen, und für eine Weile herrschte seliges Schweigen, während sie mit geschmolzenem Käse, Parmaschinken und Rucola in ihrer kleinen, glücklichen Seifenblase saßen.

Sie bestellten noch ein Bier. und langsam fiel die Anspannung von Nora ab. Der Abstand zu Dr. Ibi und seiner dunklen Welt wurde größer. Sie erinnerte sich an all die anderen Dinge, die wichtig waren. Zum Beispiel die Sache mit Andreas.

Nora zeigte Pete ein Foto von Viola.

«Niedlich. Hat sie Ähnlichkeit mit Andreas?»

Darüber hatte sie noch nicht nachgedacht, aber als sie das Bild genauer studierte, entdeckte sie seine Augenbrauen und die schräge Falte auf der Stirn, die sich auch bei Andreas bildete, wenn er sich über etwas wunderte. Das Mädchen war eindeutig seine Tochter. Das verpasste Nora einen kleinen Stich.

Pete registrierte es sofort.

«Das muss schwer für dich sein?»

Sie nickte.

«Ich weiß nicht recht, was ich fühle oder machen soll. Wen soll ich denn spielen? Tante Nora? Die Stiefmutter? Ist es nicht besser, wenn ich sie alle drei in Ruhe lasse?»

Nora erzählte von dem missglückten Besuch in Frederiksberg, während Pete seine Pizza aß.

«Ich habe ihm gesagt, dass ich mich zurückziehen werde, aber dabei geht es mir so schlecht, als wäre ich von einem Doppeldeckerbus angefahren worden», gab sie traurig zu.

«Du kannst nur selbst wissen, was für dich die beste Lösung ist. Aber Menschen ändern sich, wenn sie Kinder kriegen», sagte Pete und spülte die Pizza mit einem Schluck Bier hinunter.

«Caroline?», fragte Nora.

Pete nickte, und wieder saßen sie für einen Moment schweigend da, während sie an Petes Ex-Freundin dachten, die zu seinem Leidwesen wieder zurück nach Melbourne gezogen war und dort mit einem Chirurgen namens Ryan eine Familie gegründet hatte.

«Hast du noch Kontakt zu ihr?», fragte Nora.

Pete schüttelte den Kopf.

«Wir haben's versucht, aber es war immer so viel los», antwortete er vage.

«Bereust du es, dass du sie hast gehen lassen?»

«Ich habe sie nicht gehen lassen. Sie ist ein freier Mensch und hat getan, was sie tun musste. So ist es eben», sagte er steif, trank aus und ließ die Rechnung kommen.

Kapitel 17

Es war eine dieser Nächte, in der ein Albtraum auf den nächsten folgte. Nora ging allein über den Highgate Cemetery und suchte nach Andreas. Die grauen Engel aus Stein waren zum Leben erwacht, sahen sie mit strengen Blicken an und deuteten in die unterschiedlichsten Richtungen. Wo war er? Plötzlich verschwand der Boden unter Noras Füßen, und sie sah direkt hinab auf Abioni, der in einem dunklen Grab lag und den Kopf schüttelte. Er versuchte, ihr etwas mitzuteilen, doch jedes Mal, wenn er den Mund öffnete, quoll nur Erde hervor.

In kaltem Schweiß gebadet erwachte Nora gegen sechs Uhr am Samstagmorgen und versuchte gar nicht erst, wieder einzuschlafen. Draußen war es immer noch dunkel, und die Kälte ließ sie zittern. Rasch leerte sie zwei Gläser Wasser. Wie ein Eisenband zog sich ein Kopfschmerz um den unteren Teil ihres Schädels. Sie verfluchte Ibi und seine wundersame Mixtur und versuchte, die Angst unter einer heißen Dusche herunterzuspülen.

Anschließend zog sie ihren kuschligsten Pullover an, durchsuchte den Küchenschrank nach Haferflocken und kochte sich einen Haferbrei. So, wie es ihre Mutter nach schlechten Träumen immer für sie gemacht hatte. Mit Puderzucker und geschmolzener Butter. Bereits mit dem ersten Löffel war Nora wieder zurück in der gemütlichen kleinen Küche ihrer Kindheit, die mit Büchern und Topfpflanzen vollgestopft war. In Noras Erinnerung roch sie nach frisch gebackenem Brot, und das Radio lief stets im Hintergrund.

Sie dachte an ihre Mutter, die immer Zeit gehabt hatte, sich Noras Träume anzuhören, und ihr erklärt hatte, dass Träume Botschaften an einen selbst waren. Und plötzlich verstand Nora, wie einfach die Sache war. Kweko Abioni hatte ihr seinen Plan detailliert mitgeteilt.

▪

Ungeduldig stand Nora vor den Toren des Highgate Cemetery und wartete auf die erste Führung um 10:00 Uhr. Zum Glück kam nicht wieder der Feldwebel, sondern eine Frau führte die Gruppe, und Nora hielt sich im Hintergrund.

Spencer hatte ihr nicht gesagt, wo genau Abioni gefunden worden war, und Nora blickte sich suchend um. Auf dem Friedhof gab es zahllose uneinsehbare Ecken, in denen ein Mörder in aller Ruhe sein Werk vollbringen konnte, mitten in der Großstadt.

Sie gingen den Lebanon Circle mit den Familiengrabstätten rund um den Zedernbaum entlang, der zur Eröffnung des Friedhofs im 19. Jahrhundert dort gepflanzt worden war. Die Tourleiterin erzählte von der groß angelegten Beisetzung des Boxers Tom Sayers, der von Abertausenden trauernder Fans und seinem treuen Hund Lion zu Grabe getragen worden war. Und dann hatten sie wieder die Katakomben erreicht. Nora ließ sich hinter der Gruppe zurückfallen. Sie schloss die Augen und versuchte, sich daran zu erinnern, wo Abioni gestanden hatte, als sie nach ihm gesucht hatte.

Er hatte sich auf der rechten Seite an der Wand abgestützt, den Arm ungefähr auf Höhe der mittleren Reihe einer Grabkammer, in der Platz für circa zwölf Särge war. Drei Särge nebeneinander, vier übereinander. Nora schlich sich an diese Stelle, während die Tourleiterin weitersprach. Die anderen Teilnehmer hatten ihre Aufmerksamkeit auf sie gerichtet, während Nora mit der Taschenlampe ihres Handys versuchte, in die Ritzen zwischen den morschen Särgen zu leuchten.

Ein Vater mit zwei kleinen Töchtern schaute genervt zu ihr hinüber und rollte mit den Augen, als wollte er sagen, dass man es mit seiner Faszination für den Tod auch übertreiben könnte.

Doch dort waren keine verdächtigen Spuren zu erkennen. Der Staub lag in einer dicken Schicht in den Grabkammern. Nora blickte in die Dunkelheit. Wenn Abioni einen Hinweis hinterlassen hatte, dann musste er irgendwo hier zu finden sein.

Schließlich beugte sie sich hinunter, als wollte sie ihren Schuh zubinden, und musterte den Boden der untersten Grabkammer. Die Steinsärge, in denen einst die Knochen wohlhabender Bürger aufbewahrt wurden, erinnerten nun an Funde archäologischer Grabungen.

Die feuchte Dunkelheit und der Gedanke daran, dass Abioni hier ganz in der Nähe ermordet worden war, bereitete Nora Unbehagen. Sie schüttelte sich, während sie in das dunkle Loch spähte. Als sie sich gerade wieder aufrichten wollte, fiel ihr Blick auf ein kleines blaues Viereck. Es war nicht verstaubt. Langsam ließ sie ihre Hand in das Versteck gleiten und achtete gleichzeitig darauf, dass sie keiner beobachtete.

«Dann geht es jetzt weiter zum Mausoleum von Julius Beer»,

sagte die Tourleiterin in dem Moment, als Nora ihre Hand ausstreckte, und die Gruppe bewegte sich weiter.

Doch die Tourleiterin warf Nora einen scharfen Blick zu.

«Sie dürfen hier nichts anfassen, alles ist denkmalgeschützt.»

Nora reagierte schnell und schob ihr Handy in den Jackenärmel.

«Ich weiß. Aber ich habe mein Handy verloren. Es ist hier hineingefallen. Entschuldigen Sie bitte.»

«Dann beeilen Sie sich und holen es da raus», befahl die Tourleiterin.

«Ich bin schon dabei», erwiderte Nora und streckte ihren Arm tiefer in die Grabkammer.

Sie bekam ein kleines Notizbuch von der Größe einer Zigarettenschachtel zu fassen. Rasch ließ sie ihr Handy aus dem Ärmel rutschen, sodass es das Notizbuch verdeckte. Dann hielt sie es mit leuchtendem Display hoch.

«Ich hab es.»

Die Frau sah sie misstrauisch an.

«Wie konnte es denn so tief in die Grabkammer fallen?»

Nora zuckte mit den Schultern.

«Tja, ich weiß auch nicht.»

Sie verließen die Katakomben, und die Gruppe versammelte sich vor dem erhabenen Grab, das sich der ehemalige Eigentümer der Zeitung *The Observer* nach genauen Vorstellungen errichten hatte lassen.

Nora spürte eine Ecke des Notizbuchs an ihrer Haut. Sie schob es unbemerkt in ihre Tasche.

Die letzten Minuten der Führung vergingen extrem langsam. Als sie endlich wieder auf dem Vorplatz standen und die Tourleiterin die übliche Rede über gerngesehene Spenden für den Erhalt des Friedhofs hielt, huschte Nora zurück in die Swains Lane, um weiteren durchdringenden Blicken zu entgehen.

Es hatte wieder zu schneien begonnen, und sie achtete darauf, dass das Notizbuch möglichst trocken blieb, während sie es mit steifgefrorenen Fingern aufschlug.

Auf der ersten Seite standen nur zwei Buchstaben.

K.A.

Kweko Abioni.

Vielleicht ahnte er damals bereits, dass ihn jemand verfolgte, weshalb er das Büchlein in die unterste Grabkammer in den Katakomben fallen ließ. Wahrscheinlich plante er, selbst zurückzukehren und es sich wiederzuholen.

Dem Notizbuch hatte es nicht besonders gutgetan, mehrere Tage in einem feuchten Gemäuer zu liegen. An einigen Stellen war das Papier durchweicht. Vorsichtig blätterte Nora weiter.

Auf der zweiten Seite stand eine Notiz in blauer Kugelschreiberschrift. Das mittlere Wort war unter einem Wasserfleck beinahe verschwunden.

Onye ori Nig … umu?

Bevor Nora weiterblättern konnte, klingelte ihr Telefon. Es war Pete.

«Wo steckst du?»

«In Highgate. Was ist los?»

«Steig in ein Taxi und komm zur Millennium Bridge. Beim Globe. Jetzt», befahl er.

Nora spürte, wie sich die Härchen in ihrem Nacken aufstellten. Diesen Ton hatte sie bislang nur sehr selten bei Pete gehört, obwohl sie zusammen in Kriegsgebieten und an anderen gefährlichen Orten gewesen waren. Normalerweise konnte ihn kaum etwas in seiner australischen Gelassenheit erschüttern. Doch wenn er so klang wie jetzt, war die Angelegenheit ernst.

«Was ist los, Pete?»

«Beeil dich einfach, bevor sie alles abriegeln. Ich muss Fotos schießen und kann jetzt nicht reden.»

Nora hielt ein Taxi an, das viel zu lange brauchte, um sich durch den Vormittagsverkehr zu schieben. In ihrem Kopf ging sie Hunderte Szenarien durch und kam zu dem Schluss, dass es sich um eine Terrordrohung handeln musste. Oder vielleicht sogar um einen Terrorangriff, von dem nur noch nicht in den Nachrichten berichtet wurde.

Ihre Gedanken drifteten zu dem letzten Terrorangriff, der London erschüttert hatte, in denen auch Brücken das Ziel gewesen und unschuldige Menschen in den Tod gerissen worden waren. Daher machte sich Nora auf das Schlimmste gefasst, worüber sie würde berichten müssen.

Endlich bog das Taxi in die Emerson Street ein. Nora zahlte und eilte am Globe vorbei, zum Fluss hinunter und entdeckte Pete. Er stand neben seinem Kollegen Russell, der für eine der großen Presseagenturen arbeitete.

Vor ihm spannten zwei Polizisten ein Absperrband über den Bürgersteig und den Zugang zur Brücke. Ein Streifenwagen und ein Notarztwagen hatten schräg daneben geparkt.

Petes Blick flackerte so wild, wie sie es nur selten bei ihm gesehen hatte.

«Pete, was ist hier los?»

«Reiner Zufall, dass ich hier bin. Ich habe gerade mit Russell einen Kaffee getrunken, als die Agentur ihn anrief, weil sie einen Tipp bekommen hatte. Da habe ich mich einfach an ihn drangehängt.»

«Was ist denn passiert?»

Pete zog sie mit sich zu der niedrigen Betonmauer am Ufer der Themse und zeigte auf die Millennium Bridge.

«Ich glaube, sie haben Nicholas gefunden.»

▪

Unter der Brücke waren drei Kriminaltechniker in weißen Papieranzügen dabei, ein Zelt aufzubauen, das sowohl vor neugierigen Blicken schützen als auch dafür sorgen sollte, dass wichtige Spuren am Tatort nicht von Wind, Regen und Passanten zerstört wurden.

Doch es war nicht zu erkennen, was da unten vor sich ging. Die Männer verdeckten die Sicht, und als das Zelt endlich stand, hatte niemand mehr Einblick.

«Warum glaubst du, dass es um Nicholas geht?», fragte Nora.

Pete öffnete Dateien auf seiner Kamera und reichte sie dann stumm an Nora weiter. Er hatte messerscharfe Fotos geschossen, bevor das Zelt aufgebaut worden war.

Nora wollte ihren Augen nicht trauen. Vor dem Ufer, direkt neben einem der Brückenpfeiler, schwamm ein kleiner Körper. Er hatte keinen Kopf mehr, und wo einst die Arme saßen, waren nur noch Stümpfe, die Beine schienen quer durch den Oberschenkel abgetrennt worden zu sein.

Beinahe hätte Nora sich übergeben. Ihr Körper verkrampfte sich, alles in ihr schrie: Nein! Das ist nur eine Puppe! Aber die Schnitte, die Knochenstümpfe und die kreideweiße Haut ließen keinen Zweifel zu. Petes Foto zeigte einen Torso in der Themse.

Doch das war noch nicht das Schlimmste. Besonders grauenhaft war, dass die Größe des Torsos nicht zu einem erwachsenen

Menschen passte. Hier handelte es sich eindeutig um ein Kind. Und der Körper des Kindes war in eine orange Steppweste gekleidet.

Petes Teleobjektiv hatte den Leichnam von vorn eingefangen, und der kleine, dunkelblaue aufgestickte Polospieler auf der Brust war nicht zu übersehen. Es war eine Ralph-Lauren-Weste. Genau dieselbe, die der kleine Nicholas bei seinem Verschwinden getragen hatte.

Kapitel 18

Nora schloss für einen kurzen Moment die Augen, doch als sie sie wieder öffnete, lag das Kind immer noch unter der Brücke. Sie atmete tief ein.

«Ist das wirklich Nicholas?»

«Hatte er nicht so eine orangefarbene Weste an? Aus dem Grund habe ich dich angerufen», erklärte Pete.

«Wer hat ihn gefunden?»

Pete zeigte auf das Nebengebäude des Theaters.

«Eine Gruppe Pfadfinderinnen, sie haben dort ein Seminar zu *Romeo und Julia* besucht. Die Polizei hat sie gebeten, auf die Befragung zu warten.»

Nora ging hin und steckte den Kopf durch die Tür des Seminarraums. Circa zehn Mädchen in Pfadfinderuniformen saßen an einem Tisch versammelt. Nora schätzte, dass sie ungefähr dreizehn Jahre alt waren. Einige der Mädchen starrten in die Luft, andere weinten und hielten einander in den Armen.

Eine Frau, wahrscheinlich ihre Betreuerin, wirkte blass, aber gefasst, und diskutierte mit einem Polizeibeamten.

«Es ist mir klar, dass die Mädchen befragt werden müssen. Das ist selbstverständlich. Aber nicht ohne Erlaubnis der Eltern. Keines der Mädchen ist volljährig», erklärte sie bestimmt.

Der Beamte seufzte.

«Ja, aber wie lange wird das denn dauern, Miss Stone?»

«Entschuldigen Sie, aber ich werde wohl nicht alle Eltern sofort erreichen. Können wir denn die Mädchen nicht erst einmal nach Hause bringen? Sie sind doch total aufgewühlt.»

Der Polizist seufzte erneut.

«Bis auf weiteres habe ich Anweisung meines Chefs, die Mädchen hierzubehalten», antwortete er.

«Darf ich den Namen Ihres Chefs erfahren?»

«Craven. Kriminalinspektor.»

Nora hatte genug gehört und schlich sich wieder nach draußen. Es bestand keinerlei Chance, dass sie die Mädchen interviewen dürfte, wenn ihnen nicht einmal erlaubt wurde, mit der Polizei zu sprechen. Außerdem war es nicht der Stil der *Globalt*, traumatisierte Kinder mit Fragen zu überfallen.

Nora schaute sich um und entdeckte einen Souvenirverkäufer, der beobachtet hatte, wie die Mädchen die Leiche gefunden hatten.

Er selbst habe die Leiche nicht gesehen, erklärte er Nora, während er seine Waren sortierte. «Aber die Mädels habe ich beobachtet. Sie kamen von dort.» Er zeigte auf das Theater. «Und plötzlich fingen sie an zu schreien. Oh Mann, wie laut solche Teenagegören kreischen können.» Er schüttelte den Kopf.

Nora notierte seine Aussagen auf ihrem Block, während der Souvenirverkäufer berichtete, wie die Betreuerin die Mädchen wieder zurück in das Gebäude getrieben hatte. Nach einer Viertelstunde sei die Polizei angerückt und habe den Bereich für Fotografen und Gaffer abgesperrt.

Nachdem sich Nora bei dem Mann bedankt hatte, ging sie auf die Polizeiabsperrung zu, vor der ein Bobby mit Helm die Leute zurückwies. Nora äugte an ihm vorbei, und ihr Blick fiel auf eine hochaufgeschossene Gestalt, die auf die Kriminaltechniker zueilte. Craven.

«Ist das dort Ken Craven?», fragte Nora den Bobby.

Der Beamte warf einen Blick auf ihren Notizblock und schüttelte den Kopf.

«Ich darf keine Informationen weitergeben. Sie müssen unsere Pressestelle kontaktieren.»

Also trat sie ein paar Schritte zu Seite und rief bei Scotland Yard an. Sie wurde mit der Presseabteilung verbunden, die jedoch mitteilte, dass es noch keine offizielle Aussagen über den Leichenfund gebe.

Als Nächstes rief Nora Krebs an. In aller Kürze brachte sie ihn auf den neusten Stand.

«Handelt es sich um Nicholas?», fragte er sofort.

«Das können wir noch nicht schreiben. Aber es sieht ganz danach aus, die Leiche hat die gleiche Weste getragen.»

«Wir könnten es andeuten.»

Nora zögerte.

«Wir dürfen nur die offiziellen Informationen veröffentlichen, die uns vorliegen, aber das sind herzlich wenig», gab sie zu.

«Aber wir brauchen sofort etwas für die Webseite. Sind auch schon andere Journalisten vor Ort?»

Nora ließ ihren Blick zur Millennium Bridge und dem Globe Theater hinüberwandern. Sie sah eine Kollegin von *The Times* und einen Journalisten, den sie dem russischen Fernsehen zuordnete.

«Sie kommen so nach und nach. Aber ich habe meinen Laptop nicht dabei.»

«Dann erzähle der Onlineredaktion, was du weißt, und schreibe dann später deine eigene Story, wenn du wieder im Büro bist», ordnete Krebs an.

Nora rief bei der Onlineredaktion an und besprach die Neuigkeiten kurz mit dem CvD. Er stellte sie zu einer Kollegin durch, die Notizen machte und Nora noch weitere Fragen stellte. Nach zehn Minuten waren sie fertig.

«Okay. Ich schreibe uns beide in die Verfasserzeile und veröffentliche die Story in den nächsten zehn Minuten. Dann sind wir die Ersten», meinte die Kollegin zufrieden.

Noras Gefühle waren gemischt. Einerseits war ihr bewusst, dass es auch zu ihren Aufgaben gehörte, über derartige Brutalität zu berichten. Vor allem wenn man in Kriegsgebieten und den armen Regionen Afrikas unterwegs gewesen war, wusste man, was einen erwarten konnte. Auf der anderen Seite verachtete sie die Tatsache, dass der kleine misshandelte Körper, der dort unten an den Brückenpfeilern lag, einen Wettstreit unter Journalisten auslösen würde.

Nora beendete das Gespräch und machte sich auf die Suche nach Pete. Er hatte sich mit einem Becher Kaffee auf die Bordsteinkante vor dem Starbucks gesetzt und starrte in die Luft.

«Wollen sie Fotos?», fragte er.

Nora schüttelte den Kopf, ging ebenfalls in den Starbucks und holte sich einen Becher Wasser und einen Chai Latte.

«Ich weiß, dass es Menschen gibt, die zu so etwas fähig sind. Aber gerade im Moment kann ich es nicht fassen», sagte Pete, als Nora wieder herauskam.

«Ich hätte das auch lieber nicht gesehen.»

Immer mehr Fernsehteams rückten an und begannen, ihre Technik aufzubauen. Am Himmel über dem kleinen weißen Zelt kreiste ein Hubschrauber von *Sky News*.

Am Ende der Straße hielt ein dunkelblauer Jaguar und ließ einen Passagier aussteigen, bevor er wieder kehrtmachte. Nora erhaschte einen flüchtigen Blick auf den perfekt sitzenden Mantel und ein vertrautes Profil.

«Spencer», entfuhr es ihr, als der Mann an den beiden vorbeieilte.

Überrascht drehte er sich um.

«Nora? Weshalb sind Sie hier?»

«Aus demselben Grund wie Sie, befürchte ich.»

Spencer nickte.

«Haben Sie den Fall übernommen?», fragte Nora neugierig.

«Nein. Ich werde mich nur umsehen. Es ist Cravens Fall, aber sie brauchen meine vorläufige Einschätzung. Aber ich darf darüber nicht sprechen, das wissen Sie», fügte er hinzu und eilte weiter.

«Kann ich Sie später anrufen?», rief Nora ihm nach.

Er winkte über seine Schulter ab.

«Ist es Nicholas?», rief sie noch, doch sie erhielt keine Antwort.

Pete hatte seinen Kaffee ausgetrunken und stand auf.

«Ich fahre nach Hause. Es gibt keinen Grund, noch länger hierzubleiben», sagte er, quetschte den Pappbecher zusammen und warf ihn weg.

Ohne ein weiteres Wort zu wechseln, gingen sie gemeinsam am Fluss entlang Richtung Southwark und London Bridge.

Schließlich fragte Pete: «Glaubst du, dass es Nicholas war?»

«Ich weiß nicht. Aber die orange Weste deutet ja darauf hin», meinte sie.

«Ich begreife nicht, wie man einem kleinen Jungen so etwas antun kann. Wer ist zu so etwas in der Lage?»

Nora wusste darauf keine Antwort.

Sie bleiben am Brückengeländer stehen und schauten hinab in die Themse, auf der Boote mit laut plaudernden Touristen in Richtung Cutty Sark und Greenwich vorbeifuhren. Das Wetter hatte umgeschlagen, der Himmel war klar und blau wie mundgeblasenes Glas aus Murano.

«Ich kann nicht glauben, dass ein Junge von acht Jahren irgendwelche Feinde hat. Wenn es wirklich Nicholas ist, dann galt die Tat seinen Eltern. Höchst wahrscheinlich Bugakov», vermutete Nora.

«Hat er nicht Verbindungen zur Mafia? Aber schlägt die russische Mafia Menschen die Köpfe ab?»

Nora spürte, wie Ekel in ihr aufstieg.

«Ich habe so etwas über die Drogenbanden in Mexiko gehört, aber ich weiß nicht besonders viel über die russische Mafia und deren Methoden», gab sie zu.

Pete verstummte wieder. Das sah ihm gar nicht ähnlich. Nora hatte ihn oft entrüstet erlebt, wütend und auch machtlos, doch diese Gefühle waren stets auf ein Ziel gerichtet. Gegen einen Feind. Einen Vergewaltiger. Eine Armee. Nun schien es, als wäre er in sich selbst versunken.

Sie bogen an der London Bridge ab und gingen hinunter zur U-Bahnstation an der Northern Line. Der Lärm der Bahn machte es unmöglich, das Gespräch wieder aufzunehmen. Pete sah bleich und müde aus.

Nora stieg an der Station Belsize Park aus. Sie schloss die Haustür auf und fand in dem Poststapel im Briefkasten eine Werbung von Unicef und eine Einladung zu einer Vernissage. Doch keine Luftpost von Maria.

Nun war es beinahe schon eine Woche her, dass Nora Marias Brief bekommen hatte. Seitdem hatte sie nichts mehr von ihr gehört. Dabei wollte Nora unbedingt Kontakt zu der Frau aufnehmen, die so eng mit Abioni zusammengearbeitet hatte.

Weder auf *BBC News* noch auf *Sky* wurden neue Erkenntnisse mitgeteilt. Die Metropolitan Police hatte bestätigt, dass in der Themse ein Torso gefunden worden war und es sich vermutlich um ein Kind handelte. Doch sie nannte weder Geschlecht noch Alter. Auch keine besonderen Kennzeichen.

Erst in diesem Moment stellte Nora fest, dass sie automatisch davon ausgegangen war, dass es sich um einen Jungen handelte. Aber das war aus der Distanz auch mit Petes Teleobjektiv nicht zu erkennen.

Der Gedanke an die orange Weste ließ sie nicht los. Die Wahrscheinlichkeit, dass zwei Kinder mit der gleichen Weste in London verschwunden waren, tendierte gegen null.

Es musste Nicholas sein.

Sie streifte sich ihre Stiefel von den Füßen und angelte Abionis Notizbuch aus ihrer Jackentasche. Die Seiten waren an einigen feuchten Stellen zusammengeklebt, und sie hatte Angst, wichtige Hinweise zu zerstören. Vorsichtig klappte sie die zweite Seite auf und machte ein Foto von dem merkwürdigen Text: *Onye ori Nig … umu?*

Dann legte sie das Buch auf das Fensterbrett über der Heizung, um es langsam trocknen zu lassen.

Sie gab die vermutlich nigerianischen Worte in das Google-

Suchfenster ein und stieß auf eine Seite mit entsprechenden Links. Es bedurfte nicht vieler Klicks, bevor sie mit ziemlicher Sicherheit sagen konnte, dass es sich um Nigerias Amtssprache Igbo handelte.

Sie nahm an, dass es sich bei dem verwischten Wort in der Mitte um *Nigeria* handeln musste, und schrieb den Satz in ein Übersetzungstool. Das Programm übersetzte Wort für Wort, während Nora tippte, doch als sie schließlich den kompletten Satz vor sich sah, lief es ihr kalt den Rücken hinunter: *Wer hat Nigerias Kinder gestohlen?*

Rasch holte Nora eine Pinzette aus dem Badezimmer. Damit musste es ihr gelingen, die feuchten Seiten voneinander zu lösen und Fotos von den anderen Einträgen zu machen. Während sie sich mit dem dünnen Papier abmühte, gab ihr Computer ein Pling von sich.

Sebastian aus Moskau hatte ihr eine Chatnachricht geschickt.

Ruf mich an. Krebs sagt, wir sollen uns über Bugakov unterhalten.

Nora ließ von dem Notizbuch ab und bereitete sich auf das Gespräch mit Sebastian vor, damit er ihr nicht die grundlegendsten Dinge erklären musste. Sie suchte im Internet Informationen über die Zusammensetzung der russischen Mafia. Vory oder Bratva, wie sie anscheinend auch genannt wurde – das russische Wort für Bruderschaft.

Gelinde gesagt gab es sehr abweichende Meinungen darüber, wie gefährlich und einflussreich die russische Mafia war. Einige russische Behörden behaupteten, es gäbe kein formelles Netzwerk, sondern nur einzelne, ungünstige Elemente. Das FBI hingegen hatte die russische Mafia vor geraumer Zeit als gefährlichste Bedrohung der amerikanischen Sicherheit bezeichnet. Diese Einschätzung stammte jedoch aus der Zeit vor 9/11. Einige Experten gingen davon aus, dass es weit über sechstausend verschiedene Gruppierungen gab, zweihundert davon multinational.

Noch immer hatte Nora keine handfesten Beweise vorliegen, dass Bugakov mit der Mafia in Verbindung stand. Aber wer sonst sollte zu so drastischen Mitteln wie einer Entführung und eventuell sogar einem Mord greifen?

Sie verabredete sich mit Sebastian bei Skype. Er saß in einem dicken Pullover an seinem Schreibtisch und sah aus, als würde er frieren. Nora hatte ihn einige Male getroffen, als Krebs ausnahmsweise daran gedacht hatte, auch die Korrespondenten zu einer Konferenz und dem jährlichen Sommerfest von *Globalt* einzuladen.

Sebastian war ein hochgewachsener, dünner Mann mit hellem Vollbart und einem stets besorgt wirkenden Gesichtsausdruck. Vielleicht nicht ungewöhnlich für jemanden, der sich in regelmäßigen Abständen nach Tschetschenien und in die Ukraine begeben musste.

Sie unterhielten sich kurz über Sebastians walisische Ehefrau, die in der britischen Botschaft arbeitete, über das schlechte Wetter in Moskau und die wahnsinnig hohen Mieten in London, bis Nora endlich zur Sache kam.

«Ich weiß nicht, ob du die Nachrichten gesehen hast?», begann sie.

Sie konnte hören, wie Sebastian auf seinem Computer herumklickte.

«Krass. Haben die etwa Bugakovs Sohn gefunden?», fragte er.

«Die Polizei hält sich noch bedeckt. Nach meinen Informationen wurde Nicholas allerdings zuletzt in einer orangen Ralph-Lauren-Weste gesehen, und so eine trug auch der Leichnam. Ich befürchte das Schlimmste», erklärte Nora.

«Oh Mann. Ich habe ja schon viele kranke Sachen gesehen bei meinen Reportagen über die Mafia. Aber das hier ist um Längen schlimmer», sagte Sebastian entsetzt.

«Ja. Die Frage ist nur – kann es die Mafia gewesen sein?», fragte Nora.

«Das kann ich nicht ausschließen. Nur, wenn sie es waren, dann ist die Brutalität extrem, sogar für diese Kreise. Enthauptungen haben wir gesehen, ja. Aber ich kann mich an keinen Fall erinnern, bei dem einem Kind die Gliedmaßen abgetrennt wurden. Was für eine kranke Scheiße!»

«Sind Enthauptungen üblich?»

«Keineswegs. Nicht einmal für die ganz harten Kerle. Außerdem sind Enthauptungen aufwendig, hinterlassen eine Riesensauerei und eindeutige Spuren. Also, falls die Polizei sich entschließt, gegen Organisierte Kriminalität vorzugehen», sagte Sebastian.

«Aber so etwas ist schon vorgekommen?»

«In seltenen Fällen. Oft in Verbindung mit Gangstergruppen aus Tschetschenien. Vielleicht inspiriert durch Saudi-Arabien, wo dies ja die gängigste Hinrichtungsmethode ist. Aber auch dann wurde nur der Kopf abgetrennt.»

Nora versuchte das Bild, das sie auf Petes Kameradisplay gesehen hatte, aus ihrem Bewusstsein zu verdrängen. Das kleine orange Bündel.

«Was weißt du über Bugakov? Was ist dran an den Gerüchten, dass er in Verbindung zur Mafia steht?»

Sebastian überlegte.

«Tja, er ist ein kluger Mann. Ging auf die Harvard Business School und führt sein gesamtes Unternehmen äußerst professionell – und ziemlich profitabel. Sein Ölkonzern macht offensichtlich kräftig Profit. Den investiert er in Immobilien. In London, New York, in der Karibik und andernorts. Das sieht alles in allem recht legal und sauber aus.»

«Aber?», hakte Nora nach.

«Hm. Es ist schon möglich, ohne Kontakte zur Mafia ein erfolgreicher Geschäftsmann in Russland zu sein. Aber eher die Ausnahme.»

«Und wie hält es Bugakov?»

Sebastian räusperte sich.

«Ich habe einen Informanten, der behauptet, dass die Mafia an den Finanzierungen beteiligt war, als Bugakov seine Geschäfte etablierte. Diese Art von Schulden ist nicht nur finanzieller Art, wenn du verstehst, was ich meine.»

«Und gibt es eine Verbindung nach Tschetschenien?»

«Nein, soweit ich weiß nicht. Aber ich habe noch einen weiteren Informanten, der sich besser mit den Strukturen innerhalb der Organisation auskennt. Ich werde ihn fragen. Wir sind übermorgen ohnehin verabredet.»

«Danke dir», sagte Nora und beendete das Gespräch.

Sebastian zweifelte also eher daran, dass die russische Mafia mit derartigen Methoden vorging.

Nora atmete tief ein und tippte die Worte *Torso* und *russische Mafia* in das Suchfeld. Wenige Sekunden später tauchten die Bilder vor ihr auf. Sie waren nicht nur ein deutlicher Beweis dafür, in welch dunkle Tiefen die menschliche Seele abrutschen konnte, sondern belegten auch, dass es dort draußen Menschen gab, die sich derartige Gewalttätigkeiten gern ansahen, solange sie sich hinter ihren Bildschirmen verstecken konnten.

Es wimmelte nur so von Videos, die Enthauptungen zeigten, mit beigefügten Warnhinweisen: *Extreme Gewalt*. Unter einem

Video, in dem zwei Männer von russischen Nationalisten enthauptet werden sollten, lockte ein Link mit «Klicke hier für längere Version, bessere Ton- und Farbqualität».

Ein einziger Artikel, in der *Jerusalem Post*, berichtete von dem Mord an einem Mann, der laut Polizei der russischen Mafia Geld schuldete. In diesem Fall hatte es dem Gläubiger nicht genügt, den Schuldner zu töten. Er ermordete auch die Großmutter des Mannes, enthauptete beide Leichen und wickelte ihre Köpfe in einen Teppich.

Doch dieser Fall hatte keinerlei Ähnlichkeit mit dem Jungen in der Themse. Nora suchte weiter und fand einen Artikel über eine Auseinandersetzung zweier Drogenbanden in Amsterdam, in deren Folge die Polizei eine kopflose Leiche aus einem brennenden Auto bergen musste. Am darauffolgenden Morgen erlebte das Personal eines Cafés an einem der langen Kanäle der Stadt den Schock seines Lebens. Auf einem der Tische im Freien, den Blick starr durch das Fenster ins Innere des Cafés gerichtet, lag der abgetrennte Kopf.

Auch dieser Fall erinnerte nicht an den Fund, den die Pfadfinderinnen unter der Millennium Bridge gemacht hatten.

Vielleicht war es doch der IS gewesen oder eine andere Organisation, die Aufsehen erregen wollte? Nora ging einer anderen Spur nach, die mindestens genauso furchteinflößend war. Neue Links zu neuen Videos erschienen. Dieses Mal mit Verweisen auf islamistische Gruppen. Es handelte sich sowohl um Hinrichtung von Geiseln durch den IS als auch um die geregelten Strafvollzüge in Saudi-Arabien.

Doch auch hier stimmten die Methoden nicht ganz mit dem Londoner Fall überein. Den Opfern wurde jeweils entweder der Kopf oder eine Hand oder das Bein abgetrennt, je nach Strafmaß.

Als Nora schließlich auf einen Artikel stieß, der über die Enthauptungen von vierzig Menschen berichtete, die Boko Haram kurz vor der Präsidentenwahl in Nigeria mit einer Motorsäge in einem kleinen Ort massakrierte, wurde es Nora zu viel.

Sie schloss die Seiten mit den bestialischen Inhalten und konzentrierte sich darauf, einen ausführlichen Artikel über die Geschehnisse an der Themse zu verfassen.

Als sie fertig war, rief sie in der Onlineredaktion an. John hatte Dienst.

«Die Story muss bis morgen warten», sagte er brüsk.

«Okay», erwiderte Nora in neutralem Ton.

«Wir haben genug mit den neusten Entwicklungen zu tun.»

«Ja. Es ist ja auch ziemlich heftig.»

«Ach, du hast es schon erfahren? Ich dachte, bisher wissen nur wir in der Redaktion davon», wunderte sich John.

Nun war Nora verwirrt.

«Wovon sprichst du?»

«Krebs hat eine Rundmail geschickt. Im nächsten halben Jahr müssen fünf Stellen abgebaut werden.»

Nora öffnete ihr E-Mail-Programm und konnte die Botschaft mit eigenen Augen lesen. Abgeschickt vor zehn Minuten. Krebs schrieb von «Rationalisierungen» und fünf Stellen. «Wegen der misslichen Lage, in der das Magazin sich befindet.»

Zwei administrative Stellen. Drei redaktionelle Stellen.

«Wisst ihr schon, wen es trifft?»

«Nein. Die hoffen jetzt, dass in der kommenden Woche einige freiwillig gehen. Aber das glaube ich kaum», sagte John leise.

«Wie geht es nun weiter?»

«Wir haben am Montag Mitarbeitergespräche mit dem Betriebsrat. Dann werden wir erfahren, wer gehen muss.»

Nora legte auf, starrte eine Weile hinunter auf die Straße und ließ ihre Gedanken wandern.

Sowohl der Junge in der Themse als auch Abioni wurden grausam mit einem Messer misshandelt. Dem Jungen hatte man Kopf und Gliedmaßen abgetrennt, Abioni sein Herz und die Zunge herausgeschnitten. Was hatte ein fünfundvierzigjähriger nigerianischer Boko-Haram-Experte mit einem achtjährigen dänisch-russischen Jungen gemeinsam?

Entschlossen stand Nora auf und packte ihre Sachen zusammen. Eine halbe Stunde später zog sie ihre Bahnen in der Schwimmhalle. Sie versuchte, durch die regelmäßigen Bewegungen ihren Kopf freizubekommen. Jetzt zählte nur noch die Anzahl der Bahnen. Berechnungen. Sechzehn von achtzig Bahnen waren ein Fünftel. Also zwanzig Prozent. Vierundvierzig Bahnen waren fünfundfünfzig Prozent.

Allmählich wurde ihr Körper müde. Nora zog sich am Beckenrand aus dem Wasser und ging ins Dampfbad. Dort saß sie dann in der feuchten Wärme und gab sich Mühe, an rein gar nichts zu denken.

Nicht an Andreas. Nicht an die Stellenkürzungen. Nicht an Abioni und nicht an den kleinen Jungen in der orangefarbenen Weste.

Als sie nach Hause kam, trank sie ein großes Glas Milch und fiel todmüde ins Bett.

Kapitel 19

Das Morgenlicht schimmerte gräulich weiß wie Magermilch, als Nora die Treppe hinunterging, um die Sonntagszeitungen zu holen. Auf den Titelseiten prangten Schlagzeilen zu dem makabren Fund in der Themse. Sie alle zeigten eine Studioaufnahme von Nicholas und verschwommene Teleobjektiv-Fotos von Rechtsmedizinern in weißen Overalls an der Millennium Bridge.

Während das Teewasser kochte, nahm Nora behutsam Abionis Notizbuch zur Hand. Es war zwar getrocknet, aber die Seiten waren wellig geworden, und einige von ihnen klebten immer noch zusammen, sodass es unmöglich war, alles auf ihnen zu entziffern. Vorsichtig blätterte sie in dem lädierten Büchlein, doch von den gekritzelten Notizen verstand sie kein Wort.

Gegen Mittag wählte sie Spencers Handynummer. Sie durfte ihn ausschließlich in Notfällen anrufen. Er meldete sich jedoch nicht. Vielleicht hatte er heute frei. Aber wahrscheinlich wollte er nur nicht während wichtiger Ermittlungen von einer etwas zu neugierigen Journalistin gelöchert werden. Mit Müh und Not hatte sie ihm bei früheren Fällen relevante Aussagen entlocken können, die sie in ihren Artikeln zitieren durfte. Spencer war notorisch pressescheu.

Schließlich musste Nora doch in den sauren Apfel beißen und versuchte es bei Millhouse. Sie wusste, dass sein Büro direkt Spencers gegenüberlag. Millhouse war immer eine Spur entgegenkommender als sein Chef.

«Nora Sand. Ich hab mir schon gedacht, dass du anrufen wirst. Spencer hat mir erzählt, dass er dir unten an der Themse begegnet ist. Wir haben leider nichts Neues im Fall Abioni, sondern stehen mehr oder weniger mit leeren Händen da», erklärte er.

«Kannst du mir etwas über das Kind in der Themse sagen? Darf ich dich vielleicht auf einen Kaffee einladen?», fragte Nora hoffnungsvoll.

Millhouse seufzte.

«Kaffee? Damit kriegst du mich nicht.»

Millhouse' Vater besaß eine Tee- und Kaffeefabrik in Mayfair, und Spencers Assistent hatte darauf bestanden, das Präsidium mit Kaffee auszustatten, da seine Geschmacksnerven nichts anderes als Jamaican Blue Mountain vertrugen.

«Na dann eben ein Bier», lockte sie ihn.

«Offiziell haben wir nichts mit der Leiche an der Themse zu tun. Ich möchte nicht zitiert werden, aber ich kann dir so viel verraten, dass im Moment mehrere Abteilungen miteinander rangeln wie bei einem Rugbyspiel, weil jeder den Fall für sich beanspruchen will. Die Abteilung für Organisierte Kriminalität steht schon in den Startlöchern, wegen möglicher Verbindungen zur Mafia. Die Antiterroreinheit kann auch die Füße nicht stillhalten, ihr Argument lautet, dass islamistische Gruppen in den Fall verwickelt sein könnten. Und wegen diverser großer Egos kommen wir einfach nicht in die Gänge», stöhnte Millhouse.

«Aber Spencer war doch gestern vor Ort?»

«Ja. Er kennt Craven persönlich, und der Kriminalinspektor hatte ihn gebeten, vorbeizukommen und einen Blick auf die Sache zu werfen. Aber es liegt kein offizieller Antrag auf die Übernahme des Falls bei uns vor, und der wird auch nicht kommen.»

«Warum nicht?»

«Ein Torso bei der Abteilung für Serienmorde? Kannst du dir die Schlagzeilen vorstellen? Und dir ausrechnen, wie groß die Hysterie bei der Boulevardpresse sein wird?»

«Schön und gut – aber kannst du mir trotzdem sagen, wie weit die Polizei mit der Identifizierung der Leiche ist? Handelt es sich um Nicholas?»

«Wir warten noch auf den DNA-Abgleich.»

«Wann wird der vorliegen?»

Millhouse seufzte.

«Vielleicht morgen früh, vielleicht heute im Laufe des Nachmittages. Seit die DNA-Auswertungen an private Firmen gegeben wurden, sind Eilaufträge ziemlich teuer geworden. Aber ich bin sicher, dass dieser Fall als Eilauftrag klassifiziert wurde, alles andere wäre verantwortungslos.»

«Kannst du mir einen Tipp geben, sobald du etwas weißt?»

«Nora. Dazu habe ich keine Berechtigung. Das weißt du nur zu gut. Außerdem kann ich nicht garantieren, dass wir zu den Ersten gehören, denen diese Ergebnisse vorgelegt werden. Sie gehen zuallererst an Craven, und der wird dann entscheiden, mit welchen Information er an die Öffentlichkeit geht. Außerdem sollte ich überhaupt nicht mit dir sprechen. Das ist Spencers Sache, und ich habe schon mehr gesagt, als ich ...»

«Komm schon, Millhouse. Nur einen kleinen Tipp.»

«Wende dich an Craven.»

«Ja, das wäre wohl das Beste, das Problem ist nur, dass er nicht mit jemandem wie mir spricht. Wenn ich überhaupt weitergeleitet werde, dann nur bis ins Pressebüro, und die stellen keine dänische Journalistin, von der sie nie gehört haben, zu ihrem Chef durch. Das siehst du doch ein, oder?»

Millhouse zögerte.

«Diese Information hast du nicht von mir.»

«Natürlich nicht.»

«Craven hat einen Lieblings-Pub. Kennst du das Sherlock Holmes in der Northumberland Street?»

«Ja. Ist das nicht eigentlich eine Touristenfalle?»

«Schon, aber es scheint ganz günstig für Craven zu liegen. Und er kennt den Barkeeper. Manchmal treffe ich ihn da gegen acht, wenn er sein Feierabendbier trinkt. Vielleicht wird er sich dort mit dir auf ein Gespräch einlassen.»

«Danke. Du hast was gut bei mir», sagte Nora.

«In der Tat», bestätigte Millhouse und legte auf.

■

Nora warf einen Blick auf den einsamen Bagel, den sie am Tag zuvor auf dem Weg von der Schwimmhalle am Kiosk geholt hatte, und hing den bohrenden Gedanken nach, wie dieser Sonntag wohl mit Andreas verlaufen wäre. Sie konnte ihn einfach nicht vergessen. Ein entspannter Spaziergang nach Hampstead, wo sie Eggs Benedict gefrühstückt hätten, vielleicht eine Runde durch den Park oder ein Besuch bei Waterstones, um nach Büchern zu stöbern, ohne die man unmöglich leben konnte.

Sie riss sich aus ihren Gedanken und rief ihren Vater an. Es klingelte viermal, bevor er abnahm.

«Hallo Papa. Wie geht's dir?», frage sie.

Kristian Sand betonte, dass er in hervorragender Verfassung sei, und Nora ließ ihn seinen Gesundheitszustand in den schillerndsten Farben beschreiben. Nachdem sie ihr Telefonat beendet hatten, erkundigte Nora sich beim Krankenhauspersonal nach dem tatsächlichen Befinden ihres Vaters. Sie erhielt die Bestätigung, dass er sich auf dem Weg der Besserung befand.

Ohne Andreas fiel es Nora schwer, einen freien Sonntag sinnvoll zu verbringen. Sie versuchte es mit einer Folge *Inspector Barnaby* im Fernsehen, döste jedoch während des zweiten Mordes ein, und als sie wieder aufwachte, war plötzlich ein Pferdehändler im Bild, den sie noch nie zuvor gesehen hatte.

Schließlich wandte sie sich wieder der Arbeit zu und fotografierte die zweiundzwanzig Seiten des Notizbuches ab, die dicht mit blauer, an einigen Stellen verwaschener Schrift beschrieben waren.

Sie wusste allerdings nicht, wo sie einen Übersetzer auftreiben sollte. Einen Übersetzer, dem sie vertrauen konnte.

Kapitel 20

Nora erinnerte sich nicht mehr daran, wie Ndidi mit Nachnamen hieß, und auch ihre Telefonnummer konnte sie nirgends finden. Sie hatte die junge Frau getroffen, als sie vor einigen Jahren für die Bildungsbeilage der *Globalt* eine Reportage über Studierenden der London School of Economics geschrieben hatte. Letzten Endes hatte sie dann einen anderen Studenten in ihrem Artikel zitiert, aber sie erinnerte sich, dass die junge Frau mit dem besonderen Namen ziemlich klug gewesen war. Und aus Nigeria kam.

Verschlafen stieg sie in einen Bus, der sich langsam durch den widerspenstigen Montagsverkehr schob. An der Haltestelle Aldwych stieg sie aus und ging das letzte Stück bis zum Informationsbüro der Hochschule zu Fuß. Dort erfuhr sie, dass die Daten der Studierenden nicht so ohne weiteres an beliebige Personen herausgegeben werden durften.

Nora holte sich eine Tasse Kaffee in der Kantine und nahm sie mit hinaus zum Haupteingang, in der Hoffnung, irgendwo auf Ndidi zu treffen. Sie versuchte es bei ein paar Studierenden, die gerade an ihr vorbeiliefen.

«Ich suche nach Ndidi. Kennt ihr sie zufällig?»

Endlich reagierte ein hochgewachsener junger Mann mit deutschem Akzent.

«Ndidi Konkwo?»

«Ja», sagte Nora und hoffte, dass es die richtige Ndidi war.

Der Student zeigte hinüber zur Haupttreppe. «Wir saßen gerade in derselben Vorlesung. Sie kommt bestimmt gleich raus.»

Nora wartete einige Minuten, bis Ndidi mit zwei Freundinnen das Gebäude verließ. Sie war groß, mit aufrechtem Gang, und ein auberginefarbenes Halstuch brachte ihr fröhliches Gesicht zur Geltung.

«Ndidi? Erinnerst du dich an mich? Nora Sand.»

«Die Journalistin?»

«Ja, das bin ich.»

«Warum sind Sie hier?»

«Ich wollte dich fragen, ob du mir bei einer Sache helfen könntest.»

«Worum geht es?»

«Sprichst du Igbo?»

«Ja.»

«Ich habe ein paar wirklich sensible Dokumente, vielleicht könntest du sie für mich übersetzen?»

«Auf Igbo?»

«Ich glaube schon.»

«Warum kommen Sie zu mir? Ich meine, Sie arbeiten doch für eine Zeitschrift, die sich einen richtigen Übersetzer leisten kann?»

Nora warf Ndidis Freundinnen einen Blick aus den Augenwinkeln zu, die Noras Andeutung sofort verstanden.

«Wir sehen uns später in der Kantine», sagte eine der beiden.

Ndidi folgte Nora zu einem Costa Café und bestellte einen großen Latte macchiato. Sie setzten sich an einen Tisch im hintersten Winkel des Lokals.

«Okay. Worum geht es?»

Nora hatte das Notizbuch nicht mitgebracht, aber die Fotos jeder einzelnen Seite hatte sie auf ihrem Handy gespeichert.

«Kann ich dir vertrauen?»

Ndidi sah sie verblüfft an.

«Ja. Also, wenn wir nicht gerade das Gesetz brechen?»

«Keineswegs. Ich habe hier ein paar Notizen auf meinem Telefon gespeichert. Leider kann ich dir nicht verraten, wer sie geschrieben hat oder woher sie stammen. Aber ich würde mich sehr freuen, wenn du sie für mich übersetzen könntest.»

«Lassen Sie mich mal sehen.»

Nora behielt ihr Telefon noch einen Augenblick in der Hand.

«Ich habe keine Ahnung, was da steht. Aber ich muss dich warnen, dass es sich vermutlich um Informationen handelt, die einem an die Nieren gehen können.»

Ndidi nahm einen Schluck von ihrem Latte macchiato. Bisher schien sie die Ruhe selbst zu sein.

«Wie viel bekomme ich eigentlich dafür?»

«Wir können dir höchstens einige hundert Pfund dafür bezahlen», erklärte Nora und versuchte nicht daran zu denken, was Krebs dazu sagen würde.

«Das ist doch ein hübsches Sümmchen für eine Studentin», meinte Ndidi und grinste schief.

Nora rief das erste Foto von den Notizen auf ihrem Handy auf und reichte Ndidi das Telefon.

«Außerdem muss ich dich darum bitten, dies alles streng vertraulich zu behandeln. Du darfst mit niemand anderem darüber reden. Ist das in Ordnung?»

«Ja, okay. Nun zeig schon her.»

Ndidi legte das Handy auf dem Tisch vor sich ab und holte einen Notizblock und einen Bleistift aus ihrer Tasche. Aus einem kleinen Blechetui fischte sie eine Lesebrille mit Goldrand.

«Wie viel ist es?»

«Es sind knapp zweiundzwanzig Seiten. Relativ dicht beschrieben, aber ich bin nicht sicher, ob alles lesbar ist. Das Buch hat für eine Weile im Freien gelegen», antwortete Nora.

Ndidi begann zu lesen, und Nora ging an den Tresen, um sich einen Milchkaffee zu bestellen und Ndidi in Ruhe arbeiten zu lassen.

Als sie mit ihrem Kaffee an den Tisch zurückkam, war das Lächeln von Ndidis Gesicht verschwunden.

«Das hier ist echt krank», sagte sie leise.

Nora holte ihren eigenen Notizblock hervor, und legte ihre Hand auf Ndidis, um sie zu beruhigen.

«Was steht da?»

Ndidi zögerte.

«Hier auf der ersten Seite steht ... *Wer hat Nigerias Kinder genommen* ... oder *gestohlen?* Es scheint eine Überschrift zu sein», erklärte sie.

«Okay», sagte Nora mit neutraler Stimme.

«Ist derjenige, der das geschrieben hat, Arzt?»

«Warum fragst du?»

«Er schreibt beinahe unleserlich.»

«Aber du konntest einige Stellen entziffern?»

«Ja. Bruchstücke. Hier steht etwas über eine junge Frau, die zu ihm gekommen ist. Sie spricht von Selbstmord. Dass die Geister ihr auf der Spur sind. Und irgendwas über Muti.»

Nora sah Ndidi prüfend an.

«Du weißt, was Muti ist?»

«Ich bin in Nigeria aufgewachsen.»

Ndidi rutschte auf ihrem Stuhl hin und her. Ihr war deutlich unwohl.

«Es gibt niemanden, der es wagt, darüber zu sprechen. Das allein kann schon Unglück verursachen!»

«Was meinst du damit?»

Ndidi versuchte sich an einem leichten Grinsen, doch ihr Blick blieb ernst.

«Tja, ich weiß, dass es irrational ist, aber diese Furcht sitzt tief in mir drin. Das habe ich von meiner Mutter und sie wiederum von meiner Großmutter. Wir sprechen nicht darüber, sonst kann man es zum Leben erwecken.»

Nora beschloss, fürs Erste nicht weiter nachzufragen.

«Gut. Was steht da noch?»

Ndidi schüttelte den Kopf.

«Der Text ist ziemlich unsortiert und wie gesagt schwer zu deuten. Aber es kommt mir so vor, als wäre das Folgende eine Art Zeugenaussage des Mädchens. Ihr Name wird nicht erwähnt, doch sie erzählt, dass sie als Zwölfjährige von ihrem Onkel verkauft wurde.»

Ndidi trank einen Schluck von ihrem Kaffee, als wollte sie die nächste Information herauszögern.

«Sie wurde an einen alten Mann verkauft, ist aber weggelaufen. Zurück zu ihrer Familie. Die hat sie allerdings wieder zurückgeschickt, diesmal mit Hilfe eines Hexendoktors.»

«Eines Hexendoktors?»

«Ja.»

«Wird das genauer beschrieben.»

Ndidi seufzte.

«Ja, es sind schließlich zweiundzwanzig Seiten. Aber ich muss in einer Viertelstunde bei meiner nächsten Vorlesung sein. Können Sie mir die Bilder nicht schicken? Das ist ziemlich heftiger Stoff für einen Cafébesuch.»

«Doch, na klar.» Nora bemühte sich, ihren Ärger zu verbergen.

«Ich werde sie schon niemandem zeigen», versprach Ndidi und stand auf.

«Gut. Wann glaubst du, dass du mit der Übersetzung fertig sein könntest?»

«Das dauert ein paar Tage. Ich muss Seminararbeiten schreiben.»

Nora notierte Ndidis E-Mail-Adresse, dann sah sie die junge Frau mit einem besorgten Gesichtsausdruck die Straße überqueren und fühlte einen kleinen Stich von Schuld, während Ndidi in der Hochschule verschwand.

▪

Zurück in ihrem Homeoffice versuchte Nora, jemanden in der Redaktion zu erreichen, der ihr erzählen konnte, was gerade bei der *Globalt* los war. Krebs ging nicht ans Telefon, und auch in der Rezeption klingelte es so lange, bis die Leitung geschlossen wurde.

Sie versuchte es in der Bildredaktion und bekam den Praktikanten Claes an den Apparat.

«Die sitzen gerade in einer Besprechung. Es geht um die Entlassungen», konnte er Nora mitteilen.

«Werden die Stellen wirklich gestrichen?», hakte Nora nach.

«Keine Ahnung. Das diskutieren sie gerade.»

Nora legte auf und beschloss, ihre möglicherweise bevorstehende Arbeitslosigkeit zum Anlass zu nehmen, ihr chaotisches Dasein in den Griff zu kriegen – auf die größtmögliche selbstpeinigende Art und Weise, die ihr in den Sinn kam.

Mit einem tiefen Seufzen holte sie den großen Umschlag mit den Quittungen hervor, begann sie zu sortieren und die Beträge in eine Excel-Liste einzutippen. Währenddessen überlegte sie, ob es wohl mehr Spaß machte, den Rasen in Wembley mit einer Nagelschere zu schneiden oder eine Dose Buchstabensuppe auf den Küchentisch zu kippen und die Nudelbuchstaben in alphabetische Reihenfolge zu bringen.

Sie saß gerade an einer Taxiquittung aus Belfast, als das Telefon klingelte. Es war Andreas. Noch bevor sie es sich anders überlegen konnte, nahm sie das Gespräch an.

«Hallo?», sagte sie vorsichtig.

Es kam keine Antwort. Nur ein Rauschen und Knacken. Im Hintergrund waren zwei Stimmen zu hören, die sich unterhielten. Sie konnte die Worte nicht eindeutig heraushören, aber es war deutlich zu vernehmen, dass die Wellen hoch schlugen. Dann begann ein Baby zu weinen.

Noras Herz rollte sich zusammen wie ein Igel, als ihr klarwurde, dass das Telefon in Andreas' Hosentasche lag und sie eigenwillig angerufen hatte. Er selbst hatte gar nicht versucht, sie zu kontaktieren.

Doch plötzlich war seine Stimme ganz nah:

«Du musst dir Hilfe suchen. Ich schaff das hier alles nicht mehr», sagte er resigniert.

Erschrocken, als hätte er sie ertappt, legte Nora auf.

Kurz darauf kam eine E-Mail. Sie stammte von Krebs und war angefüllt mit Formalitäten und Floskeln. Formulierungen wie «der Wunsch der Geschäftsleitung» und «zukunftsorientierte Vision» waren Indizien dafür, dass der Chef unter extremem Druck stand. Kurz gesagt waren die Verhandlungen gescheitert. Die Entlassungsrunde würde stattfinden, die Mitarbeiter waren nach Hause gegangen.

Nora versuchte, John in seinem Büro zu erreichen, doch er antwortete nicht. Heute würden keine Artikel mehr publiziert werden, und Nora ertappte sich bei dem Gedanken, wie einsam sie sich fühlen würde, wenn die Onlineredaktion ihr nicht im Nacken säße.

▪

Es war kurz nach halb acht, als Nora die U-Bahnstation Charing Cross verließ und in die Northumberland Street einbog. Der Schnee war längst zu einer idyllischen Erinnerung geworden, stattdessen prasselte nun eiskalter Regen auf Nora herab. Ihre Haare hingen nass und schwer herunter.

Sie blickte hinüber zum Trafalgar Square, Admiral Nelson stand wie immer stoisch auf seinem Sockel und spähte hinaus aufs Meer. Wind, Wetter und Touristenströme konnten ihm nichts anhaben. Nora eilte weiter, um so schnell wie möglich ins Warme zu kommen.

Sie betrat den Sherlock Holmes Pub und sah sich um. Ihr Blick fiel beinahe sofort auf Ken Craven. Er saß an einem Tisch, vor sich ein fast leeres Glas Guinness, und war mit einem Mann ins Gespräch vertieft, der mit dem Rücken zu Nora saß. Es würde schwer werden, unter vier Augen mit Craven zu sprechen.

Nora ging an die Bar und bestellte einen Gin Tonic. Sie beschloss, geduldig zu warten, bis in dem Gespräch der beiden Männer eine Pause entstehen würde. Während sie an ihrem Drink nippte, ging sie im Kopf die wichtigsten Fragen durch, die sie dem Kriminalinspektor stellen wollte. Wenn er sich denn überhaupt mit ihr unterhalten würde. Die wichtigste Information, die sie brauchte, war das Ergebnis der Obduktion. Ob es sich bei der Leiche um Nicholas handelte.

Sie beobachtete, wie Ken Cravens Tischgenosse seine Brieftasche zückte und im Begriff war, an die Bar zu gehen. Das war ihre Chance. Den Blick fest auf Craven gerichtet, der gedankenverloren aus dem Fenster sah, nahm sie ihr Glas und ging auf seinen Tisch zu. Und lief direkt in den Mann, der soeben von dem gegenüberliegenden Sitzplatz aufgestanden war. Er legte seine Hand auf ihre Schulter.

«Nora! Was machst du denn hier?»

Es war Craven. Tom Craven.

Kapitel 21

Nora starrte Tom an, den Verleger, der das verfluchte Talent hatte, alle ihre guten Vorsätze ins Wanken zu bringen. Sie hatte bewusst versucht, einen großen Abstand zu halten, seit sie vor mehreren Monaten in seiner Wohnung in Soho aufgewacht war.

Er hatte ein paarmal versucht, sie anzurufen, nachdem sie sich bei dem Fall mit dem iranischen Poeten Manah Ishmail kennengelernt hatten. Aber Nora hatte weder seine Anrufe entgegengenommen noch auf seine WhatsApp-Nachrichten reagiert.

Immerhin gab es Andreas.

Tom sah aus wie immer. Die dunkelbraunen Locken, das verschmitzte Grinsen und diese langen Wimpern …

Schon sein bloßer Anblick erregte sie. Auch wenn sie versucht hatte, alle Gedanken an ihn auszuradieren, so hatte ihr Körper seine eigene Erinnerung an ihn gespeichert.

«Was machst *du* hier?», fragte sie.

Tom zuckte mit den Schultern.

«Ich trinke ein Bier mit meinem Bruder. Willst du auch eins?»

Sie hob ihren frischen Gin Tonic hoch.

«Danke, ich hab schon», antwortete sie und nahm einen

Schluck, wie um zu unterstreichen, dass sie nur ganz zufällig hier an der Bar stand und nichts weiter mit ihm zu tun haben wollte.

Er wandte sich an den Barkeeper, bekam zwei Bier und stellte ein weiteres Glas Gin Tonic vor ihr ab.

«Jetzt hast du noch einen zweiten Drink. Komm», sagte er und legte seine Hand wieder auf ihre Schulter.

Nora ließ ihn gewähren. Es war immerhin eine Chance, mit dem sonst so unnahbaren Ken Craven ins Gespräch zu kommen.

Aus der Nähe sah der Kriminalinspektor müde aus. Nora erkannte die Ähnlichkeit mit Tom um die Augenpartie und an den vollen Lippen, aber wo sich bei Tom Lachfalten abzeichneten, lagen unter Kens Augen dunkle Schatten, die auf Schlafmangel schließen ließen.

Er nickte kurz, als Tom sie vorstellte und hinzufügte, dass sie Dänin war.

«Sind Sie zu Besuch?», fragte er höflich.

Nora überlegte einen Augenblick, ob sie die Rolle der naiven Touristin spielen, oder mit einem Funken Wahrheit herausrücken sollte.

«Ich muss gestehen, dass ich hier in London wohne und als Journalistin arbeite», sagte sie schließlich.

Gut, dass das gleich geklärt war.

Doch jetzt konnte sie förmlich sehen, wie Craven in die Defensive ging.

«Aha», sagte er und klang deutlich kühler.

«Ja, ich bin London-Korrespondentin für ein dänisches Magazin namens *Globalt*», gestand sie.

Ken Craven sah seinen Bruder vorwurfsvoll an.

«Wusstest du davon?»

Tom schenkte ihm ein entwaffnendes Lächeln und vermied es, konkret zu antworten.

«Ich kenne Nora von früher», sagte er. «Sie gehört zu den Guten.»

Nora beschloss, alle Karten auf den Tisch zu legen.

«Sie haben mich sicher nicht wahrgenommen, aber ich war bei der Pressekonferenz, die Sie letzten Sonntag abgehalten haben. Immerhin ist der verschwundene Junge Däne», erklärte sie.

«Halb-Däne», berichtigte Ken Craven automatisch. «Tatsächlich ist er ziemlich russisch, wenn es nach Bugakov geht.»

«Ich habe Sie gestern auch unten am Fluss gesehen. Sind Sie für den Fall mit dem Kind aus der Themse zuständig?», wollte Nora wissen.

Unter dem Tisch berührte Tom ihr Knie mit der Hand. Sie warf ihm einen zornesfunkelnden Blick zu und schob seine Hand diskret, aber bestimmt weg. Die Stelle, an der sie gelegen hatte, prickelte heiß.

Ken Craven sah Nora an und schüttelte den Kopf.

«Das geht so nicht, Miss Nora. Wir können gerne einen Drink zusammen nehmen, aber ich kann nicht über den Fall sprechen.»

«Nein, natürlich nicht, das versteh ich. Ich wollte nur wissen, ob es sich bei dem Fund um Nicholas handelt», fügte sie rasch hinzu.

Darauf erhielt sie keine Antwort, und sie wechselten das Thema und sprachen über unverfängliche Dinge. Das Wetter. Die Regierung. Der Kriminalinspektor wollte zu gern wissen, ob die dänische Kriminalpolizei tatsächlich so funktionierte, wie man es bei *Kommissarin Lund* und *Die Brücke* sehen konnte. Nora bestellte eine neue Runde an der Bar und gab ihm wohlwollend einen Crashkurs in dänischer Kultur. Die Stimmung war beinahe entspannt, als sich Ken Cravens Gesichtsausdruck unmittelbar versteinerte.

Er zog sein Handy aus der Tasche und nahm den eingehenden Anruf entgegen. Die andere Hand legte er auf sein Ohr, um den Lärm des Pubs abzuschirmen.

Nora konnte einsilbige Wörter wie *Ja*, *Nein* und *Gut* hören, dann beendete er das Gespräch. Er stand auf, und Nora sah, dass er beinahe einen halben Kopf kleiner war als sein Bruder.

«Der Feierabend ist zu Ende. Ich muss zurück ins Präsidium.»

Er streckte Nora die Hand entgegen.

«Auf Wiedersehen. War mir ein Vergnügen. Nächstes Mal müssen wir diskutieren, warum Sarah Lund immer alleine arbeitet», sagte er noch, während seine Gedanken längst woanders waren, das konnte Nora ihm ansehen.

«Das waren die DNA-Ergebnisse, nicht wahr?», fragte sie.

Überrascht blickte er sie an.

«Sie sind gut informiert.»

«Können Sie nicht einfach nicken oder mit dem Kopf schütteln? War es Nicholas, der in der Themse gefunden wurde?»

Ken Craven zögerte einen Augenblick. Dann schüttelte er den Kopf.

«Sind Sie ganz sicher?», hakte sie nach.

«Ja. Das Kind, das gestern aus dem Fluss gefischt wurde, war ein Junge. Aber er war nicht europäischer oder westlicher Herkunft. Sondern ein Kind mit Albinismus.»

«Was?»

«Ich muss jetzt los.» Ken Craven drehte sich auf dem Absatz um. Und weg war er.

Schockiert blieb Nora zurück. Und neben ihr saß immer noch Tom.

«Dann sind wir jetzt wohl allein – du und ich», meinte er lächelnd.

Sie schüttelte den Kopf.

«Nein. Nur du. Ich muss auch los. Deadline.»

Tom schaute mit einem Stirnrunzeln auf die Uhr.

«Du hast jetzt eine Deadline? Montagabend?»

«Ja. Das Internet, du weißt schon. Wir publizieren Tag und Nacht.» Mit diesen Worten schob sich an ihm vorbei und lief mit halbangezogenem Mantel auf die Tür zu.

Bevor Tom reagieren konnte, war sie draußen auf der Straße und winkte ein Taxi heran. Sie musste so schnell wie möglich fort von hier.

■

Zu Hause in dem dunklen Hausflur erkannte Nora die Umrisse eines kleinen Päckchens in ihrem Briefkasten. Sie griff danach, und als die Energiesparlampe endlich ihre volle Helligkeit erreicht hatte, sah Nora, was sie da in der Hand hielt. Den abgehackten Kopf eines Hahns. Sie stieß einen spitzen Schrei aus und schleuderte das Teil weg.

«Verdammte Scheiße!», rief sie, dass es durch den dunklen Flur hallte.

Der Hahnenkopf hatte ganz oben auf ihrer Post gelegen, sein Blut war auf einen Umschlag ihrer Wasserabrechnung gesickert.

Hastig sprintete Nora hinauf in ihre Wohnung, wusch sich die Hände, fand eine Plastiktüte und lief wieder hinunter. Mit Hilfe des blutigen Umschlags versuchte sie, den Kopf in die Tüte zu schieben.

Dann nahm sie die Tüte mit hinauf in ihre Wohnung, knotete

sie mit einem Gummiband fest zu und warf sie in den Mülleimer in der Küche.

Wie war der Kopf in ihren Briefkasten gekommen? Mit der Post? Das klang zu bizarr. Und was sollte er überhaupt bedeuten?

Sie versuchte, die Gedanken daran zu verdrängen, zog sich aus und ging ins Bett. Als sie die Kissen aufschüttelte, fand sie eines von Andreas' verwaschenen T-Shirts darunter. Es roch immer noch nach ihm.

Sie schmiss es auf den Boden, bereute es jedoch sofort, hob es wieder auf und zog es sich über.

Bald fiel sie immer tiefer und tiefer in den Schlaf. Sie träumte von Gräsern auf Dünen, von Wind und von Andreas, der auf die Brandung zulief.

Kapitel 22

Nora aß ihr Müsli und trank ihren Nescafé, während im Hintergrund die *BBC*-Nachrichten liefen. Über Nacht war der Schnee zurückgekehrt und lag wie weißer Puderzucker auf den Autos, die unten in der Straße parkten.

In Dänemark war es bereits neun Uhr, also rief sie im Krankenhaus an, wo ihr mitgeteilt wurde, dass ihr Vater nach dem Frühstück wieder eingeschlafen sei, sich jedoch weiterhin auf dem Weg der Besserung befände.

«Kann er denn bald entlassen werden?»

«Es sieht gut aus. Er hat viel Ruhe, das trägt zu einer schnelleren Genesung bei», versicherte die Krankenpflegerin.

Nora wurde die Vermutung nicht los, dass es sich dabei um eine Standardinformation für Angehörige handelte, aber im Moment konnte sie nicht viel mehr ausrichten, als dem Personal zu vertrauen und geduldig zu sein.

Die *BBC* zeigte ein Video von dem Torso, der in der Themse gefunden wurde, und Nora versuchte, sich einen Reim darauf zu machen, was die orangefarbene Weste zu bedeuten hatte. Es konnte wohl kaum ein Zufall sein, dass es sich um die gleiche

Weste handelte, die Nicholas bei seinem Verschwinden getragen hatte.

Doch im Moment erinnerte die Situation Nora an die Knobelbücher, die sie als kleines Mädchen gehabt hatte. Eine Unmenge nummerierter Punkten, die man miteinander zu einem Muster verbinden musste, das auf den ersten Blick keinen Sinn ergab und sich im letzten Moment zu einem gigantischen Elefanten oder eine ägyptischen Pyramide zusammenfügte. In diesem Fall war Nora sicher, dass sich am Ende vor ihr ein Monster herausbilden würde, wenn erst einmal alle Details miteinander verbunden worden wären.

Sie schob ihr Frühstück beiseite und holte ihren Laptop hervor. Krebs wollte wissen, wie ihre Pläne für die kommende Woche aussahen. Als sie ihm gerade mitteilte, dass sie immer noch mit Nachdruck daran arbeitete, ein Interview mit Bugakov zu bekommen, erhielt sie eine Mail von Ndidi. Sie schloss die Korrespondenz mit Krebs und öffnete die Nachricht.

Liebe Nora. Ich habe jetzt die ersten sieben Seiten übersetzt. Mehr schaffe ich gerade nicht, tut mir leid. Ndidi.

Nora öffnete den Anhang und begann zu lesen.

3. Januar
Maria N., eine meiner Studentinnen, kam mit einem privaten Anliegen zu mir und erzählte mir von ihrem Neffen J. Ein Priester hatte den Eltern des Jungen eingeredet, er sei von einem Dämon besessen und bräuchte die Hilfe der Kirche. Laut Maria sind beide Eltern Mitglieder der Kirchengemeinde und schämen sich zutiefst, ein Hexenkind in der Familie zu

haben. Der Priester, der den Dämon in J. identifiziert hatte, machte einen Hausbesuch, um den bösen Geist auszutreiben ... *(hier folgen einige unleserliche Sätze, N.)* ... weigerte sich zu trinken. Da so nicht der gewünschte Effekt erzielt werden konnte, ordnete der Priester an, J. in die Kirche zu schicken, um von der gefährlichen Besessenheit befreit zu werden. Maria erzählt mir, dass nun zwei Wochen vergangen sind und es den Eltern verboten sei, ihren Sohn zu sehen. Seine Mutter, Marias Schwester, habe weitere Familienmitglieder gebeten, ihr bei der Bezahlung von J.s Kost und Logis in der Kirche zu helfen. Es handele sich jedoch um ein Lösegeld, um J. am Leben zu halten.

5. Januar
Habe den Versuch unternommen, J.s Familie zu besuchen. Zunächst stritten sie ab, einen Sohn namens J. zu haben. Dann brach die Mutter weinend zusammen und gestand, dass er den Dämonen verfallen sei. Der Vater warf mich aus dem Haus. Sehr wütend. Drohte mir mit einem Knüppel ... *(Teile der Schrift sind hier verlaufen, N.)*

10. Januar
Heimliche Kontaktaufnahme zu Z. Ehemaliges Mitglied der Kinder Gottes ... *(undeutlich, N.)* ... Rituale. Z. berichtet, dass Kinder ... HIV-Heilung ... Särge ... Muti??? Gerüchte um Opferungen, aber Z. hat selbst nichts gesehen. Will versuchen, einen ehemaligen Priester zu kontaktieren. Zerstückelung!!!? Kann ich mir nicht vorstellen.

18. Januar
Ihr Anführer ist Charles E...d. Hat Verbindungen zu Kirchen in den USA und Großbritannien. Nicht sicher, ob er ...

22. November
L. hat bei Obstlieferung das Gelände betreten. Berichtet, dass es mit hohen Bretterzäunen abgeriegelt ist und überall Wachen positioniert sind. Die Kinder werden zusammengepfercht in kleinen Hütten gefangen gehalten.

3. Dezember
Maria fürchtet um J.s Leben. Sie flehte mich an, in das Lager zu fahren und ihn zu befreien. Ihre Schwester hat kein Geld mehr. KG haben mich nicht hineingelassen. Ich weigerte mich zu gehen. Sie drohten mit der Polizei. Ich damit, sie wegen Entführung anzuzeigen. Ein Priester kam heraus. Wollte mir seinen Namen nicht nennen. Graue Haare, altväterlich, ruhige Ausstrahlung. Glaube, das war CE. Fragte mich nach meinem Namen und Titel, gab ihm ohne zu Zögern Auskunft. Musste unverrichteter Dinge gehen.

Brief von Maria. Sie hat sich dort beworben als ... Versuche, sie davon abzuhalten, aber ... *(der Rest der Seite ist unleserlich, abgesehen von drei Wörtern, N.)* Warnung. Durchgeschnitten. Tierkopf.

Mit einem Satz fuhr Nora von ihrem Stuhl hoch, lief in die Küche und holte den Müllbeutel aus dem Eimer. Keine Sekunde länger wollte sie den Hahnenkopf in ihrer Wohnung haben.

Unten auf der Straße sah sie sich um und stellte den Müllbeutel dann zu den anderen Abfallsäcken, die vor dem Gemüseladen auf Abholung warteten. Erst dachte sie, bei dem hochgewachsenen Mann, der regungslos auf der anderen Straßenseite stand, würde es sich um einen Obdachlosen handeln, der versuchte, seinen Stapel Straßenzeitungen an den Mann zu bringen. Aber die Daunenjacke war zu neu und zu gepflegt, und als Nora genauer hinschaute, sah sie, dass der Mann mit leeren Händen dastand und ab und zu seinen Blick zu ihrem Fenster hinaufschweifen ließ.

War das etwa derselbe Mann, der sie beobachtet hatte, als sie von ihrem Termin bei Dr. Ibi kam? Der Jacke nach zu schließen, war das gut möglich. Plötzlich trafen sich ihre Blicke. Der Mann starrte Nora direkt in die Augen, sein Blick war düster, und ein unheimliches Grinsen huschte über sein Gesicht, als er sich mit der Handkante wie mit einem Messer über seine Kehle fuhr. Dann legte er einen Zeigefinger auf seine Lippen.

Diese Gesten waren nicht misszuverstehen. Mund halten oder sterben. Die Angst traf Nora wie ein Hammer. Sie lief zurück ins Haus, knallte die Tür hinter sich zu und stürmte die Treppe hinauf. Als sie in ihrer Wohnung stand, vergewisserte sie sich mit zitternden Händen, dass die Tür hinter ihr gut verschlossen war.

Dann rief sie die Polizei an. Die diensthabende Beamtin sagte zögernd, sie könne gern einen Wagen vorbeischicken, es würde jedoch eine Weile dauern. Dann fragte sie: «Hat die betreffende Person Sie denn verbal bedroht?»

Stammelnd erzählte Nora, wie sie den Kopf des Hahns in ihrem Briefkasten gefunden hatte und ein Fremder kurz darauf ihr gegenüber eine Enthauptung gemimt hatte.

«Und Sie sind sich sicher, dass dieser Mann Ihnen den Hahnenkopf in den Briefkasten geworfen hat? Kann es nicht sein, dass ein Nachbar ihn vielleicht vergessen hat?»

Nora antwortete nicht auf diese Frage. Wer vergaß denn schon einen abgetrennten Hahnenkopf im Briefkasten anderer Leute?

«Ich habe nicht gesehen, wie er es getan hat, aber wer sollte es denn sonst gewesen sein? Auf jeden Fall hat er mir gedroht», sagte sie.

«Hm. Die Beamten brauchen ein besonderes Erkennungsmerkmal, um einzuschreiten.»

Nora trat vorsichtig ans Fenster, sodass sie auf die Straße blicken, aber selber nicht gesehen werden konnte.

Doch der Mann war verschwunden.

«Er ist nicht mehr da», stammelte sie.

«Tja, dann gibt es wohl keinen Grund, einen Einsatzwagen vorbeizuschicken», meinte die Frau am anderen Ende der Leitung.

Nora versuchte, die Angst abzuschütteln. Sie suchte Dr. Ibis' Telefonnummer heraus – vielleicht hatte er eine gute Erklärung dafür, wer der Mann sein könnte, immerhin hatte sie ihn beim ersten Mal vor seinem Haus gesehen.

Wieder ging seine Assistentin ans Telefon.

«Dr. Ibi wünscht, nicht gestört zu werden. Er ist dabei, eine größere Reise vorzubereiten.»

«Es ist wichtig, ich muss jetzt mit ihm sprechen. Ich werde von einem Mann verfolgt.»

Die Frau versprach zu sehen, was sich machen ließe. Aber der Klang ihrer Stimme ließe Nora nicht allzu große Hoffnungen, dass ihre Anfrage überhaupt weitergeleitet würde, geschweige denn, dass er zurückrief.

Der Gedanke daran, in ihrer Wohnung zu hocken, während der Mann mit dem finsteren Blick eventuell mit weiteren toten Tieren zurückkommen würde, war nicht gerade verlockend.

Mit äußerster Kraftanstrengung machte Nora sich wieder an

die Arbeit. Wer auch immer dieser Mann war, er sollte bloß nicht auf den Gedanken kommen, man könnte ihr so ohne weiteres Angst einjagen und sie aus ihrer eigenen Wohnung vertreiben.

Tausen, der Kollege vom Ressort Ausbildung und Berufe, wollte einen kurzen Artikel über den Druck, dem Londons Finanzdistrikt durch die Konkurrenz mit Frankfurt ausgesetzt war, und fragte Nora, ob sie den Artikel übernehmen wollte. Sie sagte zu und verabredete mit ihm eine Deadline für nächste Woche.

Doch ihre Gedanken kehrten immer wieder zu dem Jungen aus der Themse zurück. Wer war er? Warum musste er sterben? Ohne sich große Hoffnungen zu machen, rief sie bei Scotland Yard an und wurde von einer lakonischen Mitarbeiterin der Presseabteilung an den Twitter-Account verwiesen, auf dem «alle offiziellen Informationen bereitgestellt wurden». Nora bezweifelte dies und fragte, ob es möglich wäre, mit Inspektor Ken Craven zu sprechen. Die Frau am Telefon zögerte nicht eine Millisekunde mit der Antwort, die Nein lautete.

«Er spricht nicht mit der Presse», teilte sie Nora mit.

Nora blieb nichts anderes übrig, als eine beinahe zwei Meter große Versuchung mit verwegener Frisur und viel zu großem Selbstbewusstsein zurück in ihr Leben zu lassen. Allein der Gedanke missfiel ihr, aber sie hatte keine andere Wahl. Sie musste Tom um einen Gefallen bitten, und sie wusste von vornherein, dass sie nichts geschenkt bekommen würde.

Er antwortete ihr sofort bei WhatsApp.

«Na klar kannst du die Nummer meines Bruders haben. Du bekommst sie bei einem Abendessen, morgen um 19:30 Uhr. Bei mir zu Hause.»

«Kannst du sie mir nicht einfach jetzt schicken?»

«Netter Versuch. Bring Rotwein mit. Aber einen anständigen.»

Sie legte auf und überflog die Nachrichten. Die neuesten ökonomischen Spitzfindigkeiten der britischen Regierung füllten die Schlagzeilen beinahe aller Webseiten. Die Premierministerin hatte erklärt, dass es nun Zeit für die Briten sei, die Ärmel hochzukrempeln und sich in den Arbeitsmarkt zu stürzen. Um die Konjunktur anzukurbeln, sollten die Sozialleistungen gekürzt werden. Die Tafeln, die Lebensmittel an sozial Schwache verteilten, warnten davor, dass sie schon jetzt mit dem Andrang überfordert waren. Neoliberale Expertenkommissionen lobten die Regierung hingegen für ihre Maßnahmen.

Nora spähte aus dem Fenster. Unten auf der Straße war nichts Besonderes zu sehen. Ein älterer Herr füllte beim Gemüsehändler grüne Okras in eine Plastiktüte, und im Fenster der Reinigung konnte Nora erkennen, wie Mrs. Patel gerade einen roten Spazierrock einpackte. Der Mann in der dunklen Daunenjacke war nicht zurückgekommen.

Alles war wie gewöhnlich. Nur nicht für Nora.

Sie zwang sich zurück vor den Computer und öffnete ihre Mailbox. Dort fand sie eine Nachricht von Andreas. Die wurde sofort in den externen Ordner verschoben. Ungelesen. Nora war noch nicht bereit dafür.

Stattdessen antwortete sie auf Ndidis E-Mail, bedankte sich für die Hilfe und fragte, wann sie denn wohl mit dem Rest rechnen könne.

Abionis Notizbuch lag immer noch auf ihrem Schreibtisch. Vorsichtig blätterte sie durch die brüchigen Seiten und ließ den Blick über den Text gleiten. Ein Wort tauchte immer wieder auf und war von Abioni unterstrichen worden. *Oroma.*

Sie googelte es. Oroma war das Wort für die Farbe Orange.

Mehrere Links führten zu einem Artikel über afrikanische

Gottheiten, der auf der Webseite einer irischen Universität publiziert worden war. Hastig überflog Nora ihn. Es handelte sich um eine staubtrockene akademische Abhandlung aus dem Jahr 1991. Nach fünf Seiten stieß sie auf den Satz: «Opfer der Flussgöttin Oshun stehen oft im Zusammenhang mit den Farben Gold, Gelb und Orange.»

Sie musste Kontakt zu Maria Nua herstellen. Nur sie würde erklären können, was all das zu bedeuten hatte.

Kapitel 23

Im Laufe des Nachmittags und des Abends hatte Nora alle Hebel in Bewegung gesetzt, um Marias Familie ausfindig zu machen. Doch es gab Tausende mit dem Nachnamen Nua, die aus Nigeria kamen.

Sobald die Universität von Abuja am Mittwochmorgen geöffnet hatte, rief sie die Nummer von Abionis altem Büro an. Vielleicht geriet sie ja an eine behilfliche Sekretärin, der sie einige Details entlocken konnte.

Eine Frau nahm ab, und Nora erkundigte sich nach Maria Nua.

«Wer, bitte?», fragte die Frau.

«Professor Abionis Assistentin. Ich habe hier ein paar Dokumente, die ich ihr schicken will, aber ich habe leider ihre Adresse verlegt», log Nora.

«Mit wem spreche ich denn?»

«Äh, ich bin Nora.»

«Nora wer?»

«Ich rufe von der *Globalt* aus London an.»

«Einen Augenblick bitte.»

Sie hörte ein Klicken, dann war ein Mann am anderen Ende der Leitung.

«Sie haben nach Maria Nua gefragt?»

«Ja», bestätigte Nora.

«Wer sind Sie denn, bitte?»

«Ich rufe aus London an und brauche Maria Nuas Adresse», sagte Nora und umschiffte somit die Frage.

«Maria arbeitet hier nicht mehr», entgegnete der Mann und legte auf.

Als sie versuchte, die Nummer erneut anzurufen, nahm niemand mehr ab.

Sie probierte es noch einige Male und hatte gerade aufgegeben, als ihr Telefon selbst klingelte. Doch es war kein Anruf von der Universität in Abuja, sondern Sean Connoly von Bugakovs Büro, der ihr mitteilte, Bugakov sei bereit für ein halbstündiges Gespräch mit ihr, noch am selben Nachmittag.

Die nächste Stunde verging wie im Flug, während Nora in Bugakovs Geschäftsimperium eintauchte. Eine Erfolgsgeschichte nach der nächsten. Nur ein Deal hatte einen bitteren Nachgeschmack gehabt, nämlich der Handel mit der Organisation im Nigerdelta, der nicht geglückt war und die Aktienkurse kurzzeitig hatte sinken lassen. Abermals Nigeria.

Nora suchte weiter, fand jedoch keine konkreten Hinweise darauf, was damals vorgefallen war, und Bugakov selbst hatte sich anscheinend nie dazu geäußert.

Doch auch nachdem sie alles gelesen hatte, was sie finden konnte, beschlich sie dennoch das Gefühl, die wesentlichen Informationen nicht zu kennen.

■

Bugakov wohnte in Kensington in einem dieser Häuser, von deren Existenz man als normaler Bürger dieser Stadt nicht einmal etwas ahnte. Hinter den Mauern gab es neben exklusivster Ausstattung auch drei Kellergeschosse mit Platz für ein Heimkino, den Weinkeller und einen Swimmingpool sowie gesicherte Panikräume, in denen man sich einschließen konnte, falls es zu einem bewaffneten Überfall oder einem Atomkrieg kommen sollte.

Nora verzog keine Miene, als die Haustür von einem urbritischen Butler geöffnet wurde, der ihr den Wintermantel abnahm und ihr mitteilte, dass sie im gelben Salon auf Mr. Bugakov warten könne, während er dafür sorgen würde, dass man ihr Tee servierte.

Nora durchquerte zwei Wohnzimmer, die mit modernen Designerstücken möbliert waren. In Vasen groß wie Vogelbäder standen frische Blumen. Noras Blick fiel auf eines von David Hockneys Swimmingpool-Gemälden an der Wand. Es sah nicht nach einer Kopie aus.

Sie folgte dem Butler vorbei an einem blankpolierten Steinway-Flügel und gelangte schließlich in einen Raum, der ganz in Gelb gehalten war. Hier thronten zwei maßgefertigte senfgelbe Sofas mit Glastisch. Auf der einen Seite des Raumes stand ein Sekretär, auf dem ein großes Foto von Nicholas im Goldrahmen platziert worden war. Das Bild schien auf einem Boot aufgenommen worden zu sein, im Hintergrund leuchtete das türkisblaue Meer.

Nora setzte sich. Kurz darauf erschien ein Dienstmädchen mit einer weißen Haube auf dem Kopf. Sie trug ein Tablett mit Tee, Zitrone, Zucker, Milch und einem kleinen Schälchen Konfekt und sah aus wie eine Statistin von *Downtown Abbey*.

Nora wollte nach der Teekanne greifen, aber das Dienstmädchen bestand darauf, ihr den Tee einzuschenken und ihn mit Milch und Zucker zu versehen.

Dann verließ sie den Raum wieder. Vom Sofa aus konnte Nora über den Garten blicken, der für Kensington-Verhältnisse fast wie ein Park wirkte. Eine hohe Hecke schirmte ungebetene Blicke ab. Darüber waren Überwachungskameras montiert. Zwei auf die Welt dort draußen gerichtet, zwei in Richtung Haus.

Die Tür wurde geöffnet, und Anton Bugakov trat ein.

Nora sah ihn prüfend an, während sie seine ausgestreckte Hand entgegennahm.

«Wie ich sehe, hat Cecil sich schon um Sie gekümmert», stellte Bugakov fest.

Nora hatte ein arrogantes Auftreten erwartet, aber als die Tür erneut aufging und das Mädchen mit einem zweiten Tablett erschien, auf dem eine Flasche Mineralwasser und Gläser standen, dankte Bugakov ihr höflich, bevor er sich wieder Nora zuwandte.

«Sie wollen also ein Interview? Wir haben zwanzig Minuten bis zu meinem nächsten Termin.»

Nora holte ihren Block mit den vorbereiteten Fragen hervor und bat darum, das Gespräch mit ihrem Handy aufzunehmen.

«Tun Sie, was sie für notwendig halten. Das ist mein Leitsatz», antwortete Bugakov knapp.

Irgendetwas stimmte hier nicht. Nora wollte es sofort herausfinden.

«Mr. Bugakov ...»

«Nennen Sie mich Anton», erwiderte er ausdruckslos und breitete die Arme aus.

«Eine Sache will ich Sie gern vorab fragen.»

«Nämlich?»

«Warum geben Sie mir ein Interview? Ich weiß, dass viele Journalisten aus den Finanzressorts seit geraumer Zeit darauf brennen, mit Ihnen zu sprechen, aber Sie lehnen meistens ab. Warum ich? Warum jetzt?»

Bugakov runzelte die Stirn.

«Das hat verschiedene Gründe. Einige davon möchte ich gern für mich behalten», erwiderte er und versuchte sich an einem entwaffnenden Lächeln.

«Aber andere werden Sie mir verraten?»

Bugakovs Miene zeigte wieder pure Ausdruckslosigkeit.

«In erster Linie möchte ich meinen Sohn finden, und ich vermute, des Rätsels Lösung könnte in Dänemark liegen. Deshalb finde ich es wichtig, den Fall dort in die Medien zu bringen.»

«Wenn Sie sagen, die Lösung könnte in Dänemark liegen, ist das eine Anklage gegen Ninette, die Mutter des Jungen?»

«Ich möchte keine Anschuldigungen gegen meine Ex-Frau äußern. Das wäre keine clevere Disposition.» Seine Stimme war aalglatt.

«Aber Sie gehen davon aus, dass Ninette weiß, was Ihrem Sohn passiert ist?»

«Kein Kommentar.»

Nora gab diese Spur fürs Erste auf.

«Haben Sie inzwischen eine Lösegeldforderung erhalten?»

«Wenn dem so wäre, könnte ich Ihnen nichts dazu sagen. Die Polizei hat mir davon abgeraten, mit der Presse über Angelegenheiten dieser Art zu sprechen.»

«Machen Sie immer, was die Polizei Ihnen rät?», fragte sie mit bewusst flapsigem Tonfall und wurde mit einem schiefen Lächeln belohnt, das jedoch schnell wieder verschwand.

«Wie lautet Ihre nächste Frage?» Er nahm einen Schluck von seinem Mineralwasser.

Bugakov gab sich freundlich und unpersönlich zugleich. Wie eine menschliche Hotellobby: eine angenehme und anonyme Oberfläche.

Nora musterte ihn schweigend, bis er wieder das Wort ergriff.

«Sie können die Frage auch umdrehen: Glauben Sie wirklich, wenn es eine Lösegeldforderung gäbe, wenn es also nur um Geld ginge, dass der Junge dann noch immer verschwunden wäre?»

«Da ist etwas dran», räumte sie ein. «Aber warum gehen Sie davon aus, dass die Lösung in Dänemark liegt?»

«Haben Sie mit Ninette gesprochen?»

Nora nickte.

«Ja. Ich war bei ihrer Pressekonferenz und habe ihre Version der Geschichte gehört. Ich habe auch schon darüber geschrieben.»

«Das weiß ich. Mein Büro schickt mir alles zu. In Übersetzung.»

«Aha.»

«Ihr Artikel war der einzige, der in der Frage, was mit meinem Sohn geschehen sein könnte und welche Rolle Ninette dabei spielte, einen Hauch von Zweifel beinhaltete», sagte Bugakov.

«Warum glauben Sie, dass Ihre Frau eine Rolle spielt?»

Wieder war Bugakov glatt wie ein Aal.

«Ich behaupte nicht, dass sie das tut. Ich sage nur, ich weiß es zu schätzen, dass Sie als einzige Journalistin in ganz Dänemark diese Möglichkeit offengelassen haben.»

«Ich verstehe.»

Bugakov fuhr fort: «Ich will nicht über den psychischen Zustand meiner baldigen Ex-Frau urteilen, aber erscheint Sie Ihnen wie eine Mutter, die in tiefer Sorge oder Panik ist, weil sie nicht weiß, ob ihr Sohn überhaupt noch lebt?»

Nora musste sich eingestehen, dass dieser Gedanke ihr auch schon gekommen war. Ninette zeigte nicht die typischen emotionalen Reaktionen, die man von einer Mutter erwarten konnte, deren Sohn entführt worden war.

«Vielleicht ist es der Schock», schlug sie vor.

«Glauben Sie das wirklich?», fragte Bugakov mit einem ironischen Lächeln.

Nora versuchte, die Spur zu wechseln.

«Wenn man jedoch Ninette Glauben schenkt, dann könnte die Entführung im Zusammenhang mit gescheiterten Geschäftsbeziehungen stehen. Was sagen Sie dazu?»

Bugakov schüttelte den Kopf, als hätte Nora ihn mit der letzten Frage zutiefst enttäuscht, nachdem das Gespräch so gut angefangen hatte. Sie sah auf ihre Notizen über die Recherchen zu Bugakovs Firma.

«Sie hatten Geschäftsbeziehungen in Nigeria. Aber die haben offenbar keinen guten Ausgang gefunden.»

«Woher wissen Sie das?»

Plötzlich war alle Freundlichkeit aus dem gelben Salon gewichen. Nora zuckte mit den Schultern.

«Aus der *Financial Times*, unter anderem. Es steht überall zwischen den Zeilen.»

Bugakov machte eine genervte Handbewegung.

«Das sind irgendwelche Gerüchte. An denen ist nichts dran», erklärte er bestimmt.

«Dürfte ich Ihre Version dieser Gerüchte hören?», hakte sie nach. Er antwortete nicht. «Oder lassen Sie mich die Frage anders formulieren. Kann es sein, dass Sie Feinde in Nigeria haben? Jemanden, der skrupellos genug ist, um Sie zu bestrafen, indem er Nicholas Leid zufügt?»

Jetzt schaute Bugakov aus dem Fenster in den Garten, als würde er nachdenken. Oder aber, um sein Temperament im Zaum zu halten.

Nora verstand allmählich, warum Ninette sich damals zu ihm hingezogen gefühlt hatte. Und es war ebenso einleuchtend, warum die Ehe schließlich schiefgegangen war. Dieses Temperament, das ständig unter der Oberfläche zu brodeln schien und nur haarscharf im Zaum gehalten wurde, war furchteinflößender als das laute Gebaren eines Hooligans, der herumbrüllte und Stühle umtrat. Ein Anflug dieses Temperaments hatte Nora auch auf der Pressekonferenz bei Scotland Yard wahrgenommen.

«Jetzt hören Sie mal gut zu, Nora Sand. Ich habe meine Geschäfte in Nigeria schon vor längerer Zeit abgewickelt. Da ist nichts zu holen.»

«Aber Sie wirken doch sehr gereizt, weil das Thema überhaupt auf den Tisch kommt», bemerkte Nora, wohl wissend, dass sie sich auf dünnes Eis begab, unter dem ein tiefer Abgrund lauerte.

Bugakov seufzte und schenkte ihr ein müdes Lächeln.

«Ich habe keine Lust, darüber zu sprechen, weil das ein Teil meiner Geschäfte war, der weniger erfolgreich über die Bühne ging, als ich gehofft hatte. Damit bin ich wohl nicht der erste Geschäftsmann auf diesem Planeten, der so reagiert. Aber ich finde es auch etwas absurd, dass Sie hier aufkreuzen und mit mir über Afrika sprechen wollen.»

«Warum absurd?»

«Weil Sie von Ninette deutlich nützlichere Information erhalten könnten, sie ist immerhin in Nigeria aufgewachsen.»

Nora sah ihn verblüfft an.

«Was? Das stand in keinem der Porträts, die ich über sie gelesen habe.»

«Nein. Ist das nicht komisch?», bemerkte Bugakov spitz.

«Sie hat in Nigeria gelebt?»

Nora musste diese Information erst einmal verdauen und versuchte, sich ihr Gespräch mit Johannes Egtved wieder ins Gedächtnis zu rufen.

Bugakov sah auf seine Rolex, das Gespräch schien ihn gewaltig zu langweilen.

«Ihre Mutter ist mit einem Missionar durch Afrika gereist. Vigga hat Ninette in Nigeria auf die Welt gebracht.»

«Wissen Sie, zu welcher Kirche der Missionar gehörte?»

Bugakov schüttelte entnervt den Kopf.

«Irgendetwas mit Kindern und so. Ist das wichtig?»

«Kinder Gottes?», fragte Nora und versuchte, unaufgeregt zu wirken.

«Vielleicht. Der Name kommt mir bekannt vor, aber über diesen Abschnitt ihres Lebens hat Ninette nie viel erzählt.»

Nora versuchte, ihre Überraschung zu verbergen Sie wollte so viel wie möglich aus der kostbaren Zeit mit Bugakov herauszuholen.

«Kennen Sie einen Mann namens Abioni?»

«Nein. Hat er etwas mit dem Verschwinden meines Sohnes zu tun?»

Nora schüttelte den Kopf.

«Haben Sie noch weitere Fragen zu Nicholas' Verschwinden?»

«Ja. Wissen Sie, wo Vigga sich derzeit aufhält?»

Jetzt stand Bugakov auf, und Nora tat es ihm nach.

«Ich habe nicht die geringste Ahnung. Selbstverständlich habe ich kein Wort mit ihr gewechselt, seit Ninette ausgezogen ist – wir sind nie besonders vertraut gewesen.»

«Warum nicht?»

Bugakov sah sie schweigend an, mit diesem leicht ironischen Zug um den Mund.

«Also gut. Einen Versuch war es wert», sagte sie und zuckte mit den Schultern.

Bugakovs Lächeln wurde um einige Millimeter breiter.

«Dann sehen wir uns vielleicht wieder, Nora Sand. Wenn Sie Ihre Arbeit ordentlich machen.»

Bevor Nora ihn fragen konnte, was er damit meinte, war er bereits durch die Flügeltüren verschwunden. Eine Minute später stand sie an der Haustür, und Butler Cecil half ihr in den Mantel.

▪

Als Nora wieder auf der Straße stand, beschloss sie, dass sie umgehend herausfinden musste, wo Vigga sich aufhielt. Und wenn man Vigga finden wollte, musste man wohl bei Ninette mit der Suche beginnen.

Sie nahm einen Doppeldecker bis zum Trafalgar Square und ging den Rest des Weges zum Corinthia Hotel zu Fuß. Ein unangemeldeter Besuch war vielleicht nicht optimal, aber andererseits musste sie von Ninette erfahren, was es mit der Geschichte ihrer Mutter, mit Nigeria und mit den Kindern Gottes auf sich hatte.

Wenn man von der Northumberland Street aus das Corinthia Hotel betrat, tauchte man in eine andere Welt ein. Der Verkehr, der beißende Wind und der Lärm wichen schlagartig einem Märchenland mit niedrigen Tischchen, kristallenen Kronleuchtern und dicken Teppichen, die jedes Geräusch dämpften.

Nora schob sich an zwei Frauen vorbei, die bei Tee und pastellfarbenen Makronen ins Gespräch vertieft waren, und ging auf die Rezeptionistin zu, die aussah, als hätte sie gerade eine Misswahl gewonnen und erst vor wenigen Minuten ihre Schärpe abgelegt und den Badeanzug gegen ein Kostüm und ein kleines Metallschildchen eingetauscht, das den Gästen mitteilte, dass sie Sherry hieß. Sie schenkte Nora ein professionelles Lächeln, als diese um Ninettes Zimmernummer bat.

«Die dürfen wir selbstverständlich nicht mitteilen. Unsere Gäste haben Anspruch auf die Einhaltung der Privatsphäre», erklärte sie.

Nora kannte das schon.

«Könnten Sie Ninette Bugakov anrufen und ihr ausrichten, dass sie einen Gast hat?», bat sie.

Manchmal funktionierte das.

Sherry konsultierte mit ihren manikürten Händen den Computer der Rezeption. Dann sah sie wieder zu Nora auf.

«Tut mir leid. Offenbar hat Mrs. Bugakov bereits heute Morgen ausgecheckt.»

Kapitel 24

In Soho, nicht weit von Toms Wohnung entfernt, entdeckte Nora einen kleinen Weinladen. Der Verkäufer machte sie darauf aufmerksam, vor welch schwierige Aufgabe sie ihn stellte, da sie keinen blassen Schimmer hatte, zu welcher Mahlzeit der Rotwein serviert werden sollte. Schließlich empfahl er ihr drei verschiedene Weine zu je zwanzig Pfund. Nora warf einen raschen Blick darauf und entschied sich für den australischen.

«Sehr gut», sagte der Verkäufer und schlug die Flasche in Papier ein.

«Darf ich fragen, warum Sie sich ausgerechnet für diesen Wein entschieden haben? Aus rein beruflichem Interesse.»

Nora grinste ihn schief an.

«Das Etikett hat mir am besten gefallen.»

Sie setzte sich ins Café Italia, bestellte einen Espresso und schrieb die Notizen zu ihrem Bugakov-Interview ins Reine. Denn sie wollte mit Absicht etwas zu spät kommen.

Als sie schließlich an Tom Cravens Tür klingelte, konnte sie es nicht vermeiden, dass ihre Gedanken zu der Nacht zurückglitten, die sie hier verbracht hatte. Tom hatte sie hereingebeten, wie – so schien es ihr damals – kein anderer sie empfangen hätte.

Sie erinnerte sich, wie er seine kesse Art abgelegt und sie einfach nur in den Arm genommen hatte. Und wie sie sich selbst am nächsten Morgen dafür gehasst hatte.

Sollte er auch an diese Nacht zurückdenken, so ließ er sich zumindest nichts anmerken, als er ihr nun die Tür öffnete. Er hatte den Küchentisch bereits gedeckt, und es duftete, als hätte hier schon seit einigen Stunden etwas geköchelt.

«Coq au vin. Komm rein», sagte er und half ihr aus dem Mantel.

Sie hielt ihm die Flasche entgegen. Er warf einen raschen Blick auf das Etikett, ohne es groß zu kommentieren.

Auf dem Tisch stand eine gigantische Glasvase mit Tulpen in allen Rottönen, von zartem Rosa bis tiefem Dunkelrot. Aus den Lautsprechern klang dezent *Figaros Hochzeit*, und Nora hatte das große Verlangen, sich auf dem Absatz umzudrehen und zu gehen.

Das ganze Ambiente war zu perfekt, und sie kam sich vor wie eine Statistin in einem Theaterstück.

Trotzdem ließ sie sich auf einem der Stühle nieder und sah Tom bei der Arbeit am Herd zu. Mit einem sanften Lächeln reichte er ihr ein Glas Wein.

«Deinen trinken wir später. Der hier war nur schon offen, weil ich ihn zum Kochen gebraucht habe. Man sollte niemals einen Wein zum Kochen verwenden, den man nicht auch mit höchstem Genuss trinken würde.»

«Danke. Krieg ich jetzt die Nummer von deinem Bruder?», fragte sie, um die angenehme Stimmung zu torpedieren, die sich langsam auch in ihr breitmachte.

«Warte doch kurz, es war ein harter Tag in der Verlagswelt», antwortete er mit einem weiteren Lächeln auf seinen wundervollen Lippen.

Nora trank von dem Wein und spürte, wie ihr Körper sich entspannte. Sie war kurz davor, um ein zweites Glas zu bitten, als die Türklingel schellte. Erst jetzt fiel ihr auf, dass für drei Personen gedeckt war.

Ken Craven nickte kurz, als er in Hemdsärmeln die Küche betrat. Er lockerte seinen Schlips und goss sich selbst ein Glas Wein ein, bevor er sich an Nora wandte.

«Guten Abend. Tom hat erwähnt, dass Sie auch kommen.»

Nora lächelte.

«Da wussten Sie mehr als ich.»

«Zwei Fliegen mit einer Klappe», meinte Tom grinsend. «Abendessen für meinen gestressten Bruder und einige nützliche Informationen für meine dänische Freundin.»

Sie setzten sich, und Tom stellte das Essen auf den Tisch. Knackig grüner Salat und Kartoffelpüree, das vor Butter und Eigelb beinahe golden leuchtete, gefolgt von einer gusseisernen Form mit dunkler Sauce, Geflügelstücken und Bacon. Es sah verführerisch aus.

Tom stieß mit seinen beiden Gästen an.

«Nora möchte gern deine Telefonnummer haben. Aber die wollte ich nicht ohne deine Zustimmung herausgeben», sagte er und zwinkerte seinem Bruder zu.

Ken brummte.

«Ich gebe meine Nummer nicht an Journalisten. Die rufen zu jeder Tages- und Nachtzeit an, und außerdem läuft ohnehin alles über unsere Pressestelle.»

«Aber Nora ist ja nicht nur Journalistin. Sie ist auch eine gute

Freundin», erwiderte Tom, während er seinem Bruder die Speisen auftat.

Nora warf ihm einen Blick zu, um ihm verstehen zu geben, dass sie auch sehr gut für sich selbst sprechen konnte.

«Ich habe Tom um die Telefonnummer gebeten, um zu fragen, wie weit Sie mit den Ermittlungen im Fall Nicholas sind.»

«Ja, das konnte ich mir schon denken. Aber ich darf Ihnen keine Details der Ermittlungen mitteilen ...»

«Nein, das ist mir bewusst. Es ist nur so, dass ich gerade von einem Treffen mit Bugakov komme, und da gibt es einige Dinge, die ich mir noch nicht ganz zusammenreimen kann», erklärte sie.

Ken begann zu essen, und Tom füllte die Gläser mit Wein.

«Und worum handelt es sich dabei?»

«Am meisten wundert mich, abgesehen von dem ermordeten Jungen in der orangen Weste, dass es keinerlei Forderungen nach Lösegeld gibt. Warum nicht? Und irgendwie empfinde ich die Eltern als ... so ruhig.»

«Da könnte was dran sein», sagte Ken.

«Ist Bugakov denn einer der Verdächtigen?»

Ken zuckte mit den Schultern.

«Was ist mit dem Rest der Familie? Ninette?»

Der britische Inspektor schaufelte sich das Essen in den Mund und spülte es mit Wein herunter, ohne zu antworten. Aber Nora ließ nicht locker.

«Und welche Verbindung gibt es zwischen der Entführung und dem Jungen in der Themse? Oder gibt es überhaupt eine Verbindung? Ist es nur ein grausamer Zufall, dass die Jungenleiche im Fluss genau so eine orangefarbene Weste trug wie Nicholas?»

Ken nahm sich mehr Kartoffelpüree und überschwemmte den kleinen gelben Hügel auf seinem Teller mit Sauce und Geflügel.

«Es war nicht genau so eine Weste», sagte er schließlich.

«Ich habe die Bilder gesehen. Für mich war es ganz klar die gleiche Weste», entgegnete Nora beharrlich.

Ken legte seine Gabel ab und sah Nora direkt an.

«Es war nicht die gleiche Weste. Es war dieselbe. Es war Nicholas' Weste. Wir haben gestern die Ergebnisse aus dem Labor bekommen. Aber das will ich im Moment nirgendwo in der Presse lesen, ist das klar?», betonte er.

«Die Mörder des kleinen Jungen aus der Themse haben also Nicholas?»

Ken Craven seufzte.

«Zumindest hatten sie seine Weste.»

«Dann haben sie doch auch Nicholas?»

«Ich kann nur so viel sagen, es gibt eine Verbindung zwischen den beiden Fällen. Sie kennen doch Spencer, nicht wahr?»

Nora nickte.

«Ich habe seine Abteilung gebeten, sich die Sache genauer anzusehen. Es sieht nach einer Form von Ritualmord aus. Aber mir ist noch nicht ganz klar, was es damit auf sich hat», erklärte er.

«Haben Sie von Muti gehört?», fragte Nora.

«Muti?»

«Das ist eine Art schwarze Magie. Man erntet sozusagen Organe, denen nachgesagt wird, dass sie magische Kräfte haben.»

«Ich muss zugeben, dass wir in diese Richtung schon einige Spekulationen angestellt haben. Aber wir haben Probleme, einen Experten auf diesem Gebiet zu finden. Über Muti sprechen die Leute nicht.»

«Wenn ich einen Experten für Sie finde, darf ich dann Ihre Telefonnummer haben?», wagte Nora einen frechen Vorstoß.

Ken seufzte.

«Sie können Sie auch jetzt bekommen. Und wenn Sie mir einen Experten auftreiben, nehme ich sogar ab, wenn Sie anrufen. Aber bleiben Sie bitte diskret. Was ich Ihnen heute Abend erzählt habe, will ich nicht morgen in irgendeiner Zeitung zu lesen bekommen.»

Nora versprach ihm, dass dies nicht passieren werde, und kam damit relativ billig davon. Zum einen arbeitete sie nicht für eine Zeitung, die morgen erscheinen würde, zum anderen war sie sich ziemlich sicher, dass Craven kein Dänisch konnte.

Kurz darauf stand er auf.

«Ich muss nach Hause. Dort wartet ein Stapel Dokumente auf mich, der heute Abend noch gelesen werden will.»

Tom brachte ihn zur Tür, und Nora konnte die beiden gedämpft im Korridor miteinander sprechen hören, bevor sie sich verabschiedeten. Nun würde sie gleich mit Tom allein sein. Vielleicht wäre es eine gute Idee, dem Beispiel seines Bruders zu folgen und zu verduften, doch noch bevor sie einen Entschluss fassen konnte, stand Tom schon wieder in der Küche und goss erneut Wein in ihr Glas.

«Sag mal, willst du mich abfüllen?», fragte sie und versuchte vergeblich, entrüstet zu klingen.

«Damit ich mich über dich hermachen kann, wenn du halb bewusstlos bist? Vergiss es. So will ich dich nicht herumkriegen», antwortete er und grinste.

Nora nahm noch einen Schluck Wein.

«Gut. Denn das wird nicht passieren», sagte sie bestimmt.

Tom räumte den Tisch ab und legte neue Musik auf, Stan Getz, während Nora ihm bei der Arbeit zuschaute. Der muskulöse Körper, der in der Küche auf und ab ging. Das blau karierte Hemd, das gerade locker genug saß, um in seiner Lässigkeit noch elegant zu wirken.

Er bemerkte ihren Blick und sah sie an.

Nora hielt sich das Weinglas wie einen Schutzwall vors Gesicht und nahm einen tiefen Schluck.

«Tja, ich werde dann auch mal nach Hause gehen. Ich muss morgen schließlich arbeiten», sagte sie.

«Jetzt rede keinen Quatsch. Ich habe noch Tarte Tatin und Calvados für uns», widersprach er.

Dann drückte er einige Knöpfe auf seiner verchromten Kaffeemaschine, die aussah, als bräuchte sie mehrere Pferdestärken, um einen Espresso zu machen.

Nora ließ sich ins Wohnzimmer locken. Auf das blaue Sofa. Und sie ließ sich bedienen. Tom rutschte dicht an sie heran und nahm eine ihrer Haarsträhnen zwischen seine Finger.

«Tom. So geht das nicht.»

«Okay», antwortete er vergnügt und strich ihr über den Hals.

Sie spürte, wie leicht es wäre, einfach nachzugeben. Sich im Sofa zurücksinken zu lassen und nicht mehr dagegen anzukämpfen. Sich nur ein wenig auszuruhen von der schweren Last, die man mit sich herumtrug.

«Tom, ich ...», begann sie, aber er brachte sie mit einem leisen «Sch» zum Schweigen.

Plötzlich klingelte ihr Telefon. Verwirrt sah Nora auf die Uhr. Es war schon beinahe zehn, und sie hatte keine Ahnung, wohin die letzten paar Stunden verflogen waren. Die Nummer auf ihrem Display kannte sie nicht.

«Sand.»

«Sie suchen nach Maria Nua», sagte eine Männerstimme.

Nora erhob sich vom Sofa und ging in die Küche.

«Ja?»

«Sie traut sich nicht, Sie anzurufen. Aber sie ist in London und würde Sie gern treffen.»

«Maria?»

«Ja, Maria Nua. Sie hat versprochen, Sie zu kontaktieren, sobald sie die Gelegenheit hat zu telefonieren.»

«Wer sind Sie?»

«Ein Freund von Maria. Und von Professor Abioni.»

«Wie kann ich mir da sicher sein?»

Der Mann machte eine kurze Pause, als würde er nachdenken.

«Das können Sie eigentlich nicht. Aber Sie haben keine andere Wahl, als mir zu vertrauen. Ich will Sie zu Maria führen.»

«Wo ist sie?»

«Das kann ich am Telefon nicht sagen.»

Nora stutzte. Wieder diese Geheimhaltung, wie bei Abioni.

«Wie meinen Sie das?»

Der Anrufer schwieg eine Weile, ehe er fortfuhr: «Sie hat Angst. Sie weiß, was Abioni widerfahren ist. Und dem kleinen Jungen aus der Themse.»

Nora hatte das Gefühl, als würde ihr jemand einen eiskalten Waschlappen gegen die Schläfen drücken.

«Weiß sie, wer die beiden auf dem Gewissen hat? Handelt es sich um denselben Täter?»

Der Mann antwortete nicht auf ihre Frage.

«Sie kann sich morgen mit Ihnen verabreden. Halten Sie sich bereit für weitere Anweisungen. Kommen Sie alleine zum Treffpunkt, und erzählen Sie niemandem, wohin Sie gehen. Wir können keinem Menschen trauen. Und wir wissen, dass Sie bereits auf deren Liste stehen.»

Die Verbindung wurde unterbrochen, und Nora ging wie benommen zurück ins Wohnzimmer, wo Tom ganz entspannt auf dem Sofa saß und an seinem bernsteinfarbenen Calvados nippte.

«Tom. Ich muss los.»

Er sah auf. Sein Blick war nicht wütend, nicht enttäuscht, nicht erleichtert, sondern einfach nur neutral.

«Das habe ich mir schon gedacht.»

Nora ging in den Korridor und nahm ihren Mantel, hatte ihn jedoch noch nicht ganz übergestreift, ehe Tom bei ihr war und ihr half.

Als sie sich umdrehen wollte, um zu gehen, fasste er sie an den Schulter, zog sie an sich und küsste sie leidenschaftlich. Doch Nora riss sich von ihm los und lief die Treppe hinunter. Den ganzen Weg nach Hause hatte sie den Geschmack von Calvados auf ihrer Zunge.

Kapitel 25

Noch bevor sie Soho verlassen hatte, leuchtete das Display ihres Handys in dem dunklen Taxi blau auf.

Die erste Nachricht war von Tom: *Das schmeckte nach mehr.*

Die andere von Krebs: *Kannst du mich mal anrufen?*

Sie schaute auf die Uhr. Es war spät, aber Krebs war bekannt dafür, dass er lange arbeitete. Sie widmete sich zuerst der Nachricht, deren Beantwortung ihr leichter fiel, und rief Krebs an.

«Ich bereite gerade die Redaktionssitzung für morgen vor – wie weit bist du mit Bugakov?», wollte er wissen.

«Er hat mir keine bahnbrechenden Infos geliefert, aber einiges angesprochen, womit ich gut arbeiten kann.»

«Ich überlege, ob wir noch umsatteln sollten. Ich sehe mir gerade unsere Inhalte an und denke, wir könnten mit dem Artikel auch noch bis nächste Woche warten.»

«Aber hör mal. Ich habe gerade einige Informationen erhalten, die darauf schließen lassen, dass es einen Zusammenhang zwischen der Entführung und dem kleinen Jungen in der Themse gibt.»

«Was ist das für eine Spur? Wer behauptet das?»

«Ich kann meinen Informanten leider nicht nennen. Aber es handelt sich um jemanden, der mit großer Sicherheit weiß, wovon er spricht.»

Glücklicherweise sprang Krebs auf das Thema an.

«Was hättest du denn bis übermorgen, wenn wir den Hintergrundbericht zu Bugakov verschieben?»

«Weiß ich noch nicht. Wir könnten detaillierter auf die Entführung eingehen. Noch hat sich niemand zu der Tat bekannt oder Lösegeld gefordert», schlug sie vor.

«Oder?», fragte Krebs.

«Oder ich könnte den Mord genauer beleuchten, der anscheinend mit dem Fall Nicholas zusammenhängt. Deine Entscheidung. Wir müssten wahrscheinlich alles von vorn aufrollen. Da es nicht Nicholas' Leiche war, die in der Themse gefunden wurde, fällt der Verdacht auf Erpressung durch Organisierte Kriminalität zunächst weg. Und auch die Frage nach der Frau in der Burka tritt erst einmal in den Hintergrund», sagte sie.

«Ja, dann machen wir das so», entschied Krebs.

«Da wäre noch eine Sache …»

«Nämlich?»

«Ich wurde von einem Informanten kontaktiert, der vermutlich Hinweise auf den Mord an Abioni hat.»

«Aha. Aber waren wir uns nicht einig, das Thema vorerst ruhen zu lassen und uns auf Nicholas zu konzentrieren?»

«Ja, aber ich bin mir so sicher, dass Abioni an etwas …»

Krebs klang müde.

«Jetzt kümmere dich doch erst einmal um den Fall Nicholas, dann sehen wir uns alles andere nächste Woche an. Ich sage ja nicht, dass das keine brisante Story sein kann, ich sage nur, dass ich im Moment nichts davon hören will.»

«Schon, aber ich habe ...»

«Sand. Wir sprechen uns morgen nach der Redaktionssitzung. Schlaf gut.» Krebs legte auf.

Das Taxi hatte schon längst vor ihrer Wohnung in Belsize Park gehalten. Nora bezahlte und stand einen Augenblick mit verfrorenen Fingern und laut klopfendem Herzen im eiskalten Regen und sah nervös über die Schulter. Die Straße war ausnahmsweise beinahe menschenleer, und nirgends war der Schatten eines bedrohlichen Mannes zu entdecken. Dennoch dauerte es eine halbe Ewigkeit, bis sie die Haustür aufgeschlossen hatte und den Flur betrat.

Oben in ihrer Wohnung stöpselte sie ihr Handy an das Ladegerät und schaute nach, ob Andreas sich gemeldet hatte. Nichts. Nur eine weitere grüne WhatsApp-Nachricht von Tom, die sie anleuchtete und lockte. Nora platzierte das Handy mit dem Display nach unten auf den Tisch, ging ins Bad und putzte sich die Zähne. Dann legte sie sich ins Bett.

Fünf Minuten später stand sie wieder auf, holte ihr Telefon und antwortete Tom. Es dauerte genau sechsunddreißig Minuten, bis er mit seinem schiefen Lächeln in der Tür stand. Sie ließ ihn ohne ein Wort herein, und er war schlau genug, ihr keine Fragen zu stellen.

Kapitel 26

Nora war nicht für eine große Abschiedsszene aufgestanden, als Tom um kurz nach sieben ein Taxi genommen hatte. Er hatte sie auf die Nasenspitze geküsst und irgendetwas von einem Rudertraining gemurmelt, und Nora hatte sich müde und warm eingekuschelt auf die andere Seite gedreht, damit er nicht sehen konnte, dass sie lächelte.

Erst kurz nach neun war sie ins Bad gegangen, und nun saß sie Pete gegenüber in seinem Lieblingscafé in Hampstead. Es war einer dieser Orte, an dem man den Kaffee bis auf das letzte Gramm abwog, das Sauerteigbrot mit der Hand geknetet wurde und sogar die Chorizo ökologisch war.

Pete blätterte gerade in der *Times*, als Nora kam und sich auf den Platz vor ihm an dem großen Gemeinschaftstisch fallen ließ. Keiner der Journalistenkollegen hatte einen Zusammenhang zwischen dem Fall des verschwundenen Nicholas und dem Leichenfund in der Themse erkannt.

Nora erzählte Pete von der Weste.

«Also es handelt sich ganz sicher um die Weste, in der Nicholas verschwunden ist?», fragte Pete überrascht.

Nora nickte und sah angeekelt zu, wie Pete sich Marmite auf ein Stück getoastetes Brot schmierte.

«Ja. Die Frage ist nur: Was hat ein dänisch-russischer Millionärssohn mit einem kleinen afrikanischen Albinojungen zu tun?»

Pete sah sie eindringlich an.

«Er war Albino?»

«Ja.»

«Warum hast du das nicht früher erzählt? Ich habe letztes Jahr, als ich in Nigeria war, eine Reportage über Kinder mit Albinismus gemacht. Da passieren die krassesten Sachen, die ich je erlebt habe», sagte Pete und erschauderte.

«Inwiefern?»

«Wir gehen nachher zu mir und schauen uns die Fotos an, wenn wir fertig gefrühstückt haben. Dann werde ich dir davon erzählen», versprach er.

Unterdessen berichtete Nora von dem geheimnisvollen Telefonat und dass sie hoffte, Maria treffen zu können.

Schließlich bezahlten sie und gingen hinüber in Petes Zweizimmerwohnung, die nur ein paar Minuten entfernt lag.

Nora setzte sich auf das Schlafsofa und sah sich um, Pete schaltete den Computer an und suchte die Fotos heraus.

Hier herrschte Chaos. Nicht mehr als sonst, aber immer noch genug, um keine Fremden zu sich einzuladen.

«Gehst du eigentlich noch mit dieser Sheryl aus?»

Pete schüttelte den Kopf.

«Nein, die ist weitergezogen. Gerade ist sie wohl in Spanien mit einer Freundin. Und im April wollten sie wieder zurück nach Neuseeland, glaube ich.»

«Schade. Sie war süß.»

Pete antwortete nicht. Stattdessen winkte er Nora zu sich an den Schreibtisch. Der große Bildschirm zeigte eine Bilderserie in Schwarzweiß, mit Porträts dreier verschiedener Kinder mit Albinismus, die alle mit ängstlichem Ausdruck in die Kamera blickten. Auf einigen anderen Fotos war zu sehen, wie sie gemeinsam vor einem baufälligen, grünen Gebäude spielten.

«Sie leben in einem Kinderheim, das sie aufgenommen hat, um sie zu beschützen», erklärte Pete.

«Wovor müssen sie denn beschützt werden?»

«Vor ihren Familien, die glauben, dass diese Kinder eine Strafe Gottes sind. Vor Leuten, die meinen, sie wären die Gesandten des Teufels. Und vor Hexendoktoren, die sie nicht als Menschen betrachten, sondern als Körperteillager.»

«Wie meinst du das?»

Pete klickte auf ein weiteres Foto, das im Großformat auf dem Bildschirm erschien, und nun konnte Nora erkennen, dass die Arme des kleinen Albinomädchens, das mit benommenem Blick in die Kamera guckte, in Stümpfen endeten, dort, wo eigentlich ihre Hände sein sollten.

«Ihre Hände, manchmal auch ihre Füße und in extremen Fällen auch die Köpfe werden für Amulette und andere magische Gegenstände verwendet», erklärte Pete.

«Und das wird immer noch praktiziert?»

«Ja. Schau nur mal auf die Homepage der UN. Die berichten in regelmäßigen Abständen davon», sagte Pete.

Nora zog ihren Mantel an und war schon auf dem Sprung nach Hause. Sie musste recherchieren.

Kaum war sie aus der Tür, fiel ihr etwas ein. Sie klingelte.

«Dieser finnische Journalist, mit dem du in Afrika warst, könntest du mir seine Nummer geben?»

«Ich würde dir ja gerne helfen, aber Marttis Handy ist tot, und er antwortet auch nicht auf E- Mails.»

«Ein bisschen merkwürdig für einen Journalisten, nicht?»

«Ja. Ich habe meine Fotos für die Reportage an seine Redaktion geschickt, und die haben auch bezahlt, aber ich habe nie erfahren, wann der Artikel gebracht wurde. Mehrmals habe ich versucht, mit dem Auslandsredakteur Kontakt aufzunehmen, aber er hat nie zurückgerufen.»

Kapitel 27

Es dauerte nicht lange, die Berichte der UN über Kinder mit Albinismus zu finden, und Nora las einen grauenvollen Artikel nach dem anderen.

Sie durchsuchte auch die Nachrichtenarchive, in denen sie mehrmals auf den sogenannten «Violetta-Fall» stieß.

Mit Herzklopfen bis zum Hals öffnete sie die drei Jahre alten Akten zu dem Fall und las über das Schicksal der sechsjährigen Violetta, die nach monatelangen Misshandlungen in einem Londoner Krankenhaus gestorben war.

Das kleine Mädchen mit Albinismus war mit seiner Tante nach Großbritannien gekommen, in der Hoffnung auf ein besseres Leben. Aber der neue Freund der Tante war davon überzeugt, dass Satan höchstpersönlich im Körper des kleinen Mädchens wohnte. Um ihr den Teufel auszutreiben, griff er zu Methoden wie Auspeitschungen mit Fahrradketten, Hammerschlägen und Verbrennungen durch Zigarettenstummel. Er ließ das Kind hungern und sperrte es für mehrere Tage in das dunkle Badezimmer ein.

Schließlich gab der kleine Körper auf, und der entsetzte Gerichtsmediziner gestand, dass er in all den Jahren seiner Berufstätigkeit nie zuvor Verletzungen dieser Art gesehen hatte. In den Schlussbemerkungen seines Berichts listete er hundertachtundzwanzig Wunden, Brüche und Hämatome an Violettas Körper auf.

Der Fall erregte großes Aufsehen bei der britischen Presse und führte zur Einberufung einer Kommission, die untersuchen sollte, inwiefern die Schule, die Ambulanz und die lokale Kirche, die Violettas Tante unzählige Male mit dem Mädchen aufgesucht hatte, all die deutlichen Zeichen der Misshandlung übersehen konnten.

Violettas Tante und ihr Lebensgefährte wurden zu lebenslänglichen Haftstrafen verurteilt. Doch aus den nachfolgenden Artikeln wurde deutlich, dass es für die Menschen, die nicht eingegriffen hatten, keine weiteren Konsequenzen geben würde.

Der Untersuchungsbericht, der vor anderthalb Jahren für die Öffentlichkeit zugänglich gemacht worden war, war in trockener Beamtensprache verfasst und beschrieb nüchtern Violettas Krankenhausaufenthalte und welche Eingriffe die Behörden versäumt hatten, weil der behandelnde Arzt nicht mit hundertprozentiger Sicherheit hatte feststellen können, dass es sich um Kindesmissbrauch handelte. Der Grund für diese Zweifel waren Violettas eigene Aussagen, sie sei die Treppe hinuntergefallen.

Violettas Klassenlehrerin habe laut Bericht vor ihren Kollegen erwähnt, dass sie sich Sorgen um das Mädchen machte, doch diese Sorgen waren anscheinend nicht groß genug, um das Telefon in die Hand zu nehmen und die Behörden zu informieren.

Im letzten Abschnitt berichtete der Untersuchungsrichter von seinen Gesprächen mit Mitgliedern der Kirchengemeinde, die Violettas Tante aufgesucht hatte. Viele von ihnen waren der Ansicht gewesen, dass irgendetwas mit dem Kind nicht zu stimmen schien, einige hatten den Pastor alarmiert. Der Geistliche gab zu

Protokoll, dass er selbst versucht habe, das Gespräch mit der Tante zu suchen, statt die Behörden in Kenntnis zu setzen. Er habe es als seine Pflicht angesehen, die Leute auf den rechten Weg des Herrn zurückzuführen, ohne die Sozialämter mit einbeziehen zu müssen. Bei einem anderen Gespräch habe die Tante dementiert, dass dem Kind Schaden zugefügt wurde, danach sei sie nie wieder in die Kirchengemeinde zurückgekehrt. Der Pastor war davon ausgegangen, dass sie vermutlich in eine Nachbargemeinde eingetreten war, und hatte die Sache nicht weiter verfolgt. «Sie waren schließlich keine Mitglieder meiner Gemeinde mehr», erklärte er in dem Bericht, und außerdem: «Wir pflegen keine Zusammenarbeit mit den Kindern Gottes.»

Beim Lesen des Namens sträubten sich die kleinen Härchen auf Noras Armen. Kinder Gottes – da war es wieder.

Das Klingeln an ihrer Tür riss Nora aus ihren Gedanken.

«Eine Nachricht für Miss Sand», sagte eine Männerstimme an der Freisprechanlage, und Nora warf sicherheitshalber einen Blick aus dem Fenster. Auf der Treppe stand ein kleiner Mann, und es sah ganz danach aus, als hätte er einen gigantischen Blumenstrauß in der Hand.

Sie ging hinunter vor die Tür, und tatsächlich: Der Bote trug einen Strauß, der in Cellophan eingewickelt war.

«Ist eine Karte dabei?», fragte sie.

Der Mann zeigte stumm auf den kleinen weißen Umschlag, der mit einer Nadel am Cellophan befestigt worden war. Dann sollte sie den Empfang quittieren.

Währenddessen näherte sich ihr jemand von hinten und hielt ihr die Augen zu.

«Rate mal!», zwitscherte eine Frauenstimme.

Nora hasste es, wenn jemand diese Nummer abzog.

«Mama!»

Der Bote raffte seine Sachen zusammen und machte sich auf den Weg durch den Schnee, um die restlichen Blumengrüße abzuliefern.

«Von wem sind die Blumen? Von Andreas?», fragte Elisabeth.

«Ich weiß es nicht, Mama. Ich habe die Karte noch nicht gelesen. Was machst du hier?», fragte Nora und war auf der Hut.

«Der jährliche Brunch des Historischen Vereins findet diese Woche statt. Patrick und ich haben ein paar Nächte im Hotel gebucht, und da dachte ich, ich schau mal, ob du zu Hause bist. Man kriegt dich ja nie zu Gesicht, wenn man vorher anruft und sich mit dir verabreden will.»

«Alles klar», sagte Nora und konnte sich nicht im entferntesten daran erinnern, dass ihre Mutter jemals ein Wort über einen Historischen Verein verloren hatte, geschweige denn über dessen jährlichen Brunch.

Sie stiegen die Treppen zu Noras Wohnung hinauf, während Elisabeth über ihre Kollegen lästerte und von den Plänen erzählte, einen Hofladen auf Patricks Apfelhof zu etablieren.

Als sie die Wohnung betraten, ließ sich Elisabeth sofort auf Noras Sofa fallen und sah sich um. Nora setzte Teewasser auf und durchsuchte die Küche nach irgendetwas, das sie ihrer Mutter anbieten konnte. Sie fand vier Kekse in einer Dose und zwei Mandarinen in der Obstschale und legte sie auf ein Tablett.

«Ach ja. Du hattest ja nie einen besonders ausgeprägten Sinn für Ordnung», stellte ihre Mutter fest, als Nora mit den Tassen und dem Tablett zurück ins Wohnzimmer kam.

«Ich war gerade mit einer Recherche beschäftigt. Wenn du vorher angerufen hättest, hättest du eine peinlich saubere Wohnung vorgefunden», entgegnete sie.

«Du solltest dir eine Putzhilfe nehmen. Wir sind so froh, dass wir Wilma haben. Sie arbeitet bei uns, seitdem Betty in Rente gegangen ist, und ...»

Nora schaltete auf Durchzug, ging in die Küche und holte den Tee. Dann schenkte sie ihnen ein und setzte sich ihrer Mutter gegenüber auf die andere Seite des Sofas.

«Hast du das von Papa gehört?»

«Was ist mit Papa?», fragte Elisabeth verwirrt.

«Er war im Krankenhaus, nach einem Verkehrsunfall.»

Jetzt sah Noras Mutter schockiert aus.

«Geht's ihm gut?»

Nora zuckte mit den Schultern.

«Er wird wohl wieder. Ich habe ihn letzte Woche im Krankenhaus besucht. Viel schlimmer ist wohl, dass er Probleme mit dem Herzen hat, wovon er weder mir noch David erzählt hat, und ...»

«Warum hast du mich nicht angerufen?», unterbrach Elisabeth sie.

«Ich dachte, er würde sich schon selbst bei dir melden, wenn er will, dass du davon erfährst.»

«Du kennst doch deinen Vater. Er ruft nie an. Wie geht David damit um?», fragte sie besorgt.

Nora zuckte wieder mit den Schultern.

«So gut er kann.»

«Sollen wir ihn hierher einladen? Vielleicht braucht er ein bisschen Ruhe», überlegte Elisabeth.

«Papa? Nein, das glaube ich nicht.»

«Nein, David.»

«Du weißt, dass er es hasst zu reisen. Aber du musst ihn schon selbst fragen. Ich bin ja schließlich nicht seine Mutter.»

An Elisabeths Blinzeln konnte Nora erkennen, dass sie ihre Mutter mit diesem letzten Satz verletzt hatte. Mal wieder.

Es geschah nicht immer mit Absicht, aber an jenem Tag, an dem ihre Mutter sie verlassen hatte, der Tag, an dem Nora in der Einfahrt auf ihre Mutter mit gepackten Koffern gestoßen war, hatte sie in Noras Augen ihr Recht verwirkt, sie oder David jemals wieder trösten zu dürfen.

Nora hatte versucht, ihr zu vergeben und ihr Leben weiterzuleben, nicht zuletzt, weil sie nicht ewig in Kummer versinken konnte. Aber obwohl sie immer wieder glaubte, sich von der Trauer befreit zu haben, kochten doch die verletzten Gefühle immer wieder hoch, wenn sie sich unter Druck gesetzt fühlte. Treffen mit ihrer Mutter sollten bestmöglich im Voraus geplant sein und nur dann stattfinden, wenn Nora ausgeruht war und Muße hatte, sich Elisabeths nie enden wollendes Getratsche über alles und nichts anzuhören.

«Nora. Ich versuche wirklich mein Bestes», sagte ihre Mutter jetzt leise.

Nora seufzte.

«Ja. Das weiß ich. Es passt nur gerade nicht so gut. Ich bin mitten in einem Fall, und ich ...»

Ihre Mutter langte nach den Blumen.

«Reden wir lieber über etwas anderes. Mal sehen, was Andreas so schreibt.»

«Mama. Das ist privat!»

Doch noch bevor Nora reagieren konnte, hatte Elisabeth den Umschlag geöffnet und hielt die kleine Karte in der Hand.

«Lass uns so einen Abend bald wiederholen. Tom», las sie laut. «Wer ist Tom?»

«Niemand.»

«Niemand ist das sicher nicht, und irgendwas habt ihr ja miteinander unternommen, wenn er dir Blumen schickt? Weiß Andreas von der Sache hier?»

«Mama. Ich habe wirklich keine Lust, mit dir darüber zu sprechen.»

«Ich will nur wissen, ob Andreas ...»

Weiter kam sie nicht, weil Noras Telefon klingelte.

«Ich muss da rangehen», erklärte sie und hielt die Hand hoch, um Elisabeth zum Schweigen zu bringen.

Es war der Mann vom Vorabend.

«Wenn Sie Maria treffen wollen, seien Sie in einer Stunde am Bahnhof in Peckham. Kommen Sie allein.»

«Wer sind Sie? Wie kann ich Sie erkennen?»

«Ich finde Sie schon.»

«Wie kann ich sicher sein, dass Sie mich wirklich zu Maria bringen werden?»

Doch Nora bekam keine Antwort, der Mann hatte aufgelegt.

«Mama, ich muss los», sagte sie.

Elisabeth hatte die Lage bereits erkannt und war schon dabei, ihren Mantel anzuziehen.

«Du arbeitest zu viel. Ich bin mir sicher, dass du dein Tempo ein bisschen runterfahren musst, wenn du willst, dass die Sache mit Andreas funktioniert», sagte sie.

«Hör mal, Mama. Damit du nicht weiter bohren musst: Ich habe mit Andreas Schluss gemacht. Und ich will nicht darüber reden.»

«Oh, mein Schatz», sagte Elisabeth und wollte ihre Tochter in die Arme nehmen.

«Dafür habe ich jetzt keine Zeit, Mama. Nimmst du ein Taxi in die Stadt?»

«Ja. Soll ich dich ein Stück mitnehmen?»

Nora schüttelte den Kopf.

«Nein danke. Es geht schneller mit der U-Bahn.»

Elisabeth sah ihre Tochter mitfühlend an. Nora konnte das nicht ertragen und konzentrierte sich darauf, ihren Laptop einzupacken.

Dann nahm sie die Tasche in die Hand und griff nach der Türklinke.

«Zieh einfach hinter dir zu, ja? Ich rufe dich morgen an.»

Sie lief über die Straße zur U-Bahn-Station in Richtung London Bridge, um von dort den Zug nach Peckham zu einer ungewissen Verabredung zu nehmen, die dennoch momentan so viel verlockender wirkte, als mit ihrer Mutter ihr Liebesleben zu diskutieren.

Obwohl sie wusste, dass Pete heute für einen Auftrag nach Bristol gefahren war, rief sie ihn von unterwegs an, um ihm die Lage zu schildern.

«Du fährst doch nicht etwa allein nach Peckham raus?», fragte er entsetzt.

«Mir bleibt keine andere Wahl. Das ist vielleicht meine einzige Chance, Maria zu treffen.»

«Ich komme erst spät zurück nach London. Bist du sicher, dass dieses Treffen nicht bis morgen warten kann?»

«Nein, es findet in einer Stunde statt.»

«Ruf mich an, wenn du Maria gefunden hast.»

Kapitel 28

Die Fahrt nach Peckham hatte etwas mehr als vierzig Minuten gedauert. Nora überquerte die Straße und ging in ein Café, von dem aus sie beobachten konnte, wer in den Bahnhof hineinging und ihn verließ.

Sie nippte an einem starken Tee, während sie die Gegend um den Bahnhof im Auge behielt.

Zwei Minuten vor der verabredeten Zeit war immer noch niemand zu sehen, der nach einer dänischen Journalistin Ausschau zu halten schien.

Nora beschloss, zurück zum Bahnhof zu gehen. Doch als sie so dastand und wartete, fühlte sie sich exponiert und beobachtet und dachte mit Grauen an den Mann in der Daunenjacke. Aber diese Sichtbarkeit war auch ihr Schutz. Niemand würde sie am helllichten Tag mitten auf der Straße angreifen.

Plötzlich kam ein Mann auf sie zu, und Nora sah ihn mit eindringlichem Blick an. Doch kurz vor machte er einen Bogen und ging zum Kiosk hinüber.

Eine Frau lenkte ihren Kinderwagen auf Nora zu, bog jedoch zu den Ticketautomaten ab.

Wieder schaute sie auf ihr Telefon. Fünf nach. Die Zeit verstrich schleichend, und Nora ging nervös auf und ab.

Endlich brummte ihr Handy. Es war eine SMS, mit einer Adresse in der Nähe von Nunhead. Der Absender war eine unbekannte Nummer. Nora versuchte, sie zurückzurufen, doch niemand nahm ab, stattdessen verkündete eine automatische Frauenstimme, dass diese Nummer nicht vergeben sei.

Nora tippte die Adresse in die Karte auf ihrem Handy ein und erfuhr, dass ihr Ziel ungefähr zwölf Gehminuten entfernt war. Plötzlich war nicht mehr die Rede davon, jemanden an einem öffentlichen Ort umringt von Zeugen zu treffen.

Der Gedanke bereitete ihr Unwohlsein. Sie dachte gerade über ihre Möglichkeiten nach, als ihr Telefon klingelte.

«Hier ist Maria. Ich habe Angst, entdeckt zu werden. Wir haben nicht viel Zeit. Beeilen Sie sich.»

Ihre Stimme klang gestresst. Ängstlich.

«Maria? Warum ...»

Aber die Verbindung war bereits unterbrochen worden.

Nora versuchte es noch einmal zurückzurufen, aber auch dieses Mal teilte die automatische Stimme mit, dass diese Nummer nicht existiere.

Also fasste sie einen Entschluss und ging die Straße hinunter in Richtung Nunhead. Die Wege durch das Villenviertel wurden nach und nach immer menschenleerer und führten schließlich in eine Gegend, die nach einem Industriegebiet aussah. Auf der anderen Seite eines schlammigen Fußballplatzes sah sie zwei Kinder mit baumelnden Schulranzen, die wohl auf dem Nachhauseweg waren. Doch sie waren so weit von ihr entfernt, dass Nora ihre Gesichtsausdrücke nicht erkennen konnte.

Schließlich stand sie vor einem roten Backsteingebäude, das

von einer baufälligen Mauer umgeben war. Ein verblichenes Schild über den eingeschlagenen Atelierfenstern verriet, dass hier einst die Werkstatt von Wilsons Zimmerei gelegen hatte. Den langen vertrockneten Gräsern in der Einfahrt und den Krakeleien an der Mauer nach zu urteilen, waren viele Jahre vergangen, seit der letzte Hammer bei Wilson's geschwungen worden war.

Nora sah sich um. Die Nachbarhäuser wirkten bewohnt, aber hinter den Rüschengardinen dieses Backsteingebäudes schien kein Leben zu herrschen. Und weit und breit waren keine anderen Menschen zu sehen. Nora machte ein Foto von dem Haus und schickte es zusammen mit den Koordinaten des Ortes an Pete, als das Klingeln ihres Handys die Stille durchbrach.

«Hier ist Maria. Sind Sie da?», fragte die Stimme, die noch gestresster klang als zuvor.

«Ja, Maria. Ich stehe vor dem Haus. Ich brauche ein Zeichen von Ihnen, dass Sie hier sind», sagte Nora.

Aber die Verbindung war schon wieder unterbrochen worden.

Nora sah an dem Haus empor. Die Fenster waren schmutzig, und an vielen Stellen war das Glas gesprungen. Offenbar stand es schon eine Weile leer.

Plötzlich meinte sie, in den Augenwinkeln eine Bewegung hinter den Gardinen wahrgenommen zu haben, aber als sie sich danach umwandte, war alles wieder still und verlassen. Warum hatte Maria sie hierherkommen lassen? Nora versuchte erneut, sie anzurufen. Doch wieder erklang die automatische Stimme. Doch sie konnte diesen Ort nicht verlassen, ohne nach Maria gesucht zu haben. Allerdings musste sie auf der Hut sein.

Der Hof war übersät mit Müll. Nora passte auf, wohin sie ihre Füße setzte. Der Gedanke, auf eine Ratte zu treten, drehte ihr den Magen um.

Vorsichtig ging sie auf das Haus zu und warf einen letzten Blick über die Schulter auf die menschenleere Straße. Ein ausgebranntes Auto stand an der Mauer und ließ nur einen schmalen Weg an der Hauswand entlang frei.

Eines der zersprungenen Fenster stand offen, und als Nora hineinspähte und nach einem Lebenszeichen Ausschau hielt, spürte sie, wie sich ein Arm um ihren Hals legte. Dann drückte der Arm zu, und sie bekam keine Luft mehr.

Kapitel 29

«Hilfe!», presste sie gerade noch hervor, bevor der Angreifer ihr den Mund zuhielt.

Sie versuchte, sich zu wehren, aber er hatte sie fest gepackt, und es gelang ihr nicht, sich aus diesem Griff zu winden. Als sie sich nach vorn beugte, und ihn abzuschütteln versuchte, erhaschte sie einen kurzen Blick auf sein verzerrtes Gesicht, und es bestand kein Zweifel: Das war der Kerl, der vor ihrem Haus gelauert und ihr mit dem Tod gedroht hatte.

Er roch nach getrockneten Kräutern, Schimmel und Staub, aber da war noch etwas, das sie an eine Männerumkleide nach einem harten Boxkampf denken ließ. Scharf und gefährlich.

Er zog den Griff um ihren Hals enger, und mit der freien Hand hielt er eine Machete an ihren Körper. Beim Anblick der glänzenden Klinge erstarrte Nora.

«Gut, jetzt hältst du endlich die Klappe. Kapierst du nun, dass ich es ernst meine? Sehr ernst. Du machst jetzt, was ich dir sage.»

Der Mann sprach klaren Londoner Dialekt. East End. Er stieß Nora vor sich her auf die Rückseite des Gebäudes, wo sie von keiner Menschenseele mehr gesehen werden konnte.

Nora wägte ab, ob sie zum Gegenangriff ansetzen sollte, aber der Kerl wusste offenbar genau, wie man mit einer Machete umging, und vermutlich würde er keine Sekunde zögern, sie zu benutzen.

«Wir beide werden uns jetzt darüber unterhalten, was der gute Abioni dir alles erzählt hat. Und an wen du diese Infos weitergegeben hast», zischte er.

In Gedanken ging Nora die Wahrscheinlichkeiten durch, aus dieser Situation gerettet zu werden. Pete würde vermutlich anrufen, um zu hören, ob bei ihr alles in Ordnung war, aber wahrscheinlich erst in ein paar Stunden. Und es würde noch mehr Zeit verstreichen, bis er zurück in London war, um ihr zu helfen.

Krebs ahnte nicht, wo sie sich aufhielt. Sie hatte viel zu schnell aufbrechen müssen.

Andreas.

Plötzlich tauchte sein Gesicht vor ihr auf. Sie bereute es, ihm die ganze Sache nicht gründlich erklärt zu haben. Dass es nicht seine Schuld war. Dass er nichts falsch gemacht hatte, aber dass sie gerade einfach nicht zusammen sein konnten. Dass sie ihn vermisste, seinen Duft und seine jütländische Ruhe, die sie abwechselnd wahnsinnig machte und ihr das Gefühl gab, sich fallen lassen zu können und aufgefangen zu werden.

Vielleicht würde er all das nie erfahren. Aber jetzt war nicht der passende Zeitpunkt für Selbstmitleid.

Nora versuchte, sich von dem Griff um ihren Hals zu befreien, aber der Machetenmann machte es unmöglich. Sie zwang sich dazu, ruhig zu atmen. Nur das half jetzt, und sie hatte die Technik unendliche Male mit Enzo geübt. Durch die Nase einatmen. Durch den Mund ausatmen. Durch die Nase ein, durch den Mund aus. Der Mann stieß sie in Richtung eines baufälligen Schuppens am Ende des Gartens. Instinktiv wusste Nora, dass ihre Überlebenschancen relativ gering waren, wenn sie erst einmal dort gefangen saß.

Sie entspannte ihren Körper und ließ sich von dem Mann führen, während sie den Garten mit ihren Blicken absuchte. Da entdeckte sie einen Haufen leerer Flaschen und lenkte ihren Angreifer unmerklich in diese Richtung. Als sie sich den Flaschen näherten, blieb sie plötzlich abrupt stehen, lehnte sich nach hinten und überließ den Rest den Gesetzen der Schwerkraft. Der Mann stolperte über eine der Flaschen und verlor das Gleichgewicht. Dabei lockerte er nur für einen kurzen Augenblick den Griff um Noras Hals. Sie nutzte den Moment und stieß ihm den Ellenbogen mit voller Kraft in den Magen. Dann riss sie sich von ihm los und sprintete zur anderen Seite des Hauses. Als sie sich an dem ausgebrannten Autowrack vorbeischob, verlor sie ihren Schuh.

Dabei fiel ihr Blick auf einen Mann, der mit seinem Pitbull an der Leine auf der Straße vorbeiging.

«Hilfe! Hilfe! Rufen Sie die Polizei!», schrie Nora ihm zu.

Der Mann sah sich verwirrt um und ging weiter die Straße hinab.

Hinter sich konnte Nora ein Brüllen hören, und sie schloss daraus, dass der Mann mit der Machete sich aufgerappelt und die Verfolgung aufgenommen hatte.

«Hilfe! Hilfe!», rief sie erneut.

Der Mann mit der Machete stürmte auf sie zu.

Verzweifelt suchte Nora nach einer Waffe, fand einen großen Stein in der Einfahrt und schleuderte ihn in seine Richtung. Mit einem unangenehmen Geräusch traf der Stein die Klinge der Machete, doch das hielt ihren Träger nicht auf.

So schnell, wie es mit einem Schuh nur ging, lief sie auf die

Straße und holte keuchend den Mann mit dem Hund ein. Es war ein älterer Herr mit Sportjacke und riesigen Brillengläsern.

«Ist alles in Ordnung, Sweetheart?», erkundigte er sich mit Reibeisenstimme.

Nora schaute nervös über die Schulter. Es war nur eine Frage von Sekunden, bis der Mann mit der Machete um die Ecke kommen würde, und wenn er Abioni, den Professor mit der Statur eines Boxers, übermannt und ermordet hatte, das würde er vor einem alten Mann sicher nicht haltmachen.

«Rufen Sie die Polizei!»

Der Mann zögerte.

«Was ist das Problem? Also, ich will Ihnen ja gern helfen. Aber Alfie ist nun mal kein großer Fan von der Bullerei, wenn er ehrlich ist.»

«Ich bitte Sie! Mir ist ein Kerl auf den Fersen, mit einer riesigen Machete!»

«Na, sagen Sie das doch gleich», meinte Alfie mit einer Herrgottsruhe, als hätte Nora ihm gerade von einem Fahrradplatten erzählt.

«Wo kann ich mich verstecken?», fragte sie.

Alfie antwortete nicht, sondern starrte über ihre Schulter. Der Mann war aus dem Garten auf den Bürgersteig gerannt. Er sah sich in alle Richtungen um, stellte fest, dass die Gegend menschenleer war, und ging mit einer Seelenruhe auf die beiden zu, die Machete in der rechten Hand.

Kapitel 30

Alfie sah ihn direkt an und sprach mit fester Stimme:

«Wenn ich die junge Dame richtig verstanden habe, legt sie keinen besonderen Wert auf Ihre Gesellschaft. Ich schlage deshalb vor, dass Sie sie nicht weiter belästigen und sich jeder wieder um seine Angelegenheiten kümmert.»

«Misch dich nicht ein, Alter. Dann passiert dir auch nichts», zischte der Mann mit der Machete.

«Drohen Sie mir etwa?», fragte Alfie ruhig und stellte sich schützend vor Nora.

Der Angreifer trat einen Schritt auf Alfie zu und wog die Machete in seiner Hand. Nora sah, dass das Weiß seiner Augen einen Gelbstich hatte.

«Verschwinde!»

«Wo sind Ihre Manieren?», fragte Alfie und schüttelte missbilligend den Kopf.

Nora versuchte, die Situation einzuschätzen, und machte sich bereit zum Kampf. An der Körperhaltung dieses Kerls konnte sie sehen, dass er nie Kampftraining gehabt hatte. Seine Füße standen parallel zueinander, und in dem Augenblick, in dem er mit der Machete ausholen würde, würde sie seine eigene Bewegung nutzen, um ihn aus dem Gleichgewicht zu bringen.

Also tat sie so, als hätten sie ihre Kräfte verlassen und er leichtes Spiel, sie zu überwältigen.

Alfies Pitbull hatte angefangen zu knurren und fletschte die Zähne. Doch er war so wohlerzogen, dass er neben seinem Herrchen blieb.

«Verschwinde endlich», schnauzte der Angreifer ein weiteres Mal und stand nun so dicht vor Alfie, dass ihn nur noch ein Schritt davon trennte, ihn gezielt mit der Machete zu treffen.

«Wie Sie meinen», entgegnete Alfie und trat einen Schritt zurück. Mit derselben Bewegung löste er die Hundeleine und rief seinem Pitbull ein Kommando zu.

«Maggie, fass!»

Noch bevor Nora selbst handeln konnte, hatte der Hund sich mit gefletschten Zähnen auf ihren Feind gestürzt. Maggie schnappte nach dem Arm mit der Machete und biss sich darin fest. Der Angreifer brüllte auf. Die Machete fiel zu Boden, und Nora stieß sie mit dem Fuß außer Reichweite.

Der Mann versuchte, der Hündin mit den Fingern in die Augen zu stechen, doch jedes Mal, wenn er sich ihr mit der freien Hand näherte, biss sie fester zu und knurrte furchterregend.

«Seit fünfzehn Kämpfen unbesiegt. Die beste kleine Siegerin, die ich jemals hatte. Benannt nach der Premierministerin, deren Temperament sie geerbt hat», erklärte Alfie Nora begeistert.

Dann wandte er sich an den Mann und rief: «Vergessen Sie es. Sie wird erst von Ihnen ablassen, wenn ich ihr den Befehl gebe.»

Maggie kämpfte einen mutigen Kampf gegen Noras Verfolger, der nun all seine Kraft aufbrachte, um den vierzig Kilo schweren Muskelhund gegen einen Laternenpfahl zu schleudern.

Endlich gelang es ihm, die Hündin abzuschütteln, doch nicht ohne Folgen. Die Wunde in seinem Unterarm war tief, und das Blut sprudelte nur so daraus hervor.

Mit wütendem Gebrüll eilte der Angreifer die Straße hinunter, die linke Hand auf die blutende Wunde gepresst.

Alfie tätschelte Maggie den Kopf.

«Gutes Mädchen.»

Die Hündin ließ ein begeistertes Bellen hören, und ihr kupierter Schwanzstummel zuckte freudig. Sie war nicht einmal außer Atem.

Nora sah sich nervös um.

«Ich danke Ihnen für die Hilfe. Wohnen Sie in der Nähe? Kann ich mich dort verstecken, während ich auf Hilfe warte?»

Alfie nickte.

«Ja. Gehen wir zu mir nach Hause. Ich wohne dort die Straße hinauf. Ich bin sogar kurz davor, Ihnen beizupflichten, die Bullen zu rufen. Das war ja wirklich ein Scheißkerl.»

Nora folgte ihm, mit einem bestrumpften Fuß, zu einem grauen Reihenhaus. Dabei schaute sie sich immerzu um, doch der Angreifer war nirgends zu sehen.

Alfie schloss auf und führte sie durch einen kleinen Flur in ein Wohnzimmer, dessen Fenster zur Straße hinausging.

Sie zog die Gardinen zu, damit sie von draußen nicht gesehen werden konnten, und setzte sich in einen Ohrensessel, der so aussah, als hätte er hier schon zu Margaret Thatchers Zeiten als Premierministerin gestanden. Er war strategisch neben dem Fenster platziert, sodass man direkt auf eine gerahmte Fotografie von Winston Churchill blickte. Daneben hing Elizabeth II. bei ihrer Krönungszeremonie.

Zuerst versuchte Nora es bei Spencer. Er nahm nicht ab. Dann bei Millhouse. Sofort sprang die Mailbox an. Nora fluchte. Ihr wurde bewusst, dass es so spät geworden war, dass sogar Millhouse das Büro verlassen hatte, aber sie hatte doch gehofft, er würde wenigstens an sein Handy gehen. Sie sprach ihm eine kurze Nachricht auf die Mailbox, informierte ihn darüber, wo sie war und dass etwas ziemlich schiefgelaufen war, sie aber möglicherweise wusste, wo Maria sich aufhielt.

Danach ging sie in die Küche, wo Alfie damit beschäftigt war, eine Dose Hundefutter in einen Napf zu füllen. Maggie folgte ihm aufmerksam mit Blicken und wippendem Stummelschwanz.

«Sie hat immer ordentlich Hunger nach einem Kampf», erklärte Alfie und kraulte die Hündin zärtlich hinter den Ohren.

Nachdem sie versorgt war, wandte er sich zu Nora um.

«Haben Sie jemanden erreicht? Darf ich Ihnen eine Tasse Tee anbieten?»

Nora schüttelte den Kopf.

«Nein, danke. Aber sagen Sie: Gibt es einen Hinterausgang, durch den ich verschwinden kann, ohne wieder auf die Straße hinauszumüssen?»

Alfie zögerte einen Moment.

«Normalerweise könnte man durch den Garten gehen. Aber ich habe dort den Hundezwinger aufgebaut», erklärte er.

Sie durchquerten einen Raum, der wohl ursprünglich als Esszimmer gedacht war, aber zu einem Lagerplatz für alles Mögliche umfunktioniert war. Hier standen Säcke mit Trockenfutter für Hunde, ein eingestaubter weißer Hometrainer, hohe Stapel Sportmagazine und eine Sammlung Porzellaneulen.

«Die gehörten meiner verstorbenen Frau», erklärte Alfie, als er Noras Blick sah. «Sie konnte ein ziemliches Biest sein, aber ich habe sie trotzdem geliebt und mag mich nun nicht recht von den

Viechern trennen. Das müssen dann schon die machen, die nach meinem Tod dieses Haus entrümpeln.»

Er öffnete die Tür, die in den Garten hinausführte. Der Hundezwinger nahm beinahe den ganzen Garten ein, und es schien kaum möglich, ihn zu durchqueren und auf der anderen Seite zu verlassen, wenn man nicht über das Dach des Zwingers klettern wollte.

Zwei ausgewachsene Pitbullterrier kamen mit wippenden Schwanzstummeln zum Gitter gelaufen, als sie Alfie sahen. Sie starrten Nora misstrauisch an, aber als sie erkannten, dass Alfie in Noras Gegenwart ruhig wirkte, entspannten auch sie sich.

«Winston und Teddy», stellte Alfie die beiden vor.

Nora knickste höflich, wohl wissend, dass die Tiere ein Lächeln als drohendes Zähnefletschen auffassen konnten.

Alfie ging hinüber zu einem kleinen Geräteschuppen neben dem Zwinger, holte eine Leiter hervor und lehnte sie an das Gitter des Hundezwingers.

«Das wäre mein bester Vorschlag.»

«Danke. Liebe Grüße an Maggie, und sagen Sie ihr vielen Dank für die Rettung», bat Nora und rückte die Leiter zurecht.

Alfie war schon fast wieder auf dem Weg zurück in sein Wohnzimmer, als ein lauter Knall aus dem Haus zu hören war. Es klang wie ein Schuss, gefolgt von einem Jaulen. Das Jaulen eines Hundes.

Einen Augenblick später stand der Mann mit der Machete in der Tür zum Garten, bereit zum Angriff.

Alfie riss die Tür des Hundezwingers auf.

«Fass!», brüllte er.

Mit gefletschten Zähnen preschten die Hunde auf das Haus zu, während Alfie Nora die Leiter hinaufdrängte.

«Laufen Sie! Ich halte ihn auf.»

Kapitel 31

Nora robbte über das Blechdach des Hundezwingers und ließ sich in den Garten des Nachbarn fallen, den sie durchquerte und auf der anderen Seite eine Parallelstraße erreichte. Sie schlich sich an Hecken entlang bis zu einer etwas breiteren Hauptstraße, an der ein Café lag.

Von dem Machetenmann war keine Spur zu sehen. Also flitzte Nora in das Café und wurde von dem genervten Blick des Betreibers begrüßt, der demonstrativ auf die Uhr blickte, die im Lokal hing.

«Wir haben geschlossen», erklärte er bissig.

Nora grub in ihren Taschen und zog einen Zwanzigpfundschein hervor.

«Darf ich kurz hier warten? Ich werde von einem Mann verfolgt.»

Er sah sie prüfend an.

«Sie sehen schon etwas mitgenommen aus», stellte er fest und nahm den Schein.

Dann öffnete er die Klappe am Tresen und winkte Nora zu sich in ein Hinterzimmer. Dort standen ein kleiner Cafétisch und ein

Klappstuhl eingeklemmt zwischen Stapeln ausgewaschener Geschirrtücher und Servietten-Paketen.

Sobald sie ihren Atem wieder unter Kontrolle hatte, rief Nora die 110 an, gab Alfies Adresse durch und teilte mit, dass sie Hilferufe gehört und einen Mann mit einem großen Messer gesehen habe. Weitere Details gab sie nicht preis und beendete sofort das Telefonat, als sie nach ihrem Namen gefragt wurde. Millhouse wäre sicherlich nicht begeistert, wenn er davon Wind bekäme – sie würde ihm später alles genau erklären.

Es tat Nora leid, Alfie im Stich gelassen zu haben, und sie hoffte, dass der Machetenmann seine Frustration nicht an ihrem Retter auslassen würde.

Hastig rief sie Pete an.

«Nora! Wo bist du? Ich habe es bestimmt fünfzehnmal bei dir versucht!»

«Ich wurde von einem Kerl mit einem Messer überrascht. Mit einem ziemlich großen Messer.»

«Geht's dir gut?»

«Ja. Ich bin mit dem Schrecken davongekommen und habe nur einen Schuh verloren.»

Sie konnte Pete anhören, wie entsetzt er war.

«Soll ich vorbeikommen?»

«Nein. Beende deinen Auftrag in Bristol. Wir reden dann morgen.»

«Bist du sicher?»

«Jepp», sagte sie und gab sich alle Mühe, ihre Stimme heiter klingen zu lassen.

«Nora ich glaube nicht ...»

In diesem Moment übertönte ohrenbetäubendes Sirenengeheul das Gespräch. Nora lief zurück in das Café und sah gerade noch einen Streifenwagen und einen Rettungswagen vorbeirasen, bevor sie mit blinkendem Blaulicht um die Ecke bogen und verschwanden. Sie mussten in der Nähe gewesen sein, dachte Nora, so schnell, wie sie gekommen sind. Hinter ihr löschte der Cafébetreiber das Licht, weshalb das Lokal nun beinahe vollständig im Dunkeln lag. Nur der Kühlschrank mit den Softgetränken warf ein schwaches Schimmern in den Raum.

«Pete, ich muss los. Ich ruf dich morgen an», sagte Nora rasch.

Der Cafébetreiber reichte ihr eine große Tasse heißen Tee mit Milch und Zucker.

«Ich schließe gleich ab, aber Sie können durch den Hintereingang hinaus. Kommt Sie jemand abholen?»

Nora nickte vage und nahm große Schlucke von ihrem warmen Tee. Dann zeigte sie auf ihren Fuß, der nur mit einem Strumpf bekleidet war.

«Sie haben nicht zufällig irgendwo ein Paar Schuhe herumstehen?»

Nora bot ihm einen weiteren Fünfpfundschein an, aber der Cafébetreiber wollte nichts von dem Geld wissen, nachdem er ein Paar rosafarbene Crocs vor ihr abgestellt hatte, die er in einem Schrank mit Arbeitskleidung gefunden hatte.

Als sie vor dem Café auf der Treppe stand, rief Millhouse zurück. Endlich.

«Hast du Maria gefunden?», fragte er.

Hastig erzählte Nora, wie sie kontaktiert und zu dem verlassenen Haus gelockt worden war, wo der Mann mit der Machete auf sie gewartet hatte.

«Gib mir die Adresse», sagte Millhouse in scharfem Ton.

Nora fand sie in ihren SMS und las sie Millhouse vor. Sie konnte hören, wie er im Hintergrund einige rasche Befehle erteilte.

«Kannst du den Täter beschreiben?»

Nora versuchte es, aber abgesehen von den stechenden Augen war sein größtes visuelles Markenzeichen wohl die messerscharfe Machete gewesen. Sie berichtete Millhouse von der Waffe.

«Wie kommst du auf solche Ideen, wenn du doch weißt, wie gefährlich diese Leute sein können?», fragte er außer sich.

«Tja, was sollte ich denn tun? Das war vielleicht die einzige Chance, Maria zu treffen und herauszufinden, wer Abioni getötet hat.»

«Wir rücken aus und machen uns sofort auf die Suche nach ihr. Bleib, wo du bist. Ich lege jetzt auf. Spencer wird dich nachher anrufen, er ist überhaupt nicht erfreut.»

Hinter ihr wurde das Café abgeschlossen, und Nora entschied sich, zu dem verlassenen Haus zurückzukehren. So gefährlich konnte es jetzt nicht mehr sein, wenn die Polizei in der Nähe und der Machetenmann hoffentlich außer Gefecht war.

Sie war gerade erst ein paar Schritte gegangen, als Spencer anrief.

«Erstens: Ein älterer Herr wurde soeben mit Schnittwunden am Bein ins Krankenhaus gefahren. Läutet da etwas bei Ihnen?»

«Ja. Das muss Alfie sein.»

«Hat der Täter irgendwelche besonderen Merkmale?», knurrte Spencer.

«Die habe ich gerade an Millhouse durchgegeben. Ich gehe davon aus, dass die Polizei ihn dingfest gemacht hat?»

«Nora. Wir wissen nicht, wo der Täter sich aufhält. Sie verlassen die Gegend augenblicklich und lassen die Polizei ihre Arbeit machen. Ist das klar?»

«Ja.»

«Wenn Sie sich der Polizeiabsperrung auch nur ansatzweise

nähern, haben die Beamten den Befehl, Sie sofort festzunehmen. Haben Sie das verstanden?»

«Das ist nicht fair, und ich kann mir nicht vorstellen, dass das legal ist.»

Spencer seufzte. Doch als er weitersprach, klang er etwas versöhnlicher.

«Sagen Sie mir, wo genau Sie sich gerade befinden. Dann nimmt Millhouse sie mit aufs Revier, wenn er da draußen fertig ist.»

«Aber was ist mit Maria?»

«Nora. Sie sollen Ihre Aussage machen, und dann übernehmen die Fachleute. Ich erinnere Sie nur ungern daran, was Ihnen letztes Mal passiert ist, als Sie sich eingemischt haben.»

Widerwillig musste sie ihm recht geben.

«Okay.»

Spencer beendete das Gespräch, und Nora blieb nichts anderes übrig, als auf Millhouse' Mini zu warten.

Zwanzig Minuten später parkte er hinter dem Café, und Nora stieg in sein Auto. Doch sobald sie anfangen wollte zu reden, hob Millhouse die Hand.

«Ich will jetzt keine Erklärung von dir hören. Spar dir das für deine Zeugenaussage.»

Sie sah ihn fragend an.

«Maria?»

Er schüttelte mit zusammengepressten Lippen den Kopf.

«Wir haben weder sie noch deinen Verfolger finden können. Die Hundepatrouille ist unterwegs, aber der Mann wird wahrscheinlich über alle Berge sein. Das Haus unter der Adresse, die du mir mitgeteilt hast, stand leer, es gab nichts außer Ratten und leere Flaschen.»

«Ist mit Alfie alles in Ordnung?»

«Er lebt. Mehr weiß ich im Moment nicht.»

Nora merkte, wie sich Erleichterung in ihr breitmachte.

In Millhouse' Büro bei Scotland Yard saß Nora beinahe eine ganze Stunde im Verhör und erklärte, wie sie mit Maria in Kontakt getreten war. Millhouse versuchte ebenfalls, die Nummer anzurufen, und stellte fest, dass es sich vermutlich um ein Prepaid-Handy handelte, das aktiviert und wieder deaktiviert wurde.

Er druckte ihre Aussage aus und bat Nora, sie zu unterschreiben. Danach rief er im Krankenhaus an und erkundigte sich nach Alfies Zustand.

«Er kommt durch. Das ist ein zäher Junge, und er hat nur eine Schnittwunde abbekommen. Zum Glück hat der Täter keine Arterie getroffen. Ich glaube, sie behalten ihn ein paar Tage da.»

«Und was ist mit seinen Hunden?»

Millhouse sah sie fragend an.

«Ja, er hat drei Pitbulls. Die brauchen bestimmt Futter? Und ich darf ja nicht zurück in die Gegend.»

«Ich rufe beim Tierschutzbund an», versprach Millhouse und schenkte ihr einen Kaffee aus seiner Thermoskanne ein.

Während Nora einen Schluck davon nahm, beschloss sie, Millhouse von Abionis Notizbuch zu erzählen. Es widersprach zwar ihren journalistischen Instinkten, ihre Informationen mit jemandem zu teilen, bevor sie ihren Artikel fertiggestellt hatte, aber sie konnte es nicht mehr mit ihrem Gewissen vereinbaren, diese düsteren Tatsachen zurückzuhalten. Daher holte sie tief Luft.

«Ich habe Übersetzungen zugeschickt bekommen, von einigen Aufzeichnungen, die Abioni vor seinem Tod gemacht hat.» Sie bemühte sich darum, ihre Worte sorgfältig zu wählen.

Millhouse sah sie skeptisch an.

«Woher hast du die?»

«Das kann ich leider nicht sagen.»

«Dann reden wir später darüber. Du weißt sehr gut, dass du uns diese Informationen übergeben musst, wenn sie für die Ermittlungen in dem Mordfall relevant sind.»

Nora zuckte mit den Schultern.

«Es ist nicht immer ganz eindeutig, was die Notizen bedeuten, aber unter anderem wird ein Mann erwähnt. Ein Charles … irgendetwas mit E.»

Millhouse' Gesichtsausdruck änderte sich schlagartig. Er lehnte sich nach vorn.

«Charles Evergood?»

«Möglich. Der vollständige Name ist nicht zu erkennen.»

«Nora, du musst uns die Aufzeichnungen überlassen. Diese Art von Indizien darfst du nicht einfach einbehalten.» Millhouse war wütend, und er tippte eine Nummer in sein Handy.

Wenige Minuten später kam einer von Cravens Mitarbeitern und zeigte ihr ein Blatt, auf dem Passfotos verschiedener Männer abgebildet waren. Keiner kam ihr jedoch bekannt vor.

Als er wieder gegangen war, konnte Nora ihr Gähnen nicht mehr unterdrücken.

«Kann ich jetzt nach Hause?»

«Was ist mit den Notizen?»

«Sie sind auf Igbo», erklärte sie.

Millhouse sah sie an.

«Wir finden schon jemanden, der sich damit auskennt.»

«Aber was, wenn das Maria in Gefahr bringt?»

«Die Entscheidung liegt bei uns. Du kannst der Polizei nicht einfach wichtige Hinweise vorenthalten.»

Nora dachte einen Augenblick nach und beschloss dann, Millhouse die Fotos der Seiten zu schicken, die Ndidi bereits übersetzt hatte. Sie holte ihr Handy hervor und leitete sie weiter.

«Das ist alles, was ich gerade dabeihabe.»

«Gibt es noch mehr?», fragte Millhouse in strengem Ton.

Nora zögerte.

«Es ist ein ganzes Notizbuch.»

«Hast du eine Idee, was da drinsteht?»

«Es geht um den Diebstahl von Kindern. Ich bin der Sache noch nicht ganz auf den Grund gegangen.»

«Wo ist das Buch jetzt?»

«In meiner Wohnung.»

«Bring es morgen mit, wenn du bei Craven deine Aussage machst», ermahnte er sie.

Nora nickte widerwillig.

«Kann ich jetzt gehen?»

Millhouse überlegte.

«Du darfst nicht allein in deiner Wohnung übernachten, solange der Mann mit der Machete noch frei herumläuft. Kannst du irgendwo bleiben, wo er dich nicht finden kann?»

«Ich komm schon klar», wiegelte Nora ab.

Millhouse sah sie forschend an.

«Bist du sicher? Soll ich dich nicht lieber unterwegs irgendwo absetzen?»

Nora nahm sein Angebot an, und kurz darauf saßen sie in Millhouse' Mini Cooper.

«Wohin soll's gehen?», fragte er.

«Soho», antwortete sie prompt.

Tom wartete schon an der Tür auf sie, als sie die Treppe hochstieg.

Kapitel 32

Tom war kaum in die Küche gegangen, da holte Nora ihr Handy hervor und wählte eine dänische Nummer.

«Hallo, hier spricht Johannes Egtved.»

«Hallo, hier ist Nora Sand. Ich war vor ein paar Tagen bei Ihnen und habe mich nach Vigga erkundigt.»

«Ja, ich erinnere mich. Womit kann ich behilflich sein.»

«Ich wollte nachfragen, ob Sie inzwischen etwas von Vigga gehört haben? Ist sie wieder zu Hause?»

«Nee, das Haus steht immer noch leer.»

«Was machen Sie, wenn Sie Vigga kontaktieren wollen?»

«Ich lege einen Zettel in den Briefkasten oder schicke eine Mail an Ninette.»

«Wann haben Sie Vigga denn zuletzt gesehen?»

Egtved überlegte.

«Das muss ein paar Wochen her sein.»

«Können Sie sich an das genaue Datum erinnern?»

«Nein. Hören Sie, ich habe keine Ahnung, was Vigga so treibt. Und wenn's nicht noch etwas anderes gibt, würde ich jetzt gern zurück an die Arbeit gehen.»

«Ich muss sie wirklich dringend sprechen. Dieser Prediger, den Sie erwähnt hatten, haben Sie mehr Informationen? Hat Vigga immer noch Kontakt zu ihm?»

«Ja, ich glaube schon. Ich vermute, sie ist mit der Organisation nach wie vor verbunden, aber sie weiß, dass ich nicht religiös bin, also verschwendet sie ihre Zeit nicht damit, mich zu bekehren.»

«Und Sie wissen nicht noch mehr über diesen Prediger? Seinen Namen vielleicht?»

«Jetzt wo Sie's erwähnen ... ich glaube, dass er einen komischen Namen hatte. Ich musste an den Typen denken, als ich einen Artikel über den nigerianischen Präsidenten gelesen habe, *Good luck, Jonathan*. Irgendetwas in der Art. Etwas, wo man direkt denkt: Witziger Name für einen Priester.»

«Könnte es so etwas wie Evergood sein? Charles Evergood?»

«Das könnte sein, ja. Kommt mir irgendwie bekannt vor.»

Nora bedankte sich und legte auf.

Als sie sich gerade anzog, kam Tom mit zwei Tassen Kaffee herein.

«Es gibt Frühstück», sagte er und deutete Richtung Küche.

Sie sah ihn an, wie er mit freiem Oberkörper und einer abgetragenen, karierten Schlafanzughose vor ihr stand. Sich zurück in die Bettwäsche aus ägyptischer Baumwolle fallen zu lassen und genüsslich Toms Kaffee zu trinken, würde ihr nicht schwerfallen.

«Danke. Aber ich muss los.»

Falls Tom enttäuscht war, ließ er sich das nicht anmerken.

«Aber essen musst du schon etwas?»

Nora zog sich ihre Strickjacke über, nahm die Kaffeetasse und trank einen Schluck auf dem Weg in die Küche. Tom hatte eine perfekte Balance zwischen Kaffee und Milch hergestellt.

Zum Frühstück hatte er frisch gepressten Orangensaft, pochierte Eier und Toast aufgetischt. Tom sah ihr schweigend dabei zu, wie sie sich ein Stück Toast in den Mund schob und ihr Saftglas halb leerte.

«Danke», sagte sie, küsste ihn auf die Wange und schlüpfte in ihren Mantel.

Unten auf der Straße angekommen, schaute sie noch einmal zu seinem Fenster hinauf. Dort stand er und hob die Kaffeetasse zum Abschied. Sie bog in die Tottenham Court Road ein und schlurfte in den rosafarbenen Crocs zur U-Bahn-Station hinunter.

▪

Endlich war sie wieder zu Hause. Sorgfältig schloss sie die Tür ab und versicherte sich mit einem Blick aus dem Fenster, dass kein Fremder mit Machete unten auf der Straße stand. Erst dann gönnte sie sich eine heiße Dusche, um die Erlebnisse der letzten vierundzwanzig Stunden von sich abzuspülen. Die allzu weinselige Nacht. Die allzu langen Stunden ohne Schlaf. Allzu viel Tom.

Sie schlang sich das Handtuch um den Körper, ließ sich auf das Sofa sinken und rief ihren Vater an.

Er berichtete, dass er zum Wochenende entlassen werden würde.

«Aber fühlst du dich fit genug, um alleine zu sein?»

Es entstand eine kleine Pause.

«Ich werde nicht alleine sein», sagte Noras Vater schließlich.

«Kommt David vorbei?»

«Ähm, nein. Erinnerst du dich an Elvira von der Universität?»

Nora durchforstete ihr Gedächtnis, und das vage Bild einer Frau mit kurzen roten Haaren und einer Vorliebe für Kalkmalereien tauchte auf.

«Ja. War sie nicht beim Gartenfest vor zwei Jahren?»

«Genau. Wir sehen uns jetzt ab und zu.»

«Okay, wie lange schon?»

«Schon eine ganze Weile. Aber ich wollte erst sicher sein, dass es etwas Ernstes ist ...»

Der Satz blieb in der Luft hängen, bis Noras Vater sich dazu entschloss, zum Punkt zu kommen.

«Jedenfalls holt Elvira mich morgen ab und wohnt dann für eine Weile bei mir. Bis ich wieder fit bin.»

Nora wusste nicht recht, was sie sagen sollte.

«Klingt toll», versuchte sie es schließlich. «Und dir geht's gut, ja? Wie steht's um dein Herz?»

«Meine Werte sind in Ordnung, Nora.»

«Bist du sicher, dass ich nicht nach Hause kommen soll?»

«Vielleicht später, aber jetzt ist das nicht nötig.»

«Tja, na dann. Tschüs.»

Nora drückte das Gespräch weg.

Gegen Mittag klingelte es an der Tür. Nora ließ Pete herein, der ihr eine Tüte Bagels vor die Nase hielt.

«Ich habe heute Nacht versucht, bei dir anzurufen, um Bescheid zu sagen, dass ich mich morgens auf den Weg nach London mache. Ist er immer noch auf freiem Fuß?»

«Ja», sagte Nora und holte die Butter aus dem Kühlschrank.

«Aber Nora, verdammt noch mal! Und du warst trotzdem allein zu Hause?»

Nora merkte, dass sie rot anlief, und konzentrierte sich darauf, ihren Bagel zu schmieren.

«Ähm, nein, ich war heute Nacht nicht zu Hause.»

Pete sah sie mit hochgezogenen Augenbrauen an, sagte aber

nichts. Während Nora frisches Teewasser aufsetzte, erzählte sie von ihrem Gespräch mit Egtved.

«Warum bist du so hinter Vigga her?», fragte Pete.

«Überleg doch mal. Erst wird ihr Enkel entführt, und dann verschwindet sie aus heiterem Himmel. Das ergibt doch keinen Sinn?»

Nora öffnete eine Packung Frischkäse, beförderte sie jedoch schnell in den Mülleimer, als sie einen grünen Schimmelrand entdeckte. Stattdessen schraubte sie den Deckel von einem Glas Aprikosenmarmelade ab.

«Das kann alle möglichen Gründe haben. Vielleicht kümmert sie sich um ihre Tochter, abseits des Medienrummels. Das würde ich an ihrer Stelle tun», entgegnete Pete.

«Aber dann ist da noch ihre Verbindung zu Nigeria. Der Junge aus der Themse kam wahrscheinlich dorther, und er trug Nicholas' Weste. Wie hängt das alles zusammen? Zwischen den beiden Jungen muss es irgendeine Verbindung geben, und es sieht ganz so aus, als wäre Vigga ein Bindeglied.»

Pete wirkte nicht sehr überzeugt.

«Vielleicht verrennst du dich da in etwas, Nora.»

Sie schüttelte den Kopf.

«Das kann kein Zufall sein. Vigga hat in Nigeria gelebt, Nicholas verschwindet, und die Spur führt nach Nigeria.»

«Was ist mit deinem Kontakt bei der Polizei? Was hält er von deiner Theorie?»

«Die Polizei meint, ich soll mich aus der Sache raushalten.»

«Vielleicht haben sie da recht. Ausnahmsweise.»

Während Pete seinen Bagel aß, setzte Nora sich an ihren Laptop und suchte nach einem Charles Evergood in London. Keine Treffer. Dann versuchte sie es mit den Kindern Gottes.

Laut Google hatte der kirchliche Verein *Kinder Gottes* tatsächlich eine Adresse in London, doch als Nora darauf klickte, kam sie nur zu einer Postfachzentrale in der Edgware Road.

Sie suchte nach anderen religiösen Gruppen und Gemeinden, die von den offiziellen Kirchen unabhängig waren, doch es gab viel zu viele. Also atmete sie tief ein und gab *Kindesmisshandlung + Priester + Besessenheit* ins Suchfeld ein, woraufhin sie sechzehn Seiten mit Suchergebnissen erhielt, durch die sie sich würde hindurcharbeiten müssen.

Doch zuerst widmete sich Nora erneut dem Violetta-Fall. Sie suchte nach Pastor Rosica und fand die Kirche, die Violettas Tante regelmäßig besucht hatte, bevor sie zu der Überzeugung gelangt war, ihre Nichte sei von bösen Geistern besessen. Der Name der Kirche lautete *Der rechte Weg des Herrn*, und die Adresse war mit großen Buchstaben auf der Homepage vermerkt.

Nora überprüfte die Adresse auf der Karte und erschauderte. Von der Kirche aus waren es nur fünf Gehminuten bis zu dem Haus, zu dem der Mann mit der Machete sie gelockt hatte.

«Iss auf. Wir müssen sofort nach Peckham», sagte sie.

Pete hustete, als hätte er etwas in den falschen Hals bekommen.

«Ernsthaft? Nora, die Polizei hat dir befohlen, dich aus der Sache rauszuhalten! Was ist daran so schwer zu verstehen?»

Sie sah ihn flehend an.

«Wir fahren doch nicht zu dem Haus. Jedenfalls nicht direkt. Ich will nur zu einer Kirche in der Gegend, okay? Wir müssen die Spuren verfolgen, die wir haben. Da ist schließlich immer noch Maria», versuchte sie ihn zu überzeugen.

«Sagst du das auch, wenn wir der Polizei über den Weg laufen?»

«Genau.»

Pete seufzte.

«Ich hole das Auto.»

Eine Viertelstunde später fuhr er bei Nora vor, und sie machten sich auf den Weg nach Peckham. Während sie London durchquerten, fasste Nora für Pete den Violetta-Fall zusammen.

«Eine echt schreckliche Sache. Ich kann mich noch daran erinnern. Aber eines verstehe ich nicht – selbst wenn wir die Kirche finden, was hat das mit Maria und Abioni zu tun?», fragte Pete.

«Ich habe so eine Ahnung, dass sie uns dort darüber aufklären können, wer Kindern mit Albinismus Leid zufügen will», sagte Nora.

«Warum?»

«Ich kann mir einfach nicht vorstellen, dass zwei Kirchen, die anscheinend in derselben Gegend dieselben Menschen in ihre Gemeinden locken, nichts über ihre Konkurrenz wissen. Vielleicht können die uns einen Anhaltspunkt liefern, wie wir die Kinder Gottes finden. Wenn wir Glück haben, kennen sie sogar diesen Evergood.»

Pete schaltete das Autoradio an, und nach ein paar Minuten Coldplay, die das Wochenende einläuten sollten, kamen die Nachrichten. Nach einer Zusammenfassung der neuesten Entwicklungen zum Thema Immigration wurde über eine Verbindung zwischen der Entführung und dem toten Jungen in der Themse spekuliert. Plötzlich dröhnte Ken Cravens Stimme aus den Lautsprechern.

«Wir verfolgen einige wichtige Spuren. In der Zwischenzeit fordern wir alle, die etwas gesehen oder gehört haben, dazu auf, sich bei der Polizei zu melden. Es kann nicht sein, dass ein kleiner Junge einfach so verschwindet, ohne dass ihn jemand vermisst.

Da draußen muss jemand einen Sohn, einen Klassenkameraden oder ein Nachbarskind verloren haben. Nehmen Sie bitte Kontakt mit uns auf.»

«Was glaubst du, warum wurde Abioni ermordet?», fragte Pete, als der Wetterbericht verlesen wurde.

«Das müssen wir schon den Fanatiker fragen, der ihn auf dem Gewissen hat. Wahrscheinlich wusste er einfach zu viel.»

Pete überlegte einen Moment.

«Hast du mal darüber nachgedacht, dass du inzwischen genauso viel weißt wie er? Weil er dir sein Wissen anvertraut hat?»

Nora spürte, wie die Panik in ihr aufstieg. Sie hatte Pete noch nicht verraten, wie knapp sie der Machete entkommen war.

Kapitel 33

Pete parkte hinter dem großen Morrisons-Supermarkt. Nora tippte die Adresse der Kirche *Der rechte Weg des Herrn* in ihr Telefon ein. Das GPS führte sie in eine Seitenstraße. Schließlich standen sie vor einem Haus aus den siebziger Jahren, wie Nora vermutete. Die Treppe war gefliest, in einer ungemütlichen Farbe irgendwo zwischen Braun und Grün. Einige Fliesen fehlten, aber abgesehen davon machte das Gebäude einen gepflegten Eindruck. Die Fenster waren frisch geputzt, neben der gläsernen Eingangstür hing ein Schaukasten mit roten Plastikrosen und einem Plakat, laut dem der Abendgottesdienst täglich um 19:30 Uhr stattfand. In kleinerer Schrift war vermerkt, dass der Pastor auch jeden Mittwoch und Freitag um 15:00 Uhr anzutreffen war. Nora sah auf die Uhr. Bis dahin war es nur noch eine Dreiviertelstunde. Vielleicht war er schon da?

Sie versuchte zu erkennen, was hinter dem vor der Glastür angebrachten Perlenvorhang vor sich ging, der vermutlich die Gemeinde vor neugierigen Blicken schützen sollte. Außer einigen Stuhlreihen und einem dunkelgrünen Teppich auf dem Boden war jedoch nichts zu sehen.

Sie klopfte an die Tür. Keine Reaktion. Sie versuchte es noch einmal, dieses Mal etwas kräftiger, und das Glas der Tür vibrierte.

Dann presste sie die Nase flach gegen die Scheibe und konnte zwischen den Holzperlen schemenhaft eine Person erkennen, die sich unendlich langsam und behäbig auf die Tür zubewegte.

«Ich komm ja schon, ich komm ja schon», hörte sie eine kräftige Stimme rufen.

Eine ungefähr siebzig Jahre alte Frau mit knallpinkem Lippenstift, lilafarbenem Kleid und silbergrauer Perücke, die so aussah, als wäre sie ihr auf den Kopf geklebt worden, schob den Perlenvorhang beiseite und blickte Nora prüfend an.

Dann drehte sie den Schlüssel im Schloss um und öffnete die Tür einen Spaltbreit.

«Der Pastor ist ab fünfzehn Uhr für Gespräche bereit», erklärte sie barsch. Nora nickte in Richtung Schild.

«Das ist uns klar, aber es ist wirklich dringend. Wir hatten gehofft, dass wir schon ein bisschen früher zu ihm können?»

Die Frau musterte sie und Pete. Nora bemerkte, dass die kaffeefarbene Haut an ihrer Hand, die einen Gehstock umklammerte, straff gespannt war.

«Sie sind aber keine Mitglieder unserer Gemeinde, oder? Ich habe Sie hier noch nie gesehen», sagte sie zögernd.

«Nein», gab Nora zu. «Aber wir müssen unbedingt mit ihm sprechen. Ich würde nicht drängeln, wenn es nicht so wichtig wäre.»

Die Frau schien sich anders zu besinnen und öffnete die Tür.

«Kommen Sie herein, Sie können in der Küche warten. Ich war sowieso gerade dabei, mir einen Tee zu kochen. Ich heiße Gladys Mgali.»

Sie folgten Gladys durch den Raum mit dem dunkelgrünen

Teppich. Die Stuhlreihen waren einem Altar zugewandt, rechts davon stand eine Kanzel aus dunklem Holz, links eine elektrische Orgel. An der Wand dahinter hing eine Bildteppich von Noah, der gerade seine Arche mit Tieren belud. Gladys führte sie durch eine kleine Tür in einen trostlosen Raum, der an ein altes Lager mit Betonboden denken ließ und von einem merkwürdigen chemischen Geruch erfüllt war.

«Früher war hier ein Teppichladen. Als er pleiteging, hat die Kirche die Räume übernommen. Das ist jetzt acht Jahre her, aber den Geruch haben wir immer noch nicht wegbekommen», erklärte Gladys, während sie die Tür zur Teeküche öffnete.

Dort stand bereits eine Tasse auf einem zerschrammten Tisch, der mit drei Stühlen gerade so in den winzigen Raum passte. An einer Wand prangte ein Kupferstich von Jesus.

Gladys holte zwei weitere Porzellantassen aus einem Hängeschrank, schenkte ihnen aus einer braunen Keramikkanne ein und bot ihnen die Stühle an.

«Der Pastor ist sicher bald da. Oft kommt er schon etwas früher, aber nicht immer, an Wochentagen hat er nicht besonders viel zu tun. Die meisten Leute wollen sonntags mit ihm sprechen.»

Gladys durchsuchte den Schrank und fand drei Jaffakekse, die sie auf einer Untertasse arrangierte.

«Wie viele Mitglieder hat die Gemeinde?», fragte Nora, um ein bisschen Smalltalk zu betreiben.

«Ach, ein paar hundert. Die Leute kommen und gehen. Einige fühlen sich der Kirche enger verbunden als andere. Familien neigen eher dazu zu bleiben», erklärte Gladys.

Pete nippte an seinem Tee und nahm daraufhin ein paar Würfel Zucker aus einem Schälchen.

«Wie wird die Gemeinde eigentlich finanziert?», fragte er.

Gladys sah ihn überrascht an.

«Wir bekommen öffentliche Mittel, damit wir unsere Jugendarbeiter bezahlen können. Ansonsten müssen wir darauf vertrauen, dass unsere Gemeindemitglieder die gute Arbeit des Herrn unterstützen wollen. Während der Gottesdienste sammeln wir Spenden. Die wirklich Gläubigen haben einen Dauerauftrag eingerichtet. Warum wollen Sie das wissen? Und was wollen Sie überhaupt mit dem Pastor besprechen?»

Nora schickte Pete einen Blick, der ihm zu verstehen geben sollte, dass er seinen journalistischen Instinkt für den Moment unterdrücken musste. Es gab keinen Grund, eine ältere Dame in Aufruhr zu versetzen, zumal sie so freundlich gewesen war, sie außerhalb der Besuchszeiten hereinzulassen.

«Es geht um eine Sache, die schon etwas zurückliegt. Geld spielt aber keine Rolle», erwiderte Nora mit einem beruhigenden Lächeln.

«Ich bezweifle, dass der Pastor Ihnen dabei helfen kann.»

«Wobei helfen, Gladys?», fragte eine tiefe Stimme.

In der Tür stand ein schlanker Mann mit beinahe ebenholzfarbener Haut. Er trug einen schwarzen Pastorenrock mit steifem weißem Kragen und ein wuchtiges Holzkreuz um den Hals.

«Herr Pastor», sagte Gladys und erhob sich ruckartig von ihrem Stuhl. «Wollen Sie eine Tasse Tee?»

«Ja, danke. Ich gehe schon mal ins Büro», sagte er freundlich. Dann schaute er zu Nora und Pete. «Und bei der Gelegenheit nehme ich wohl auch gleich unsere Gäste mit?»

Nora und Pete standen auf und folgten dem Pastor in sein Büro neben der Küche. An einer Wand stand ein bordeauxfarbenes Ledersofa. Sie setzten sich, während der Pastor hinter seinem Schreibtisch Platz nahm, auf dem ein Stapel ungeöffneter Post lag. Er faltete die Hände und sah die beiden über seine Halbbrille hinweg erwartungsvoll an.

«Herzlich willkommen bei uns. Mein Name ist Moses Masinga. Bitte nennen Sie mich Pastor Moses. Was kann ich für Sie tun? Möchten Sie heiraten?»

«Masinga? Wir dachten, der Pastor der Gemeinde heißt Rosica?», fragte Nora überrascht.

Pastor Moses senkte den Blick.

«Nein, Herr Rosica ist leider nicht mehr bei uns. Vor zwei Jahren hatte er einen Schlaganfall. Gott sei seiner Seele gnädig. Er lebt jetzt in einem Pflegeheim, wo er hoffentlich versorgt wird», sagte er mit trauriger Stimme.

«Was ist denn genau passiert?», fragte Nora.

Pastor Moses hielt kurz inne und richtete seinen Blick auf ein goldenes Kreuz an der Wand.

«Rosica stand vor seinem Schlaganfall mehrere Monate unter starkem Druck. Probleme mit den Behörden, eine sehr unerfreuliche Sache. Einige Gemeindemitglieder haben ihm schwere Vorwürfe gemacht.»

«Was für Vorwürfe?», hakte Nora nach.

«Eigentlich versuchen wir, die Vorfälle zu vergessen. Damit sich unsere Gemeinde vollkommen auf Gott und die gute Sache konzentrieren kann. Es gibt so viel Leid in der Welt, um das wir uns kümmern müssen», erklärte der Pastor energisch.

«Dürfte ich die Adresse des Pflegeheimes bekommen?»

Pastor Moses nickte.

«Das können Sie gern. Aber ich bezweifle, dass Ihnen das etwas bringt. Er hat die Gabe zu sprechen verloren.»

Nora versuchte, ihre Frustration herunterzuschlucken. Pastor Moses fuhr fort.

«Sie haben mir noch nicht erzählt, warum Sie hier sind. Ist es denn so wichtig, dass Sie mit Rosica sprechen? Vielleicht kann ich Ihnen ja helfen?»

Nora beschloss, ihm zu vertrauen.

«Ich komme tatsächlich wegen einer Sache, die vor drei Jahren vorgefallen ist. Es geht um den Fall Violetta», erklärte sie.

Pastor Moses zuckte zusammen, als hätte ihm jemand einen physischen Stoß versetzt. Er senkte den Blick und schaute auf seine Hände.

«Warum fragen Sie danach? Wurden die Ermittlungen wieder aufgenommen?»

Mit einem Mal klang er seltsam kleinlaut. Während Nora erklärte, dass sie Journalistin war, starrte er unverwandt auf den Tisch.

«Ich will diese Sache nicht wieder aufwärmen», seufzte Pastor Moses. «Es war nicht besonders ... ehrenhaft ... von Rosica, den Kontakt zu dem Mädchen abzubrechen, ohne sich zu vergewissern, dass sie in guten Händen ist. Aber glauben Sie mir, er hat für seinen Fehler bezahlt. Als wir von ihrem Tod erfuhren, war er vollkommen erschüttert.»

«Ja, die Sache war furchtbar. Aber ich wollte mit Rosica eigentlich über –»

Pastor Moses schien ihren Einwand nicht gehört zu haben.

«Der Fall hätte unsere Gemeinde beinahe zerstört. Viele fühlten sich schuldig, dass sie nichts gesagt oder unternommen hatten. Doch statt in sich selbst nach Antworten zu suchen, haben sie Rosica vorgeworfen, er hätte nicht reagiert. Das hat er nur schwer verkraftet.»

Nora versuchte, das Gespräch von dem Gewissenskampf der kleinen Gemeinde wegzulenken.

«Das war sicherlich eine harte Zeit. Aber ich bin über etwas gestolpert, was Rosica damals ausgesagt hat. Violetta und ihre Tante seien in eine andere Gemeinde übergetreten. Irgendetwas mit Kinder Gottes. Wissen Sie etwas darüber?»

Doch ehe Pastor Moses antworten konnte, klopfte es leise an der Tür. Gladys schob sich behäbig mit einer Tasse Tee herein und stellte sie mit einem Klirren auf den Tisch.

Pastor Moses schüttelte den Kopf.

«Kinder Gottes? Das sagt mir leider nichts.»

«Sie haben nicht einmal von der Gemeinde gehört? Der Hauptsitz befindet sich offensichtlich ganz in der Nähe.»

Gladys keuchte und stolperte beinahe über ihren eigenen Stock, als sie sich zum Gehen wandte. Pete sprang auf und eilte ihr zu Hilfe.

«Ihr zwei sprecht ruhig weiter. Ich helfe Gladys nach draußen auf einen Stuhl, dann kann sie sich ausruhen», sagte er.

Gladys stieß Pete von sich weg.

«Ich brauche keine Hilfe», entgegnete sie angestrengt.

Pete fasste ihr unbeirrt unter den Arm.

«Was würde meine Mutter wohl sagen, wenn ich einer Frau in Not nicht helfen würde?», fragte er und ließ dabei seinen australischen Akzent besonders deutlich hören.

Als Gladys und Pete aus der Tür waren, sah Pastor Moses Nora an. Er rang seine knorrigen Hände, so als würde er sie waschen.

«Ich kann Ihnen leider nicht weiterhelfen. Irgendwo habe ich mal aufgeschnappt, dass es eine Kirche gibt, die sich so nennt. Aber wir arbeiten mit niemandem zusammen.»

«Nein, das verstehe ich. Aber vielleicht können Sie mir wenigstens sagen, wo ich diese Gemeinde finde?»

Pastor Moses wand sich auf seinem Stuhl.

«Ich weiß nichts über diese Glaubensgemeinschaft und ihre absonderlichen Praktiken.»

«Wenn Sie die Gemeinde nicht kennen, woher wissen Sie dann, dass man sich dort absonderlicher Praktiken bedient?»

Er zögerte.

«Ich habe ... Gerüchte gehört. Aber nicht genug, um jemanden anzuprangern. Mit rechten Dingen geht es da drüben aber nicht zu.»

«Wo drüben?»

Anstatt zu antworten, sah Pastor Moses beinahe verzweifelt aus dem Fenster, als würde er hoffen, dass dieses unangenehme Gespräch durch irgendetwas unterbrochen würde.

Wie bestellt kam Pete zurück. Er wandte sich direkt an den Pastor.

«Ich glaube, Gladys geht es nicht so gut. Ich habe ihr ein Glas Wasser gegeben, aber vielleicht sollte sie jemand nach Hause bringen?»

Der Pastor wirkte beinahe erleichtert.

«Ich kümmere mich darum, dass ihr jemand sofort hilft.»

Ruckartig stand er von seinem Schreibtischstuhl auf und scheuchte Pete und Nora regelrecht durch den großen Gemeindesaal bis nach draußen vor die Tür.

«Vielen Dank für Ihren Besuch. Und verzeihen Sie bitte, dass ich keine große Hilfe war. Sie sind jederzeit herzlich zu einem Sonntagsgottesdienst willkommen. Neue Seelen auf dem rechten Weg des Herrn empfangen wir immer mit offenen Armen», sagte er mit einem aufgesetzten Lächeln.

Ehe Nora widersprechen konnte, hörten sie das Rasseln des Perlenvorhangs, hinter dem die Tür zugeschlagen und der Schlüssel umgedreht wurde. So viel zur offenen Besuchszeit.

Verärgert wandte sie sich Pete zu.

«Ganz ehrlich, Pete, ich hatte ihn fast so weit, dass er mit ein paar Infos rausrückt. Er weiß mehr über die Kinder Gottes, als er zugibt.»

Pete grinste auf eine Art und Weise, die Nora nur noch mehr ärgerte.

«Es war aber gar nicht nötig, noch länger zu bleiben», sagte er.

«Aha. Und warum nicht?»

«Gladys hat einen Bruder, das schwarze Schaf der Familie, der bei den Kindern Gottes arbeitet. Trevor. Und sie hat mir die Adresse gegeben.»

«Wie hast du das hingekriegt?»

«So wie immer. Aufmerksamkeit und Schmeichelei.» Er grinste.

Nora verdrehte die Augen.

«Willst du jetzt die Adresse haben, oder nicht?»

«Her damit!»

Kapitel 34

Etwa zehn Minuten liefen sie durch eine Reihe von schmalen Seitenstraßen, bis sie schließlich vor einem verfallenen, weißen zweistöckigen Haus standen, das etwas abseits lag. Ein schwarzer Eisenzaun schirmte die Sicht auf das Gebäude ab, und ein Tor hielt unwillkommene Gäste fern. Im ersten Stock brannte Licht, aber Nora konnte hinter den Fenstern keine Menschen erkennen.

«Und jetzt? Sollen wir einfach klingeln, oder was?», fragte Pete.

Nora überlegte.

«Ich weiß nicht, ob das so schlau wäre. Lass uns warten und beobachten, wer hier aus und ein geht.»

Pete nickte.

«Glaubst du, Maria ist dort drinnen?»

«Schon möglich.»

Auf der gegenüberliegenden Straßenseite lag eine Bushaltestelle, die Nora und Pete ansteuerten, um keinen Verdacht zu erwecken. Es war kurz vor Einbruch der Dunkelheit, und die Straßenlaternen zeichneten kleine gelbe Muster auf die Bürgersteige.

Pete bibberte in der Winterkälte.

«Wäre es nicht besser, die Polizei anzurufen?»

«Und was sollen wir denen sagen? Wir haben ja keine Ahnung, was da drinnen vor sich geht. Ich glaube nicht, dass sie eine Streife herschicken, nur weil wir jemanden kennen, der jemanden kennt, der Trevor heißt und hier arbeitet. Wir müssen schon konkrete Hinweise haben.»

Sie warteten noch einen Augenblick. Schließlich sagte Nora: «Wollen wir nicht ein bisschen dichter ans Haus gehen?»

«Das ist keine gute Idee, Nora. Ich glaube, diese Leute schrecken vor nichts zurück. Wenn du dich denen in den Weg stellst, ergeht es dir am Ende noch wie Abioni.»

«Wir können doch erst einmal nur in den Garten. Da ist bestimmt niemand, der uns entdeckt. Bist du denn gar nicht neugierig?»

«Doch, aber mein Herz will ich mir deshalb nicht rausschneiden lassen, das brauche ich nämlich noch», sagte Pete trocken.

Nora seufzte. Sie wusste, dass sie ihn nicht würde überzeugen können.

«Okay, was hältst du davon, wenn ich hier noch ein bisschen bleibe, und du holst schon einmal das Auto. Wäre das okay?»

Pete nickte.

«Deal.»

Während Pete sich auf den Weg zum Parkplatz machte, beobachtete Nora weiter das Haus. Sie überlegte, ob sie nicht doch bei Millhouse anrufen sollte. Aber sie wusste, wie er reagieren würde: mit Ermahnungen, sie habe in Peckham nichts zu suchen.

Sobald Pete aus dem Blickfeld verschwunden war, überquerte Nora die Straße. Sie stellte fest, dass diskret an einer Seite des Eisentores eine Überwachungskamera angebracht worden war. Jeder, der auf diesem Weg ins Gebäude gelangte, wurde entweder gefilmt oder auf einem Bildschirm im Haus übertragen. Nora beschloss, auf die Rückseite des Grundstückes zu gehen. Vielleicht konnte sie von dort auch etwas sehen, eventuell sogar Kontakt mit Maria aufnehmen. Vorausgesetzt, Maria hielt sich tatsächlich dort drinnen auf.

Nora bog in eine Seitenstraße ein, die um das Grundstück herumführte. Der Eisenzaun umgab den gesamten Garten, die schwarzen Pfeilspitzen ragten bedrohlich in den Himmel. Über den Zaun zu steigen, ohne sich dabei aufzuspießen, würde schwierig werden. Aber vielleicht war es nicht unmöglich, dachte Nora. Sie musste nur etwas finden, worauf sie klettern konnte.

An einer Ecke des Gartens entdeckte sie einen alten Apfelbaum, der genau die richtige Höhe hatte. Sie sah sich um, versicherte sich, dass sie allein war, und kletterte auf den Baum. Der äußerste Ast sah gefährlich aus, aber er war lang und dick genug, sodass sie sich über das Eisengitter schwingen konnte. Mit einem gedämpften Aufprall landete sie auf dem ungepflegten Rasen und sah zu dem Haus hoch, das düster und stumm in der Winterdunkelheit stand. Zwei nackte, schwarze Bäume reckten ihre Äste in den dunklen, lilafarbenen Abendhimmel wie zwei knochige Hände.

Nora zählte drei Fenster pro Etage. Alles lag im Dunkeln, nur aus einem der Kellerfenster schien ein schwacher Lichtstrahl zu dringen. Vielleicht war es mit einer Gardine verhangen oder einer Holzplatte zugenagelt, aus der Entfernung ließ sich das schwer erkennen.

Vorsichtig schlich sie durch den Garten. Ihr Herz klopfte so laut, dass sie Angst hatte, man könnte es bis auf die Straße hören. Als im Nachbarhaus das Licht angeschaltet wurde, fuhr Nora vor Schreck zusammen. Dann hörte sie, wie eine Terrassentür aufgeschoben wurde und eine schmeichelnde Männerstimme durch die Dunkelheit klang.

«Rosie! Rosie, bist du das?»

Nora blieb wie angewurzelt stehen und hoffte, dass der Mann nicht herüberschauen und sie entdecken würde. Doch im nächsten Moment schallte eine Stimme aus dem Inneren des Hauses: «Mach doch jetzt bitte die Tür zu, Phil. Es zieht. Du weißt doch, diese verdammte Katze kommt erst, wenn es ihr passt.»

Mit einem Knall flog die Tür zu, und es war wieder still. Nora näherte sich dem Haus.

Der Garten erinnerte sie an die verwunschenen Wälder, die manchmal in ihren Albträumen vorgekommen waren, wenn sie als Kind vor dem Einschlafen Abenteuergeschichten gelesen hatte. Dunkle Bäume mit Fangarmen, die nur darauf warteten, sie in die Finger zu bekommen und unter die Erde zu ziehen. Eulen auf Jagd, bereit, böse Wesen und Ungeheuer zusammenzurufen. Kröten und Hexen mit langen, scharfen Nägeln. Sie schüttelte den Gedanken ab und schlich sich näher an das Haus heran. Abgesehen von dem gedämpften Straßenlärm war weit und breit nichts zu hören.

Sie sah auf die Uhr. Pete würde in ungefähr einer Viertelstunde zurück sein. Ihr blieb also genug Zeit, um sich kurz umzusehen und einen Eindruck zu gewinnen, ob Maria tatsächlich hier sein könnte.

Plötzlich nahm sie einen fürchterlichen Gestank wahr. Er ging von einem dunklen Haufen aus, der in einer von Steinen umgebenen Vertiefung aufgeschüttet worden war.

Verfaultes Fleisch, der Gestank war überwältigend. Nora spürte, wie ihr die Magensäure im Hals hochstieg, und kämpfte gegen den Brechreiz an. Erst als sie sich den Rollkragen ihres Pullovers über die Nase gezogen hatte, wagte sie sich ein paar Schritte näher heran.

Für einen kurzen Moment schaltete sie die Taschenlampe an ihrem Handy ein, bereute es jedoch sofort. Der Lichtkegel traf die starren Augen eines Fuchses, der aussah, als wäre er an der Krätze gestorben. Große Pelzbüschel waren verschwunden, die nackte Haut war gräulich, und an einigen Stellen hatte die Verwesung bereits eingesetzt. Der Fuchs lag ganz oben auf einem Haufen weiterer Tierleichen. Nora meinte, den Hals eines Schwans, vielleicht auch einer Gans zu sehen, das Hinterteil eines Hundes und vielleicht sogar eine Katze, was erklären könnte, warum die Nachbarn auf Rosie warteten.

Der Anblick in Kombination mit dem Gestank war zu viel für Nora. Sie wankte rückwärts und schaffte es gerade noch, den Rollkragen vom Kinn zu ziehen, bevor sie sich erbrach.

Als sie wieder aufsah, bemerkte sie aus den Augenwinkeln einen Schatten. Etwas bewegte sich. Doch schon im nächsten Moment war der Schatten wieder verschwunden. Sie versteckte sich hinter dem mageren Stamm einer Eiche und versuchte, zu den Büschen zu gelangen. Wahrscheinlich sollte sie sofort das Weite suchen. Dieser ganze Ort war widerwärtig.

Allmählich gewann sie die Kontrolle über ihren Körper zurück. Der kalte Schweiß trocknete und die Übelkeit wurde erträglicher. Der matte Lichtstreifen aus dem Kellerfenster war immer noch zu sehen. Wider jede Vernunft wurde Nora wie magisch davon angezogen. Sie wollte nur einen schnellen Blick hineinwerfen, dann konnte sie immer noch weglaufen.

Sie scannte den Garten. Keine Spur von dem Schatten, keine Bewegungen. Vielleicht war es doch nur ein Vogel gewesen. Oder eine Katze.

Nora fischte ihr Handy aus der Hosentasche und schirmte es ab, damit der blaue Schein des Displays ihre Anwesenheit nicht verriet.

Wo bist du?, schrieb sie an Pete.

Bin in zehn Minuten da. Du hast hoffentlich keinen Blödsinn angestellt?

Nein, log sie.

Wo steckst du?

Im Garten.

Komm zurück zur Straße. Jetzt.

Sie wusste, dass Pete recht hatte. Aber sie musste einfach herausfinden, ob Maria hier war. Wenn sie einen Blick auf sie erhaschte, könnte sie Millhouse oder Spencer informieren.

Als Nora vor dem Kellerfenster stand, erkannte sie, dass es von außen mit Holzfaserplatten zugenagelt worden war, man konnte weder hinein- noch hinaussehen. Der kleine gelbe Schimmer kam aus einer Ecke, an der eine Holzfaser abgesplittert war.

Nora ging in die Hocke und versuchte, etwas durch das kleine Dreieck zu erkennen. Der Winkel war alles andere als günstig, aber sie konnte eine Matratze auf einem Betonfußboden ausmachen. Nora bewegte sich ein Stück dichter an die Scheibe heran und versuchte, einen besseren Überblick über den Raum zu bekommen. Am äußeren Rand ihres Sichtfeldes konnte sie zwei Beine sehen. Kinderbeine. Sie hielten ganz still, als würde das Kind schlafen. Oder Schlimmeres. Als sie noch dichter an das Fenster heranrutschte, entdeckte sie eine weitere kleine Gestalt, die sich wie ein Bündel unter einer Decke auf dem Betonboden zusammenkauerte.

Plötzlich starrte sie direkt in ein Paar braune Augen. Jemand stieß einen herzzerreißenden Schrei aus.

Mit einem Satz fuhr Nora hoch und rannte zum anderen Ende des Gartens. Ihre Finger waren eiskalt und gehorchten ihr nicht, als sie versuchte, den Apfelbaum wieder hinaufzuklettern. Erst nach mehreren Versuchen bekam sie genug Halt, um sich am Stamm hochzuziehen. Sie balancierte auf dem Ast, der unter ihrem Gewicht schwankte, streckte sich vorsichtig zu dem Gitter mit den scharfen Zaunspitzen, bekam es aber nicht zu fassen. Die Entfernung war zu groß. Sie hörte, wie die Fenster geöffnet wurden, und als sie einen Blick über die Schulter warf, sah sie den Lichtkegel einer Taschenlampe aufleuchten. Vor lauter Panik schoss ihr das Adrenalin durch den Körper und verlieh ihr zusätzliche Kräfte, mit denen sie einen weiteren Ast nach oben kletterte, der jedoch dünner war. Verzweifelt manövrierte sie sich bis an dessen Ende und nahm Anlauf, um sich über das Gitter zu schwingen.

Doch auf halbem Wege blieb ihre Jacke an einer der Zaunspitzen hängen. Sie hörte, wie der Stoff entzweiriss. Der Lichtkegel stoppte für einen kurzen Augenblick, dann schweifte er über die Ecke des Gartens, in der sie mit angehaltener Luft am Zaun festhing.

Jetzt drang ein Geräusch aus dem Haus, woraufhin der Lichtkegel zur anderen Seite des Gartens schwenkte. Nora nahm alle Kraft zusammen und riss sich los. Im selben Augenblick brach der Ast, an dem sie sich festgehalten hatte, mit einem lauten Knall wie von einem Pistolenschuss.

«Wer ist da?», rief eine Stimme, als Noras Füße den Bürgersteig berührten. Sie erkannte die Stimme sofort. Es war der Mann mit der Machete.

Kapitel 35

Im Schock rannte Nora bis auf die andere Straßenseite. Sie schaffte es gerade noch, sich in einem Vorgarten zu verstecken, bevor ihr Verfolger auf die Straße hinauspreschte.

Sie duckte sich hinter einer Hecke und beobachtete durch die Zweige, wie er im Widerschein der Straßenlaterne stand und sich in alle Richtungen umsah. Es war so still, dass Nora die raschen Atemzüge des Mannes hören konnte.

«Wer ist da?», brüllte er und ließ das Licht seiner Taschenlampe die Straße auf- und abwandern.

Nora duckte sich noch tiefer und zog ihr Handy aus der Tasche. Der Mann kam direkt auf sie zu. Es war nur eine Frage von Sekunden, bis er sie entdecken würde.

Plötzlich wurde die Stille von der Alarmanalage eines Autos unterbrochen, die gnadenlos durch das Viertel heulte. Kurz darauf ertönte der Alarm eines zweiten Autos, und es entstand eine höllische Dissonanz.

Der Mann ging weiter, und in dem Moment, in dem er ihr den Rücken zukehrte, schlich Nora sich in Richtung Hauptstraße, in der Hoffnung, dass dort mehr Menschen unterwegs waren.

Da vibrierte ihr Telefon in der Tasche. Pete.

Bin hier.

Gott sei Dank. Nora wagte einen raschen Blick die Straße hinunter. Der Machetenmann hatte ihr immer noch den Rücken zugekehrt. Schnell rannte sie auf Petes Fotomobil zu.

Pete saß bei laufendem Motor hinterm Steuer, doch gerade als Nora die Beifahrertür öffnen wollte, wurde sie am Arm gepackt. Der Machetenmann hatte sie eingeholt und versuchte, sie in den Würgegriff zu nehmen, doch dieses Mal war sie vorbereitet. Sie rammte ihm den Ellenbogen in die Seite, und als er seinen Griff für den Bruchteil einer Sekunde lockerte, drehte sie sich um die eigenen Achse, schubste ihn von sich weg und verpasste ihm einen Frontkick, mit dem sogar Enzo zufrieden gewesen wäre. Schon als ihr Stiefel seine Bauchgegend traf, wusste sie, dass das ein sauberer Tritt gewesen war. Die Taschenlampe flog durch die Luft und fiel im gleichen Moment, in dem ihr Angreifer auf dem Bürgersteig zusammensackte, mit einem Scheppern auf den Boden.

Ohne zu zögern sprang Nora in den Wagen, und Pete fuhr los, noch bevor sie die Tür geschlossen hatte.

«Was hast du dir dabei gedacht, verdammt?»

Pete krampfte die Hände so fest um das Lenkrad, dass seine Knöchel weiß anliefen.

Als sie die Straße hinter sich gelassen hatten, fuhr er links an den Straßenrand und sah Nora wutentbrannt an.

«Was zur Hölle hast du dir dabei gedacht, in diesen Garten zu gehen?»

«Ich musste nachsehen, ob Maria dort ist.»

«Der Kerl hätte dich vielleicht umgebracht, wenn ich ihn nicht mit den Alarmanlagen abgelenkt hätte!»

«Hat er aber nicht», flüsterte Nora und fasste Pete an den Arm. «Danke.»

Pete schnaubte, aber Nora tat so, als hätte sie es nicht gehört. Sie holte ihr Handy hervor und rief Spencer an. Natürlich nahm er nicht ab. Also probierte sie es bei Millhouse.

Sie gab ihm die Adresse der Kinder Gottes und erklärte, dass mehrere Kinder im Keller gefangen gehalten wurden.

«Der Mann mit der Machete ist auch dort. Beeilt euch!»

«Ich ruf zurück, sobald ich im Auto sitze», sagte Millhouse knapp.

Nora wandte sich zu Pete um.

«Halt mich für verrückt, aber wir müssen zurückfahren.»

«Ist das dein Ernst?»

Nora nickte.

Pete wendete das Fotomobil und fuhr in langsamem Tempo zurück. Er parkte etwas abseits, trotzdem hatten sie vollen Blick auf das weiße Haus.

«Was hast du vor?»

«Wir warten hier», erklärte Nora und reckte den Hals aus dem Fenster.

Sie schaute die Straße hinunter. Der Machetenmann war nirgends zu sehen.

Kurz darauf ging im Erdgeschoss des weißen Hauses das Licht an, und Nora sah einen Schatten hinter den Fenstern.

Wenig später wurde auch im Eingangsbereich das Licht angeschaltet. Dann ging die Tür auf.

Kapitel 36

Nora öffnete die Autotür so leise wie möglich.

«Nora, verdammt, kannst du bitte im Wagen bleiben?», flehte Pete sie an.

«Dann fahr dichter ran. Wir dürfen nicht riskieren, dass der Kerl davonkommt.»

Pete ließ das Fotomobil vorsichtig einige Meter näher an das Haus heranrollen und parkte hinter dem Lieferwagen einer Fensterputzfirma. Von hier aus hatten sie die Einfahrt weitgehend im Blick. Der Eisenzaun gab ihnen das Gefühl, in einem Gefängnis zu sitzen.

Pete holte seine Kamera hervor und schraubte ein Teleobjektiv auf, um die Geschehnisse besser zu erkennen. Er reichte Nora die Kamera.

Zwischen den Gitterstäben konnte Nora erkennen, wie jemand zu dem Carport auf der linken Seite des Hauses ging und in einen schwarzen Minibus mit getönten Scheiben stieg. Kurz darauf wurde der Motor gestartet, und der Fahrer manövrierte den Wagen vor die Eingangstür.

Nora versuchte, näher heranzuzoomen, doch das Bild wurde

sofort zu verpixelt und unscharf. Allerdings konnte sie die Absätze von Damenstiefeln sowie den Saum eines Pelzmantels einfangen. Sie versuchte, auch das Gesicht mit dem Teleobjektiv abzulichten, aber sie bekam ihr Ziel nicht richtig vor die Linse und musste von der Kamera aufsehen.

Die Gestalt stand mit dem Rücken zum Minibus und sprach mit jemandem, der sich noch im Haus aufhielt. Dann verschwand sie im Schatten des Busses, und Nora konnte nichts mehr erkennen. Sie reckte sich und sah, dass der Bus leicht wackelte – es musste jemand eingestiegen sein. Die Tür wurde zugeschoben. In dem Moment drehte die Gestalt sich aus dem Schatten zu ihnen um und schaute direkt zum Fotomobil herüber, als hätte sie Noras Blick gespürt.

Nora duckte sich und zeigte zur Nebenstraße.

«Pete, fahr da rüber und wende, bevor sie uns sehen. Eine Frau hat das Haus verlassen, wir folgen ihr, wenn sie losfährt.»

«Gut. Ich hoffe nur, dass das keine lange Fahrt wird, der Tank ist nur halbvoll. Ach, und wenn du ein bisschen Zeit hast, würde ich zu gern erfahren, warum wir nicht der Polizei diesen spannenden Job überlassen.»

Wie auf Bestellung rief die Polizei in Gestalt von Millhouse an.

«Wir sind mit zwei Wagen zu euch unterwegs. Erklär mir bitte genau, was dort passiert. Gibt es Verletzte? Sollen wir einen Krankenwagen anfordern?»

«Wann könnt ihr hier sein? Sieht ganz so aus, als ob gerade jemand das Haus verlässt. Ein Minibus steht abfahrbereit in der Einfahrt.»

Millhouse stöhnte.

«Erzähl mir, was du siehst. Kannst du mir das Kennzeichen durchgeben?»

Nora erklärte ihm, dass sie es in der Dunkelheit nicht gut erkennen konnte.

«Und der Mann mit der Machete, wo ist er jetzt?»

Nora berichtete von ihrer Begegnung vor wenigen Minuten.

«Wir sind auf dem Weg und so schnell wie möglich da. Aber du musst jetzt von dort verschwinden. Bring dich in Sicherheit, hast du mich verstanden?», schnaubte Millhouse.

«Aber dann werden sie entkommen», rief Nora verzweifelt. «Ihr müsst irgendetwas unternehmen!»

Pete hatte den Wagen gewendet, und sie hielten ohne Scheinwerferlicht ungefähr hundert Meter von der Einfahrt des weißen Hauses entfernt.

«Von hier aus kann ich höchstens einen Streifenwagen aus der Gegend anfordern, aber das kann auch zehn Minuten dauern.»

«Sag ihnen, sie sollen sich beeilen!»

«Ja. Aber, Nora – verschwinde jetzt von dort», befahl Millhouse.

«Okay. Wir fahren los», versprach sie.

Wie bei einer selbsterfüllenden Prophezeiung leuchteten im selben Moment die Rücklichter des Minibusses rot auf. Jemand hatte den Wagen gestartet. Nora knuffte Pete in die Seite.

«Nora, wir sollen doch aber ...»

«Jetzt komm schon. Wir folgen ihnen einfach in diskretem Abstand. Was kann schon passieren?»

Pete verdrehte die Augen.

«Alles. Wenn man's genau nimmt», knurrte er und fuhr los.

Der schwarze Minibus fädelte sich in den Londoner Abendverkehr ein, und Pete folgte ihm in gehörigem Abstand.

Nora versuchte, das Nummernschild zu entziffern, aber es war vollkommen mit Dreck beschmiert, vielleicht mit Absicht. Nur die Ziffer 3 konnte man erkennen.

Nach einer Weile bog der Minibus auf die Autobahn M20 in Richtung Osten. Pete folgte ihm.

Nora rief wieder bei Millhouse an.

«Gibt's Neuigkeiten?»

«Ein Beamter wurde von einem bewaffneten Mann im Garten angegriffen», antwortete Millhouse außer Atem.

«Was ist mit den Kindern?»

«Verstärkung ist unterwegs. Wir warten, bis wir uns sicher sein können, dass sich keine weiteren bewaffneten Personen im Haus aufhalten. Wo bist du jetzt, Nora?»

Sie atmete tief ein.

«Wir verlassen gerade die Stadt. Wir sind dem Minibus gefolgt. Das ist im Moment die einzige Möglichkeit, herauszufinden, wo sie hinwollen», erklärte sie.

Millhouse stöhnte.

«Haltet wenigstens genug Sicherheitsabstand. Wenn ihr wisst, wo sie hinfahren, ruft ihr mich sofort an, ist das klar?»

Nora brummte ihre Zustimmung und legte auf.

Sie fuhren weiter durch die Dunkelheit, und Pete versuchte aufzuholen, sodass Nora ein Foto von dem Nummernschild machen und an Millhouse senden konnte.

Pete sah auf die vorbeisausenden Schilder.

«Glaubst du, wir fahren Richtung Dover? Vielleicht wollen sie eine Fähre nach Frankreich nehmen?»

«Möglich. Wenn sie erst einmal auf dem Festland sind, wird es unmöglich, sie wiederzufinden.»

Nora zoomte mit ihrer Handykamera das Nummernschild heran. Sie versuchte, sich auf der Kante am Fenster abzustützen, damit das Bild so wenig wie möglich verwackelte. Doch da bog der Minibus plötzlich zu einer Tankstelle ab.

Pete schaffte es mit knapper Not, dem Wagen zu folgen.

«Perfekt! Die alte Dame hier braucht ohnehin neuen Saft. Und ein tankender Wagen wirkt ja nicht verdächtig!»

Nora nickte und folgte dem schwarzen Minibus mit dem Blick. Die Frau mit dem Pelzmantel stieg vor dem Tankstellencafé aus, während der Bus zu den Zapfsäulen weiterfuhr.

«Ich springe schnell raus und mache ein Foto vom Nummernschild», sagte Nora.

Pete hielt direkt hinter dem Bus.

Der Fahrer stieg aus und verschloss sorgfältig die Tür, bevor er sich an der Zapfsäule zu schaffen machte. Nora knipste rasch ein Foto vom Kennzeichen und schickte es sofort an Millhouse.

Dann schlich sie sich in den dunklen Schatten der Tankstelle bis hin zu dem Café und trat ein. Die Frau lief mit raschen Schritten zur Damentoilette. Als sie aneinander vorbeigingen, nahm sie ihre Kapuze ab, und Nora konnte zum ersten Mal ihr Gesicht erkennen.

Es war Vigga.

Kapitel 37

Nora stieg wieder ins Auto und rief sofort bei Millhouse an.

«Vigga ist hier», teilte sie ihm aufgeregt mit.

«Du musst mir schon erklären, wer das ist.»

«Nicholas' Großmutter!»

«Aber was hat die mit der Sache zu tun?»

«Keine Ahnung, jedenfalls ist sie aus dem Haus gekommen. Was ist mit den Kindern im Keller? Seid ihr jetzt drin?»

«Wir sind drin, ja, aber hier scheint niemand mehr zu sein. Dafür haben wir genug Spuren gefunden, um damit eine ganze Truppe Kriminaltechniker eine Woche lang auf Trab zu halten. Hier sind überall Blutflecken und ein Raum, der nach einer primitiven Klinik aussieht, mit Operationstisch, Instrumenten und Betäubungsmitteln.»

«Was ist mit dem Mann? Habt ihr ihn festgenommen?»

«Ja, er ist jetzt im Krankenhaus. Die Beamten mussten einen Warnschuss abfeuern, der ihn in die Schulter getroffen hat.»

«Alles klar. Hör mal, wir sind ziemlich sicher, dass Vigga etwas mit der Sache zu tun hat. Und ich glaube, die Kinder sind im Bus.»

«Kannst du sie sehen?»

«Nein, die Scheiben sind getönt. Aber wo sollten sie sonst sein?»

In dem Moment kam Vigga zurück zum Minibus, und Nora rutschte instinktiv tiefer in ihren Sitz und brach die Verbindung zu Millhouse ab.

Pete sah sie an.

«Dir ist schon klar, dass du dich gerade ziemlich verdächtig verhältst? Wenn du nicht ihre Aufmerksamkeit auf dich ziehen willst, solltest du dich vielleicht wie ein normaler Mensch aufführen.»

Aber Vigga würdigte sie ohnehin keines Blickes. Mit festen Schritten ging sie auf den Minibus zu und stieg ein.

«Lass uns zuerst losfahren, dann können sie uns überholen. Das wirkt nicht ganz so verdächtig», schlug Nora vor.

Pete steuerte zurück auf die Autobahn und hielt sich auf der äußersten Spur. Ein paar Minuten später wurden sie von dem Minibus überholt, der mit gleichmäßigem Tempo Richtung Dover fuhr.

Doch dann nahm der Minibus die erste Ausfahrt hinter Maidstone. Pete folgte ihm mit sicherem Abstand, und Nora versuchte, Millhouse zu erreichen und ihm mitzuteilen, dass der Bus vor Dover abgebogen war. Die Leitung war besetzt. Sie kamen in ein Waldgebiet, und nach einigen Kilometern hielt der Bus am Straßenrand. Pete verlangsamte das Tempo, und Nora konnte gerade noch sehen, wie die Scheinwerfer eine Mauer anstrahlten. Dann hatten sie den Minibus auch schon passiert.

«Wir können hier nicht anhalten», sagte Pete. «Das wäre viel zu auffällig.»

«Nein. Aber wir müssen umkehren und so nah wie möglich heranfahren.»

Pete wendete das Fotomobil an einem kleinen Rastplatz. Er drosselte das Tempo und schlich langsam vorwärts, um nicht entdeckt zu werden. Sie kamen erneut an der Mauer vorbei, die zu dem Grundstück einer größeren Villa zu gehören schien. Inzwischen war wieder alles dunkel und unauffällig.

Pete bog in einen kleinen Weg ein, der von der anderen Straßenseite abführte, und hielt an. Es war vollkommen still. Zumindest bis Nora die Beifahrertür öffnete und so leise wie möglich ausstieg.

«Ich finde, wir sollten auf die Polizei warten», sagte Pete.

«Hast du's nicht mitbekommen? Die sind immer noch in Peckham beschäftigt. Die kommen nicht. Es sei denn, wir geben ihnen einen Grund.»

«Was hast du vor?»

«Ich werde mich dort hineinschleichen und herausfinden, ob die Kinder in dem Bus sitzen. Wenn sie wirklich hier sind, kommt auch die Polizei.»

Der Lieferwagen einer Supermarktkette rauschte auf der Landstraße vorbei, dann wurde es wieder still.

«Ich komme mit», erklärte Pete.

«Nein, bleib du hier und halte das Auto bereit, falls wir schnell wegmüssen.»

Pete seufzte.

«Du hast doch keine Ahnung, was hinter der Mauer vor sich geht.»

Aber Nora war schon unterwegs.

«Ich will nur kurz nachsehen», flüsterte sie laut genug, dass Pete es noch hören konnte.

Die Mauer war zu hoch, um zu sehen, was sich dahinter verbarg, oder darüberzuklettern.

Als Nora näher an die Mauer herantrat, fiel ihr Blick auf ein verfärbtes Messingschild über der Eingangspforte, dem zufolge es sich bei dem Gebäude um die Mädchenschule Breswick handelte. Die Pforte war morsch und brach beinahe auseinander. Hinter der Mauer ragten Bäume hervor, die offensichtlich jahrelang ohne die Aufsicht eines Gärtners hatten wachsen dürfen. Die Pforte war nicht verschlossen, und Nora schob sie auf, ohne auf Widerstand zu stoßen. Die rostigen Angeln gaben ein jammerndes Quietschen von sich. Nora verharrte einen Augenblick lang, um zu sehen, ob jemand auf das Geräusch reagierte. Aber alles blieb still. Das Einzige, was sie hörte, was der Wind, der an den Ästen und Zweigen der Bäume rüttelte.

Sie folgte der langen Auffahrt bis zu einem dreistöckigen Backsteingebäude mit Erkern und Turmspitzen, das sie an die Eliteschule Eton denken ließ. Eine breite Treppe führte zur Eingangstür, davor parkte der Minibus.

Nora schlich sich vorsichtig zwischen den Bäumen hindurch. Hinter dem Haus lag ein Stück offene Landschaft, die Rasenfläche, die wohl einmal ein Sportplatz gewesen war, sah vernachlässigt aus. Es war kaum möglich, näher an das Auto heranzukommen, ohne dass Nora vom Haus aus sichtbar wäre.

Als sie bemerkte, dass drinnen Licht angeschaltet wurde, beschloss Nora, auf Risiko zu gehen. So leise wie nur möglich bewegte sie sich auf den Minibus zu. Er schien leer zu sein, die Motorhaube war immer noch warm. Vorsichtig drückte sie die Klinke der Autotür herunter, und zu ihrer Überraschung ließ die Tür sich öffnen.

Im fahlen Licht der Innenraumbeleuchtung sah sie in dieselben braunen Augen, die sie aus dem Kellerfenster in Peckham angestarrt hatten.

Kapitel 38

Die Augen waren vor Schreck weit aufgerissen, und die Panik darin war noch größer als vorhin im Keller. Die Frau war geknebelt und mit Handschellen am Sitz gefesselt.

Nora schaute sich um, kroch in den Bus hinein und legte sich den Zeigefinger auf die Lippen, um der Frau zu signalisieren, dass sie unbedingt leise sein musste. Behutsam knotete Nora das Tuch um den Mund der Frau auf. Die schnappte zunächst hektisch nach Luft, dann begann sie leise zu wimmern.

«Sie haben Joseph. Helfen Sie mir!»

Nora sah sie eindringlich an.

«Was ist passiert?»

«Sie müssen ihn finden.»

«Maria?»

Die Frau nickte.

«Hören Sie zu, Maria. Ich kriege die Handschellen nicht auf, aber ich verspreche Ihnen, dass so schnell wie möglich Hilfe kommt.»

Tränen liefen Marias Wangen herunter.

«Wir haben keine Zeit. Sie müssen ihn jetzt finden. Sonst wird

Joseph geopfert. Sie haben ihm bereits die magischen Medizin gegeben!», stammelte sie unter Tränen.

«Wo sind wir hier? Sind Sie schon einmal hier gewesen?»

Maria schüttelte den Kopf.

«Die haben schon öfter von diesem Ort gesprochen, aber ich bin zum ersten Mal hier.»

«Und was passiert an diesem Ort?»

«Rituale. Zeremonien. Reiche Menschen bezahlen, und unser Anführer garantiert ihnen unvorstellbaren Reichtum oder ewige Jugend. Wenn der Preis stimmt, gibt es nichts, was er nicht tun würde.»

«Warten Sie einen Moment, ich versuche, Hilfe zu holen», flüsterte Nora und kroch wieder aus dem Bus.

Sie wagte nicht, die Tür zuzuschlagen, und hoffte inständig, dass die Leute im Haus so sehr mit dem, was auch immer sie dort drinnen taten, beschäftigt waren, dass sie Maria nicht sofort holen würden. Rasch versteckte sie sich hinter einer Ecke des Hauses und rief Millhouse an.

«Die Sache ist ernst. Maria ist hier. Beeilt euch, wir sind an der Bres...»

Plötzlich wurde alles schwarz.

Als sie wieder zu Bewusstsein kam, lag sie auf dem Fußboden einer alten Küche, gleich neben Maria, die an eine rostige Heizung gefesselt worden war.

Nora wollte sich bewegen, aber als sie versuchte, sich aufzusetzen, zuckte ihr ein so heftiger Schmerz durch den Körper, dass ihr schwindelig wurde.

Sie war ebenfalls gefesselt, an ein altes Wasserrohr. Mit der freien Hand fuhr sie sich über den Hinterkopf, wo sich eine gigantische Beule gebildet hatte. Der Geschmack von Blut und Übelkeit stieg erneut in ihr auf, als sie die Zähne zusammenbiss und sich endlich aufsetzte.

In der Küche war es dunkel, nur durch die angelehnte Tür fiel ein Lichtstreifen. Marias Augen leuchteten im Halbdunkel, und Nora erkannte darin eine wilde Angst, wie bei einem Tier, das in der Falle saß.

«Bleiben Sie ruhig, Maria. Wir kommen hier lebend raus. Joseph auch. Ich habe die Polizei informiert», sagte sie, obwohl sie nicht sicher war, ob Millhouse ihre Nachricht verstanden hatte. Sie hoffte darauf, dass Pete Hilfe holen würde.

«Maria, wie viele Kinder waren in dem Bus?»

«Zwei. Joseph und Nicholas. Joseph ist von einem Dämon besessen, behaupten sie. Das haben sie auch über Elias gesagt, bevor er verschwunden ist. Sie werden Joseph heute Abend opfern. Die Geister verlangen nach seinem Opfer. Wir können sie nicht mehr aufhalten», wimmerte sie.

Mit letzter Kraft kam Nora auf die Beine und stützte sich an der Wand ab. Die Handschelle schabte an dem Rohr entlang. Probeweise zog sie daran, und es verbog sich um mehrere Millimeter. Nora zog noch etwas kräftiger, während Übelkeit und Schwindel zunahmen.

Sie zwang sich dazu, regelmäßig zu atmen und sich zu konzentrieren. Dann untersuchte sie das rostige Rohr nach Schwachstellen. Unten, direkt über dem Fußboden, war es beinahe entzweigebogen.

Nora schloss die Augen, sammelte alle Kräfte, nahm Anlauf und trat mit der Schuhspitze an den Punkt, an dem das Rohr aus dem Boden ragte. Durch ihren großen Zeh zuckte ein stechender Schmerz. Vor lauter Übelkeit und dem unangenehmen Pochen im

Hinterkopf krümmte sie sich zusammen. Trotzdem überwand sie sich zu einem weiteren Tritt, und das Rohr sprang aus seiner Halterung. Nora beugte sich herunter und konnte die Handschellen vom Rohr lösen. Schnell richtete sie sich auf, sackte jedoch augenblicklich wieder zusammen, weil ihr schwindelig wurde und sie sich erbrechen musste.

Maria begann zu weinen.

«Bitte machen Sie mich los! Die bringen mich um!»

Nora bedeutete ihr zu schweigen.

«Ich gehe nach draußen und suche die Polizei. Sie müssen jetzt ganz still bleiben.»

Nora nahm Marias Hand.

«Maria. Ich verspreche Ihnen, Sie kommen hier lebend raus. Ich verspreche es.»

Während Marias Schluchzen langsam verebbte, durchsuchte Nora die halbdunkle Küche. Es schienen einige Jahre vergangen zu sein, seit jemand hier das letzte Mal gekocht hatte, doch in den Schubfächern lagen immer noch Küchengeräte kreuz und quer.

Erst griff Nora nach einem Nudelholz, doch dann entschied sie sich für ein rostiges Schälmesser.

Sie trat hinaus in einen heruntergekommenen Korridor. Das Licht wies ihr den Weg in einen leeren Speisesaal und von dort aus weiter in einen Wintergarten, aus dem Geräusche zu hören waren. Vorsichtig schlich sie an der Wand entlang, um ungesehen näher zu kommen.

Der Wintergarten wurde von flackernden Stumpenkerzen erhellt, die in einem Kreis um einen ungefähr achtjährigen Jungen aufgestellt worden waren. Der Junge starrte apathisch in die Luft. Seine Pupillen waren stark geweitet. Das musste Joseph sein.

Vor ihm kniete ein Mann, der von der Hüfte aufwärts nackt

war. Sein ebenholzfarbener Oberkörper glänzte von Schweiß, obwohl es kalt im Zimmer war, und er hielt eine Art Predigt in einer Sprache, die Nora nicht verstand Der Mann war vollständig auf den Jungen fixiert sowie auf einen Altar dahinter, auf dem drei schwarze Figuren und eine Maske standen. Vor dem Mann lag ein Messer, der schwarze Schaft stellte einen afrikanischen Gott mit hervorstehenden Augen dar. Die Klinge glänzte unheilvoll im Widerschein der Kerzen.

Langsam pirschte Nora sich heran, baute sich schließlich hinter dem knienden Mann auf und drückte ihm die Spitze des Schälmessers in den Nacken. Er zuckte zusammen, und Nora hoffte, sein Schock würde dafür sorgen, dass er wenigstens für einen Augenblick glaubte, sie bedrohe ihn mit einem echten Messer.

«Hände hoch, sofort!», rief sie.

Langsam reckte der Mann seine Hände in die Luft. Als er versuchte, sich zu ihr umzudrehen, drückte sie ihm die Spitze des Schälmessers tiefer in die Nackenfalte.

«Keine Bewegung.»

Der Mann gehorchte, und Nora wandte sich an den Jungen, der mit leerem Blick vor ihnen hockte.

«Joseph? Bist du Joseph?»

Keine Reaktion.

«Was haben Sie ihm gegeben?», fragte sie den Mann.

Als keine Antwort kam, bohrte sie ihm das Messer noch tiefer in den Nacken.

«Joseph. Kannst du mir das große Messer bringen, das dort vor dir liegt? Sei ein lieber Junge.»

Immer noch keine Reaktion.

Die Sekunden verstrichen, und Nora spürte, dass es ihr immer schwerer fiel, den Mann mit dem Messer in Schach zu halten.

«Joseph. Komm schon!», rief sie.

Plötzlich war es, als würde der Junge aus einem tiefen Schlaf erwachen. Er öffnete den Mund und schrie. Immer lauter. Vor Schreck ließ Nora das Messer fallen, woraufhin der Mann sich zu ihr umdrehte. Mit einem Ruck kam er auf die Beine, langte nach der Machete und richtete sie auf Nora.

Als sie unwillkürlich zurückwich und gegen einen Stuhl stieß, verlor sie das Gleichgewicht.

Der Mann lächelte siegessicher, und an der Anspannung seiner Muskeln konnte sie erkennen, dass er zum Schlag mit der Machete ausholte.

Doch in der nächsten Sekunde verschwand das triumphierende Lächeln von seinem Gesicht, und er ließ das große Messer auf die braunen Bodenfliesen fallen.

Aus dem Hintergrund erklang eine Stimme.

«Tja, das war's dann wohl für heute.»

Kapitel 39

Nora wandte sich um und sah direkt in den Lauf einer Tokarew-Pistole. Der Mann, der auf sie zielte, war Anton Bugakov, flankiert von zwei sehr ernst dreinblickenden Begleitern. Nora wich zur Seite, doch einer der beiden Muskelmänner packte sie, griff ihr in den Mantelkragen und zog einen kleinen silbernen Gegenstand aus der Kragenfalte. Dann grinste er sie provokativ an.

«Spasiba», sagte er.

Nora starrte Bugakov an.

«Sie haben mich beschatten lassen?!»

Nora erinnerte sich an ihren Besuch in Bugakovs Villa und an den Butler, der ihr den Mantel abgenommen hatte. Er hatte leichtes Spiel gehabt, ihr eine Wanze unterzujubeln. Und natürlich war das der einzige Grund, warum ein mächtiger Oligarch wie Bugakov sich überhaupt zu einem Interview mit einem lausigen dänischen Magazin wie *Globalt* herabgelassen hatte.

Bugakov zuckte mit den Schultern, ohne ein Zeichen der Reue.

«Ich will meinen Sohn zurückhaben. So einfach ist das. Ich würde alles tun, um ihn zu finden. Und Sie schienen mir die beste Möglichkeit zu sein.»

Er nickte dem Mann zu, der die Wanze aus Noras Kragen gefischt hatte, und erteilte ihm eine Anweisung auf Russisch. Die Bodyguards verließen den Raum und machten sich an die Arbeit, das Gebäude zu durchsuchen. Bugakov stieß die Machete mit dem Fuß in die entgegengesetzte Ecke des Raumes und starrte ihren Besitzer zornig an.

«Ich weiß, dass Vigga Nicholas hat. Wo ist er?», fragte er.

Der Mann schüttelte den Kopf, und auf seinem Gesicht breitete sich ein Grinsen aus, das Nora an einen Raubfisch denken ließ, der auf der Lauer lag und auf nichtsahnende Badegäste wartete.

Bugakov entsicherte seine Pistole.

«Ich frage Sie ein letztes Mal», sagte er. «Wo ist mein Sohn?»

Der Mann spuckte vor Bugakov auf den Boden. Aus seinem Mund drangen Laute, die Nora in kalten Schweiß ausbrechen ließen. Es war ein Hohngelächter wie von einer Hyäne.

«Mich schützen Mächte, die du niemals verstehen wirst, weißer Mann. Mir kannst du nichts anhaben. Mein Juju ist stark.»

«Interessante These», sagte Bugakov und schoss dem Mann ins Knie, worauf der brüllend auf dem Boden zusammensackte. Er krümmte sich und hielt sein verletztes Knie, das Gesicht schmerzverzerrt.

«Sitzt dort dein Juju? Oder vielleicht doch im anderen Knie? Wollen wir mal nachsehen?», fragte Bugakov beherrscht.

Plötzlich sprudelten die Worte aus dem Mann wie ein Wasserfall: Vigga und Ninette seien nicht im Haus, er habe sie an einer Tankstelle aussteigen lassen, und von dort aus seien sie mit einem anderen Auto weitergefahren. Es sei ein grauer Ford Escort gewesen, aber nein, an das Kennzeichen erinnere er sich nicht. Vielleicht etwas mit einem L. Und einer Vier.

Als Bugakov gegen das andere Knie des Mannes trat, erklärte

der unter Schreien und Tränen, Vigga und Ninette seien auf dem Weg nach Frankreich. Und nun wahrscheinlich schon über alle Berge.

Bugakov packte die Weißglut, als ihm klarwurde, dass er umsonst hierhergekommen und sein Sohn schon längst nicht mehr im Land war.

Er drehte sich auf dem Absatz um und hechtete aus dem Gebäude, seine beiden Begleiter auf den Fersen. Nora lief in den Speisesaal, und als sie aus dem Fenster blickte, sah sie gerade noch, wie Bugakovs schwarzer BMW aus der Einfahrt preschte, dass der Schlamm nur so in alle Richtungen spritzte. Sie schaute auf die Uhr ihres Handys. Es war bereits Mitternacht. Wo steckte Pete? Und die Polizei?

Nora ging zurück in die Küche und versuchte, Maria von ihren Fesseln zu befreien, damit sie endlich zu Joseph konnte, der immer noch zusammengekauert im Wintergarten lag.

«Wo ist Joseph?», fragte Maria, während Nora an dem alten Heizkörper ruckelte.

«Er ist hier. Keine Angst, er ist am Leben. Und der Mann, der ihm weh tun wollte, ist außer Gefecht gesetzt.»

«Evergood», flüsterte Maria.

«Charles Evergood? Der Stifter der Kinder Gottes?»

«Nein. Sein Bruder Emmanuel. Er ist das Böse in Person.»

Noch bevor Nora antworten konnte, schallte ein verzweifeltes Rufen durch den leeren Speisesaal.

«Nein! Nein! Hilfe!»

Ohne zu zögern lief Nora in den Wintergarten.

Joseph war in seiner Trance aufgestanden und hielt die Machete über Emmanuel Evergood erhoben, die Augen weit aufgerissen, der Mund verzerrt. Was auch immer Evergood dem Jungen verabreicht hatte – die Wirkung schien langsam abzuklingen.

«Hilfe! Hilfe! Helfen Sie mir doch!», rief Evergood und starrte zu Nora herüber.

«Dämon. Dämon», murmelte Joseph.

Nora ging einen Schritt auf ihn zu.

«Joseph. Komm, leg das Messer weg. Komm schon», sagte sie mit sanfter Stimme.

Joseph reagierte nicht, sondern holte noch weiter mit der Machete aus. Sein dünner Arm zitterte unter dem Gewicht der großen Waffe.

«Böse. Er ist böse. Der Dämon ist böse.»

«Joseph, hör auf. Wenn du anderen weh tust, gewinnt das Böse. Leg das Messer weg.»

Plötzlich blickte er zu ihr auf, und Nora sah, wie ihm die Tränen über die Wangen liefen.

«Bin ich böse?», fragte er.

«Nein, Joseph, du bist nicht böse. Du bist ein guter Junge», sagte Nora mit tränenerstickter Stimme.

«Aber Gott hat mich verlassen. Das hat der Pastor selbst gesagt.»

Nora schüttelte den Kopf.

«*Ihn* hat Gott verlassen. Nicht dich.»

Sie kniete nieder und breitete die Arme aus, um den kleinen Jungen zu umarmen.

Langsam ließ Joseph das Messer sinken, sein Gesicht schien sich zu entspannen, und er war wieder ein achtjähriger Junge.

Er machte einen vorsichtigen Schritt auf Nora zu. Genau in diesem Augenblick versuchte Evergood, der immer noch mit zertrümmerten Knien am Boden kauerte, nach der Machete zu greifen.

Aber Evergood hatte den Jungen unterschätzt, den er seit Monaten misshandelt hatte. Geschickt drehte Joseph die Machete von seinem Peiniger weg, und stieß sie ihm in den Unterarm. Dann zog er das Messer wieder heraus und lief in Noras offene Arme.

Sie nahm Joseph die Machete ab und legte sie hinter einen Steinkübel mit vertrockneten Yuccapalmen.

▪

Nora band das Tuch, mit dem Maria geknebelt worden war, um Evergoods Arm, um die schlimmste Blutung zu stillen. Er schien zwischen Bewusstlosigkeit und Bewusstsein hin- und herzugleiten, offenbar war der Schmerz so stark, dass sein Gehirn sich in unregelmäßigen Abständen ausschaltete.

Dann nahm Nora Joseph mit in die Küche. Er setzte sich auf Marias Schoß und verbarg sein Gesicht an ihrer Schulter. Sie hielt den Jungen und strich ihm langsam und beruhigend übers Haar.

«Ich muss noch einmal zurück zu Evergood. Wenn er nach britischem Gesetz bestraft werden soll, muss er am Leben bleiben», erklärte Nora.

«Gottes Wille sei Gottes Wille», sagte Maria.

Nora wich nicht von Emmanuel Evergoods Seite, bis sie in der Einfahrt das Blaulicht aufblinken sah.

Dann ging sie hinaus, um Millhouse zu empfangen und nach Pete zu sehen.

Kapitel 40

Sie traf Pete in der Einfahrt. Offensichtlich war er leicht verfroren und sein männliches Ego angeknackst. Er erzählte, dass er Bugakovs Wagen in die Einfahrt hatte einbiegen sehen, worauf er versucht hatte, an den Männern vorbeizukommen und Nora zu warnen. Dabei war er von einem von Bugakovs Handlangern mit einem Elektroschocker außer Gefecht gesetzt worden.

Sie gingen zurück zu der alten Schule, wo Evergood gerade unter Millhouse' Aufsicht in einen Krankenwagen bugsiert wurde.

Millhouse sah zu Nora.

«Spencer wartet drinnen auf dich. Er hat nicht so gute Laune.»

«Er hat nie gute Laune. Dabei hätte er jetzt allen Grund dazu», zischte sie zwischen zusammengebissenen Zähnen.

Pete schlüpfte ebenfalls ins Haus und knipste diskret einige Bilder mit seiner typischen Fotografen-Miene, die ausdrückte, dass er jedes gute Recht besaß, hier zu sein und zu fotografieren.

Spencer stand im Wintergarten, umgeben von Kriminaltechnikern in weißen Papieranzügen. Er selbst trug Plastiküberzieher über den Schuhen.

«Nora, was zur Hölle war hier los? Irgendein satanistisches Ritual? Und was machen Sie eigentlich hier? Hatten Sie Millhouse nicht versprochen, sich fernzuhalten?»

Nora entschied sich, die letzte Frage zu ignorieren.

«Und Emmanuel Evergood? Er hat Schusswunden, Schnittwunden! Wer ist dafür verantwortlich?»

Nora überlegte einen Augenblick, ehe sie antwortete. Früher oder später würde er sowieso die Wahrheit erfahren.

«Bugakov war hier und hat nach seinem Sohn gesucht.»

Spencer sah sie skeptisch an.

«Mit einer Pistole? Ja, das sieht ihm ähnlich. Aber mit einem Messer? Das ist nicht sein Stil.»

Nora zuckte mit den Schultern.

«Was soll ich sagen? Der Mann war außer sich vor Verzweiflung. Das kommt ja vor, dass die Leute nicht mehr sie selbst sind, wenn ihrem Kind etwas zustößt.»

«Wo ist er jetzt?»

«Wieder unterwegs. Ich schätze, er wollte Richtung Dover.»

Spencer ging zu einem der Beamten und gab ihm eine knappe Anweisung.

«Meine Leute werden den Hafen beschatten. Der kommt auf keine Fähre, ohne dass wir davon Wind kriegen.»

«Wo ist Craven eigentlich?», fragte Nora.

«In Peckham. In dem Haus muss Schreckliches passiert sein, wir haben jede Menge Blut gefunden.»

Spencer sah sie an.

«Ich kann Ihnen nicht allzu viele Details verraten, aber der Typ von der Rechtsmedizin vermutet, dass in diesem Keller mindestens drei Menschen so viel Blut verloren haben, dass sie daran gestorben sind. Und dann diese Tierleichen. Wir müssen Experten aus Nigeria einberufen, um den Fall gründlich aufzuklären.»

«Was ist mit Abioni?»

«Wir haben ein Messer in dem Haus gefunden, das zu den Verletzungen passt, die ihm zugefügt wurden, als ihm das Herz herausgeschnitten wurde. Unser Hauptverdächtiger ist der Mann, den wir im Garten überwältigt haben. Die Kriminaltechniker haben seine Machete ins Labor mitgenommen.»

«Danke.»

«Danken Sie nicht mir. Bringen Sie lieber die Frau in der Küche zum Reden. Mit uns will sie nicht sprechen.»

Nora und Spencer betraten die Küche. Maria kauerte an der Wand, und auch nachdem Spencer ihre Handschellen entfernt hatte, machte sie keinerlei Anstalten aufzustehen. Stattdessen strich sie Joseph, der seinen Kopf in ihren Schoß gelegt hatte, durchs Haar und summte vor sich hin. Es klang nach einem Schlaflied.

Nora ging vor ihr in die Hocke.

«Maria. Kannst du mir erzählen, was passiert ist?»

Maria sah Nora vorwurfsvoll an.

«Joseph friert», sagte sie nur.

Spencer verließ die Küche. Kurz darauf kam er mit einer Decke und einer Thermosflasche mit warmem Tee zurück. Er goss den Tee in den Deckel und reichte ihn Maria, nachdem sie Joseph in die warme Decke eingewickelt hatte.

«Wo ich herkomme, kann man der Polizei nicht trauen. Das kann tödlich enden», erklärte sie geradeheraus.

Nora streckte ihre Hand aus und berührte Marias Arm.

«Ich weiß. Das hat Abioni mir auch erzählt.»

«Weißt du, wer ihn getötet hat?»

Nora nickte.

«Die Polizei hat den Mann gefasst», sagte sie.

Maria nickte nachdenklich.

Nora ließ sich neben ihr auf den Boden gleiten. Spencer saß mit dem Rücken an der gegenüberliegenden Wand.

«Ich kenne ihn. Und ich vertraue ihm», sagte Nora und deutete in Spencers Richtung.

Maria sah zu Spencer hinüber.

«Warum?»

«Er hat mir mal das Leben gerettet.»

Maria nahm Noras Hand.

«Wirst du mit mir beten?»

Nora nickte perplex und ließ Maria ihren Gott anrufen. «Amen», sagten sie am Ende im Chor.

«Wir reinigen unsere Seele und bitten um Gottes Vergebung», fügte Maria hinzu.

Dann begann sie, von ihrem Neffen Joseph zu erzählen, der zu Hause in Nigeria in die Klauen der Kinder Gottes geraten war. Davon, wie sie Abioni um Hilfe gebeten hatte und sich als seine Spionin in die Sekte einschlich.

«Ich habe eine gute Ausbildung und spreche fließend Englisch, deshalb wollten sie mich als Missionarin mit nach Großbritannien nehmen. Auch damit ich mich um die Kinder kümmern kann. Ich kann gut mit Kindern umgehen.»

«Was ist mit Ihrem Neffen passiert?», warf Spencer ein.

Maria saß für eine Weile da und versuchte, die Fassung zu bewahren. Dann stieß sie einen trockenen Schluchzer aus.

«Ich weiß nicht, ob er jemals wieder er selbst sein wird. Aber er lebt. Er ist noch am Leben», sagte sie und strich Joseph durch das Haar.

Sie berichtete, dass die christliche Kirche unter der Evergood-Familie mit mächtigen Hexendoktoren gemeinsame Sache gemacht hatte und die traditionelle schwarze Magie mit christlichen Botschaften verschmolzen wurde. Einige Mitglieder des Kults hatten schreckliche Rituale wiederbelebt und weiterentwickelt und diese als Geldmaschinerie für die Kirche missbraucht.

«Den Leuten fiel es leichter, für die schwarze Magie zu bezahlen, wenn sie das Gefühl hatten, dass es mit dem Segen der Kirche geschieht. Obwohl sie sich darüber im Klaren waren, dass Evergoods Hexendoktoren Kinder opferten, zahlten sie Ablässe an die Kirche, und die Priester taten so, als wären die Kinder bei missglückten Dämonenaustreibungen ums Leben gekommen.»

Spencer rieb sich mit seiner großen Hand das Gesicht.

«Jetzt noch einmal zum Verständnis: Diese Sekte hier hat regelmäßig Kinder umgebracht? Warum wurde nichts dagegen unternommen?»

Maria sah ihn an.

«Die Kirche ist mächtig, und die Menschen sind fromm in ihrem Glauben», sagte sie.

«Und jetzt haben die sich hier in dieser verlassenen Schule niedergelassen?», fragte er mit Abscheu in der Stimme.

«Ja», antwortete Maria.

Spencer rang um Fassung.

«Wie viele Kinder wurden hier in London festgehalten?»

«Nur zwei, nein, drei.»

«Das verstehe ich nicht.»

«Joseph und Elias sind aus Nigeria mitgekommen. Evergood hatte für sie die nötigen Pässe und Papiere besorgt. Wir haben in der Villa gewohnt, und ich sollte im Keller auf sie aufpassen, bis sie so weit waren.»

«Wo ist Elias jetzt?», fragte Nora sanft.

Maria schüttelte den Kopf und brach erneut in Tränen aus.

«Erzähl mir von Elias», bat Nora.

«Er war Albino. Und Albinos sind sehr kostbar. Ich glaube, dass er eigentlich am Leben bleiben sollte. Doch seine Hände und vielleicht auch seine Füße sollten bei der großen Opferung hergegeben werden.»

«Aber?»

«Sie haben eine seiner Hände geopfert. Und dann ist er krank geworden. Sehr krank. Er hat sich gegen die Kellerwände geworfen und irgendetwas von Dämonen geschrien. Doktor Omotundo ist mehrmals gekommen, um ihn zu untersuchen, aber er konnte ihn nicht beruhigen. Ich war die Einzige, die ihn dazu bringen konnte stillzusitzen. Das hat auch Joseph mitbekommen.»

«Was ist das für ein Doktor?», fragte Spencer beunruhigt.

«Ein Hexendoktor, er praktiziert Juju», erklärte Maria.

«War das der Mann im Garten, Maria?», fragte Nora.

«Ja.»

Nun konnte Maria die Tränen nicht mehr zurückhalten. Spencer saß ganz ruhig da und ließ sie die Fassung wiedergewinnen, bevor sie weitererzählte.

«Eines Abends ist Omotundo in den Keller gekommen und hat gesagt, dass er eine besondere Medizin für Elias hat.»

«Und was war das für Medizin?», fragte Spencer.

Maria schüttelte den Kopf.

«Ich weiß nicht genau, eine Juju-Medizin. Sie zwangen Elias, das Mittel zu trinken. Sie wollten ihm einreden, er sei ein Hexenjunge und dass die Medizin das Böse aus ihm herausspülen würde.»

Maria machte eine Pause, bevor sie fortfuhr.

«Ich habe um sein Leben gebettelt. Habe ihnen versprochen,

Elias zu beruhigen. Aber Omotundo wollte nicht auf mich hören. Er hat Elias mitgenommen, und mich haben sie eingeschlossen. Ich konnte hören, wie Leute kamen und gingen. Aber Elias ist nie zurückgekehrt.»

«Sie haben von drei Kindern gesprochen», hakte Spencer nach.

«Am nächsten Morgen war ein neuer Junge im Keller. Er war weiß, nicht so wie die anderen. Er war auch nicht von Dämonen besessen, sondern hat sich vor jemandem versteckt, wenn ich das richtig verstanden habe. Seine Großmutter war auch dabei. Sie hat auf ihn aufgepasst, und die beiden haben ein eigenes Zimmer bekommen. Manchmal durften sie ohne Aufsicht nach oben in die Küche gehen. Das war eigentlich niemandem gestattet.»

«Wissen Sie, wie der Junge hieß?»

«Die Frau hat ihn Nicholas genannt, glaube ich. Er schien keine Angst zu haben. Evergood kam zweimal vorbei, und ich konnte merken, dass er viel Respekt vor der Frau hatte. Sie kannte den Stifter Charles Evergood noch persönlich.»

«Und wissen Sie, wohin sie jetzt unterwegs sind?»

Maria schüttelte den Kopf.

«Nein. Irgendwann habe ich mich hoch ins Büro geschlichen, um Abioni anzurufen. Ich war entsetzt, dass Elias verschwunden war. Wir hatten verabredet, dass ich abwarte, bis Abioni mich von sich aus kontaktiert, aber ich konnte nicht länger warten. Der Professor nahm seine Anrufe nicht entgegen. Ich wurde panisch und begann zu zittern, wobei ich eine Teetasse umstieß. Sie fiel auf den Boden, überall waren Porzellanscherben. Emmanuel Evergood kam, und ich hatte keine gute Erklärung, was ich in der Nähe der Archive und beim Telefon zu suchen hatte. Danach vertraute er mir nicht mehr und hielt mich unter Beobachtung.»

Die Thermoskanne war schon längst leer, und Joseph war inzwischen eingeschlafen. Spencer deutete auf den Jungen.

«Wir müssen ihn im Krankenhaus untersuchen lassen. Wir wissen nicht, was in der Medizin war, die Evergood ihm verabreicht hat.»

Maria hielt den Jungen fest.

«Ich lasse ihn nicht allein!»

Spencer hob beschwichtigend die Hände.

«Sie dürfen selbstverständlich mitkommen. Ich werde Sie beide nicht trennen, okay?»

Sie nickte und ließ sich anschließend zu Spencers Jaguar hinausführen. Spencer trug den Jungen und legte ihn behutsam neben Maria auf den Rücksitz. Dann nickte er Nora zu.

«Sollten Sie nicht auch langsam nach Hause ins Bett? Es ist schon fast Morgen.»

Nora fühlte sich, als hätte jemand auf einen Knopf gedrückt, auf dem Erschöpfung stand, und ihr die volle Dosis gegeben. Ihre Muskeln schrien vor Müdigkeit, ihre Hände pochten schmerzhaft, und am liebsten hätte sie sich an Ort und Stelle auf den Boden gelegt.

Doch stattdessen ging sie Pete suchen und fand ihn im Speisesaal, wo er mit einem von Spencers Kriminaltechnikern Tee trank. Er reichte Nora die immer noch halbvolle Tasse, und sie trank gierig. Die Wärme strömte wohltuend ihren Hals hinab.

«Können wir jetzt nach Hause fahren?», sagte sie mit müder Stimme.

Pete stand auf.

«Ich dachte, du fragst nie.»

Kapitel 41

Die Wintersonne zeichnete einen flimmernden Silberstreifen über den Kopenhagener Flughafen. Nora holte ihre Sonnenbrille aus der Tasche, lenkte den Mietwagen auf die Autobahn und nahm Kurs in Richtung Storebælt-Brücke. Laut Navi wäre sie in ungefähr drei Stunden am Ziel, wenn sie zwischendurch keine Pausen machte.

Sie schaltete Spotify ein und fuhr in Gesellschaft von Jimi Hendrix an nackten Feldern vorbei. Seine Gitarre und die schwerfällige Stimme erzählten von Joe und davon, was er mit seiner untreuen Frau angestellt hatte.

Im Auto war Nora wie in ihrer eigenen kleinen Seifenblase, hier konnte sie sich sammeln. Solange sie fuhr, hatte sie ihre Ruhe vor Krebs und konnte ihre Gedanken ordnen.

Sie hatte noch nicht einmal die Hälfte der Strecke hinter sich, als sich eine plötzliche Sehnsucht in ihr breitmachte. Andreas war noch immer in ihrem System, egal, wie sehr sie versucht hatte, sich von ihm freizumachen.

Als sie gerade eine Pause einlegte, um sich die Beine zu vertreten und einen Kaffee zu kaufen, rief Krebs an.

«Wo bist du?»

Nora erzählte ihm, dass sie gerade Fünen überquerte.

«Okay. Halt mich über alles auf dem Laufenden.»

Sie ließ ihn reden. Kein lobendes Wort hatte er darüber verloren, als sie ihm vor einigen Tagen einen Sensationsartikel sondergleichen über schwarze Magie und unfassbare Kindesmisshandlungen unter dem Deckmantel der Kirche abgeliefert hatte.

Der Fall war nicht nur durch die Topnachrichten der britischen Presse gegangen, sondern auch durch die internationalen Medien. Doch während alle anderen sich auf die Pressekonferenzen und O-Töne der Polizei verlassen mussten, hatte Nora die vollständige Story liefern können. Sie hatte als Einzige ein Exklusivinterview mit Maria geführt.

Sobald Joseph aus dem Krankenhaus entlassen worden war, waren er und Maria in ein Haus in Camden gebracht worden, und die britischen Behörden wogen nun ab, ob es überhaupt vertretbar wäre, die beiden nach Nigeria zurückzuschicken. Nora hoffte, dass sie bleiben durften.

«Wann kannst du liefern?», fragte Krebs.

«Ich habe meinen Computer dabei. Ich schreibe, sobald ich alle Infos zusammenhabe.»

«Okay. Und lass dich morgen Nachmittag mal in der Redaktion blicken. Wir haben einiges zu besprechen.»

«Das klingt ja dramatisch», sagte sie halb im Scherz.

Krebs biss nicht an.

«Bring deine Story zu Ende. Wir sprechen uns morgen.»

Mit einem unruhigen Gefühl im Bauch setzte sich Nora wieder hinters Steuer. Noch nie hatte Krebs sie auf diese Weise, ohne Angabe von Gründen, zu einer Besprechung gebeten.

Sie schüttelte den Gedanken ab, lenkte den Wagen zurück auf

die Autobahn und fuhr den Rest der Strecke durch, bis sie schließlich in einen kleinen Feldweg einbog.

Sie fuhr im selben Moment auf den Hofplatz, in dem Johannes Egtved aus dem Stall kam. Er erkannte Nora und nickte ihr zu, als sie aus dem Auto stieg und sich nach der langen Fahrt streckte.

Egtved schloss die Stalltür hinter sich und betrachtete sie schweigend.

«Wo ist sie, Johannes?», fragte Nora.

Das Gesicht des Skulpteurs verhärtete sich.

«Wer? Ich weiß nicht, von wem Sie sprechen.»

Nora fixierte ihn mit dem Blick.

«Sie wissen sehr genau, von wem ich spreche. Also, wo ist sie?»

Nora überquerte den Hof und schaute durch die Küchenfenster. Johannes Egtved folgte ihr schweigend mit dem Blick.

«Da ist jemand im Haus. Im Wohnzimmer hat sich etwas bewegt», sagte sie laut.

Nora sah, wie Egtveds Körper zusammensank, als würde er aufgeben.

«Sie haben keine Befugnis, hier zu sein. Ich bitte Sie, jetzt zu gehen.»

Ohne darauf zu reagieren, lief Nora zur Rückseite des Hauses. Egtved folgte ihr. Sie klopfte an die Terrassentür, die ins Wohnzimmer führte.

Kurz darauf öffnete Vigga die Tür.

«Was wollen Sie?»

Nora stellte sich vor, dann sagte sie: «Das waren Sie mit der Burka, nicht wahr? Nicholas wäre niemals mit einer Fremden mitgegangen.»

Vigga rang sich ein Lächeln ab, antwortete jedoch nicht.

«Vigga, warum lassen Sie mich nicht herein und erzählen mir die ganze Gesichte aus Ihrer Perspektive? Ich bin überzeugt, Sie haben gute Gründe für Ihr Handeln. Sollen wir uns nicht bei einer Tasse Kaffee darüber unterhalten?», schlug Nora vor.

«Ich habe nur Tee im Haus», antwortete Vigga resigniert.

«Kein Problem», sagte Nora.

Egtved teilte Vigga mit, er würde zurück in den Stall gehen, wenn es Probleme gäbe, bräuchte sie ihn nur zu rufen.

«Wo ist Nicholas?», fragte Nora, als sie sich gesetzt hatten.

«Er ist bei seiner Mutter.»

«Wo?»

«Das kann ich natürlich nicht verraten.»

«Aber sie halten sich in der Nähe auf?»

Vigga senkte den Blick auf die Tischplatte.

«Ich kann über alles sprechen, nur nicht darüber, wo mein Enkel ist. Wenn Bugakov ihn findet, sehen wir ihn nie wieder. Und er wird meine Tochter umbringen.»

«Ach was! Wir sind hier schließlich immer noch in Dänemark.»

Vigga konnte als Antwort nur schnauben.

Fast zwei Stunden sprachen sie miteinander und rollten noch einmal die ganze Geschichte auf, wie Ninette voller Verzweiflung ihren Sohn aus den Klauen Bugakovs hatte retten wollen.

«Während sie noch zusammengelebt haben, ist sie eines Nachts an seinen Schreibtisch gegangen, als sie allein zu Hause war. Sie fand unterschriebene ärztliche Atteste, die Bugakov gekauft haben musste. Sie bescheinigten ihr Geisteskrankheit, sie sei ein Risiko für das Wohlergehen des Kindes und so weiter. Die Berichte lagen bei den Scheidungspapieren, schon bevor sie sich getrennt hatten. Ninette war vollkommen schockiert», erklärte Vigga.

«Und dann hat sie Sie mit ins Spiel gebracht?»

Vigga nickte.

«Ja. Ich wusste keinen Rat. Was sollten wir schon gegen Bugakovs Millionen ausrichten? Gegen seine teuren Anwälte? Also habe ich Charles angerufen.»

«Charles Evergood?»

Vigga nickte.

«Vor vielen Jahren bin ich mit den Kindern Gottes durch Nigeria gereist. Erst gemeinsam mit meinem damaligen Mann, später mit Ninette. Da habe ich Charles getroffen. Wir sind uns näher gekommen.»

«Waren Sie ein Paar?»

«Es war Liebe auf den ersten Blick. Jedenfalls für mich.»

«Aber nicht für ihn?»

«Charles war dabei, eine Kirche in Nigeria aufzubauen. Er hat sein Leben für die Gottesarbeit geopfert. Es wäre nicht richtig für ihn gewesen zu heiraten.»

«Warum sind Sie wieder nach Hause gekommen?»

Vigga seufzte und schaute aus dem Fenster.

«Es war ein hartes Leben für ein kleines Mädchen. Wir sind von Ort zu Ort gereist, und wo immer wir waren, hat Ninette die Aufmerksamkeit auf sich gezogen. Die Leute wollten ständig ihr blondes Haar berühren, andauernd wurde sie angestarrt. Die meisten meinten es nur gut, aber es gab auch ... Tja, wie soll ich sagen ... religiöse Menschen, denen es egal war, dass ich mit Charles reiste. Wer war ich schon? Seine Frau jedenfalls nicht. Allmählich wurde die Stimmung in unserer Gruppe immer angespannter, und weil ich nicht darauf einging, ließen sie es an Ninette aus.»

«Inwiefern?»

«Sie redeten mit ihr über mich. Fragten sie, ob sie sich für mich schämte. Es war psychischer Terror. Irgendwann wollte das Kind das Haus nicht mehr verlassen und weigerte sich, zur Kirche zu gehen. Sie hatte Angst vor den Erwachsenen. Da fasste ich den Entschluss, dass es das Beste für Ninette wäre, in Dänemark aufzuwachsen, damit ihr niemand Schaden zufügt. Und daran habe ich mich gehalten. Doch dann hat sie Bugakov getroffen.»

Vigga sprach seinen Namen mit Abscheu in der Stimme aus.

«Sind Sie die ganze Zeit über mit Evergood in Kontakt geblieben?», fragte Nora.

«Mit den Jahren immer weniger. Ab und zu habe ich von ihm gehört. Zu Weihnachten etwa. Irgendwann erzählte er mir, dass sein Bruder dabei war, die Kinder Gottes in London zu etablieren, und da keimte in mir die Hoffnung auf, dass er mir dabei helfen könnte, Nicholas zu verstecken und nach Dänemark zu bringen.»

«Wie haben Sie Nicholas aus dem Einkaufszentrum gelockt?»

«Ich habe ihm erzählt, es sei ein Spiel. Da hat er natürlich mitgemacht. Obwohl ich die Burka getragen habe, hat er mich sofort an der Stimme erkannt.»

«Und dann haben Sie ihn mit nach Peckham in die Villa gebracht?», fragte Nora.

«Ja. Das war ein großer Fehler. Schon als ich dort ankam, wurde mir das klar. Im Keller waren zwei andere Kinder, die fürchterlich behandelt wurden. Ich versuchte, Nicholas so gut es ging vor all dem zu schützen, aber ich hatte solche Angst vor diesem Doktor Omotundo.»

«Wieso?»

«Er war der Herr des Hauses und ein sehr harter Mensch. Es gab dort dieses Mädchen, Maria, die sich um die Kinder kümmerte. Sobald Omotundo den Raum betrat, fing sie an zu zittern.»

«Warum sind Sie dort geblieben?», wollte Nora wissen.

«Ich habe mich nicht getraut zu gehen. Ninette war nach Dänemark zurückgekehrt, um für Nicholas und sich alles vorzubereiten. Charles hatte versprochen, uns Papiere zu beschaffen, damit wir die Fähre nehmen könnten, ohne Verdacht zu erregen. Ich habe es einfach nicht gewagt, London zu verlassen, solange überall nach dem Jungen gefahndet wurde.»

Nora machte Notizen auf ihrem Block.

«Aber was ist mit den beiden anderen Kindern im Keller? Haben Sie etwas unternommen, um sie zu retten?»

Vigga schloss die Augen.

«Nein. Und dafür wird Gott mich eines Tages bestrafen. Aber was hätte ich tun sollen? Omotundo ging immer mit einem großen Knüppel durchs Haus und hielt Wache. Ich musste Nicholas beschützen, das war die oberste Priorität.»

Nora wechselte das Thema.

«Aber nach Nicholas wurde im ganzen Land gesucht. War das Risiko, entdeckt zu werden, nicht unglaublich hoch?»

«Schon, aber irgendwann hat jemand Haartönung gebracht und Nicholas dunkel gefärbt. Alle haben nach einem blonden Kind gesucht. Neue Kleidung hat er auch bekommen. Zu uns sagten sie, sie würden seine Klamotten verbrennen, um keine Spuren zu hinterlassen.»

«Und das haben Sie geglaubt?»

«Was hatte ich denn zu diesem Zeitpunkt für eine Wahl? Omotundo hat keine Widerworte geduldet. Und auch wenn wir wegen meiner Verbindung zu Charles dort waren, war der meilenweit entfernt. Omotundo und Emmanuel Evergood hatten die Zügel in der Hand. Sie nahmen mir mein Handy unter dem Vorwand ab, dass es geortet werden könnte. Aus demselben Grund ließen sie mich auch nicht mit Charles telefonieren.»

«Was ist mit Nicholas' Sachen passiert?»

«Ich weiß es nicht. Ich habe mitbekommen, dass einer der Jungs aus dem Keller verschwunden ist. Elias. Das war der kleine Albino. Sie erzählten mir, dass er ins Krankenhaus gebracht worden war. Aber dann habe ich in den Nachrichten gesehen, dass der Torso eines Jungen gefunden wurde, der Nicholas' Weste trug. Ich war krank vor Angst, musste aber Ruhe bewahren und darauf hoffen, dass die Papiere für Nicholas bald eintreffen würden.»

«Haben Sie Omotundo nach dem Vorfall gefragt?»

«Ja. Er war völlig außer sich, weil ich ohne seine Erlaubnis ferngesehen hatte. Wenn ich nicht diese Verbindung zu Charles gehabt hätte, hätte er mich sicherlich verprügelt.»

Sie blickte aus dem Fenster.

«Eines Tages kam dann Emmanuel in das kleine Zimmer, in dem Nichols und ich wohnten, und sagte, ich solle mich für die Abreise bereitmachen. Die Papiere seien klar, und es bestehe ein gewisses Risiko, dass die Polizei unseren Aufenthaltsort kenne und jeden Moment vorbeikommen könne.»

«Und dann sind Sie mit dem Minibus geflohen?»

«Evergood hat den Bus bis zu dieser alten Schule gefahren, und ich half ihm dabei, die Kinder auszuladen. Joseph hatte etwas zur Beruhigung bekommen, und Nicholas hatte eine Heidenangst, als er sah, dass Maria in Handschellen lag.»

«Da hätten Sie doch wissen müssen, dass irgendwas an der Sache faul war?», fragte Nora mit gerunzelter Stirn.

Vigga sah sie trotzig an.

«Natürlich war mir das klar. Aber ich war gerade dabei, meinen Enkel zu retten. Was hätten Sie denn gemacht?»

Nora wechselte das Thema.

«Wie sind Sie nach Dänemark gekommen?»

«Für uns stand ein Auto an einer Tankstelle bereit. Die Papiere lagen im Handschuhfach. Also fuhren wir los und nahmen die nächste Fähre nach Calais. Bei der Passkontrolle gab es keinerlei Probleme, die Papiere waren täuschend echt.»

«Also haben Sie Maria und Joseph einfach ihrem Schicksal überlassen?»

Vigga sah unglücklich aus.

«Ich hätte natürlich gern die Polizei gerufen, aber ich habe es einfach nicht gewagt. Was, wenn sie den Anruf zurückverfolgten? Dann wäre alles umsonst gewesen.»

«Aber glauben Sie wirklich, dass Bugakov jetzt aufgibt?», fragte Nora.

Vigga schüttelte den Kopf.

«Nein. Ich weiß, dass er niemals aufgibt. Ich kenne ihn lang genug. Er hat das Leben meiner Tochter zerstört. Aber meinen Enkel bekommt er nicht. Nicht, solange ich es verhindern kann.»

Wenig später setzte Nora sich wieder ins Auto. Als sie ihr Navi neu einstellte, bemerkte sie eine Bewegung im Seitenspiegel. So unauffällig wie möglich klappte sie die Sonnenblende mit dem kleinen Make-up-Spiegel auf und justierte sie im richtigen Winkel.

So konnte sie in das hintere Stallfenster auf der anderen Seite des Hofes blicken. Für einen kurzen Augenblick glaubte sie dahinter eine Frau und einen Jungen zu erkennen, die zu ihr hinausschauten.

Zwei Sekunden später war niemand mehr zu sehen.

Und Nora fuhr los.

Kapitel 42

Nora wusste, dass es nicht die beste Idee war, ihn unangemeldet bei der Arbeit zu besuchen. Aber das Familienidyll in Frederiksberg würde sie definitiv kein weiteres Mal ertragen können.

Sie hatte in ihrem alten Kinderzimmer in Bagsværd gelegen und war ihre Möglichkeiten durchgegangen, während ihr Vater und Elvira mit dem Frühstück begonnen hatten.

Nora hatte Elvira am Vorabend kennengelernt, eine fröhliche Dame, die Noras Vater mit eisernem Willen zu einer Kleiediät und regelmäßigem Sport trimmte. Tatsächlich schien er schon etwas abgenommen zu haben und Elviras, wie er es nannte, Schreckensherrschaft aufrichtig zu genießen.

Nach einer Dusche ging Nora in die Küche hinunter und trank einen Kaffee mit ihrem Vater, bevor er ins Büro fahren und weiter an seiner Abhandlung über Corfitz Ulfeldts politische Dispositionen und Fehler arbeiten würde. Elvira war bereits beim Pilates.

«Geht es dir gut? Du siehst traurig aus», sagte Noras Vater.

«Ach, ich bin nur ein bisschen müde.»

«Machst du dir Sorgen wegen deiner Besprechung?»

Sie schüttelte den Kopf.

«Nicht wirklich», log sie.

Sie umarmte ihn und nahm die nächste Bahn in die Stadt.

Fünf Minuten wartete sie am Empfang, bis Andreas endlich herunterkam. Währenddessen hatte sie fünfmal das Hinweisschild gelesen, man solle sein Auto stets abschließen und seine Wertgegenstände mitnehmen, und begonnen, die Autos auf dem Parkplatz zu zählen und auszurechnen, wie viel Prozent davon schwarz waren. Aber jetzt stand er plötzlich vor ihr. In voller Montur.

«Was willst du?»

«Andreas. Entschuldige. Ich war einfach nicht ich selbst an diesem Tag.»

«Entschuldigung angenommen. Ist noch etwas?», fragte er steif.

«Könnten wir nicht –»

«Nein.»

«Was meinst du mit Nein?»

«Nora, ich habe keine Lust mehr auf diese Achterbahnfahrt. Ich bin jetzt Vater und ...»

Er zögerte.

«Und was?», fragte Nora.

«Birgitte geht es gerade nicht so gut. Ich muss nun für Viola da sein.»

«Wieso geht es ihr nicht gut?»

«Es ist kompliziert, Nora. Ich kann die Situation nicht noch schlimmer machen.»

Wie er so vor ihr stand, wirkte er äußerlich ruhig und kontrolliert, aber sie kannte ihn gut genug, um zu wissen, dass er zusammenbrechen würde, wenn sie ihn jetzt berührte.

Sie streckte ihm ihre Hand entgegen, aber er ergriff sie nicht. Stattdessen sah er sie nur an, als wollte er sie nie wieder gehen lassen. Auch wenn seine Worte etwas anderes sagten.

«Nora. Ich muss jetzt weiterarbeiten. Mach's gut.»

Und dann drehte er sich um und stieg wieder die Treppe hinauf in irgendein Büro, während die Empfangsdame so tat, als hätte sie nichts mitbekommen.

Mit mechanischen Schritten verließ Nora das Präsidium. Sie lief einfach geradeaus, ohne recht zu wissen, wohin.

Der Schmerz saß in ihrer Brust und stach jedes Mal zu, wenn sie einatmete.

Schließlich setzte sie sich auf eine Bank und überlegte, wen sie anrufen könnte. Aber da war keiner, mit dem sie sprechen wollte. Keiner außer Andreas.

Schließlich hielt sie ein Taxi an und fuhr zur Redaktion. Wenn alles in sich zusammenfiel, war da immer noch das Magazin. Und Krebs. Der sie zu einem Gespräch herbestellt hatte.

Als Nora sein Büro betrat, saß er hinter seinem Schreibtisch und legte sein Gesicht in ernste Falten.

«Du hast in letzter Zeit wirklich gute Arbeit geleistet», sagte er.

«Danke.»

«Wie du weißt, stecken wir finanziell momentan ein bisschen in der Klemme.»

Nora nickte, während die Gedanken in ihrem Kopf rotierten. Konnte er nicht einfach zum Punkt kommen?

«Aber es sieht ganz so aus, als kämen jetzt bessere Zeiten. Wir wurden von einem Kapitalfonds kontaktiert, der in *Globalt* investieren möchte. In unsere Zukunft. Das ist wirklich eine Riesensache, Nora. Sie hatten die freie Wahl, aber sie haben sich für uns entschieden», erklärte Krebs.

Nora wusste nicht, ob sie lächeln sollte, versuchte es aber.

«Gratuliere.»

Krebs wand sich in seinem Stuhl.

«Ja, das sind tolle Neuigkeiten. Aber es gibt auch einen Wermutstropfen, Nora. Nichts auf dieser Welt ist gratis.»

Jetzt kommt es, dachte Nora.

«Willst du mich feuern?»

Krebs hob die Hände.

«Nein, nein, nein. Auf gar keinen Fall. Immer mit der Ruhe.»

Nora atmete auf.

«Worum geht es dann?»

Krebs zögerte.

«Der Kapitalfonds, von dem wir hier sprechen, bekommt beträchtliche Zuschüsse von russischen Investoren. Und er hat ein paar Wünsche geäußert, bezüglich der Modernisierung der *Globalt*.»

«Nun spuck's schon aus, was ist los?»

Krebs räusperte sich.

«Der Fonds meint, wir müssen einige Außenkorrespondenzstellen streichen.»

«In London?» Sie spürte, wie ihr das Adrenalin durch die Venen rauschte. «Warum? Mit welcher Begründung?»

Krebs konnte nur mit den Schultern zucken. «Noch ist nichts in Stein gemeißelt, aber ja, London steht auch auf der Liste.»

«Bullshit!»

Nora spürte, wie ihr die Tränen in die Augen schossen.

«Ziehst du mich aus London ab? Ist das dein Plan?»

«Nicht endgültig. Aber vielleicht erst einmal vorläufig. Bis wir finanziell wieder auf dem Damm sind. Kannst du zumindest darüber nachdenken?»

«Ja, aber das ist doch nicht fair!»

Krebs schaute aus dem Fenster.

«Nein, Nora, ist es nicht. Doch die finanzielle Situation ist nun mal so, wie sie ist, und ehrlich gesagt hat sich in den letzten fünf Jahren kein weiterer Investor ernsthaft für uns interessiert.»

«Es muss doch andere Stellen geben, an denen wir sparen können», sagte sie verzweifelt.

Krebs nickte.

«Das stimmt. Wir können jederzeit jemanden feuern. Oder Washington, Brüssel oder Moskau abziehen.»

«Dann können wir uns gleich umtaufen und ab jetzt *Lokalt* nennen.»

«Nora, du weißt, wie brenzlig unsere finanzielle Lage ist», entgegnete Krebs.

«Klingt eher so, als wäre unsere journalistischen Lage brenzlig», konterte sie und starrte ihm fest in die Augen.

Er rieb sich die Stirn.

«Entschuldige. Am Ende des Tages treffe ich die finalen Entscheidungen. Aber ich wollte dich zumindest vorwarnen. Überleg dir, ob du für eine Weile hier von Dänemark aus arbeiten willst. Vielleicht fallen ja auch ein paar Recherchereisen an.»

Zehn Minuten später stand sie auf der Straße. Krebs hatte ihr drei Tage Bedenkzeit gegeben.

Nora nahm die U-Bahn zum Flughafen, checkte eine Stunde früher als nötig ein, setzte sich in ein Café, von dem aus sie die Flugzeuge beobachten konnte, trank Kaffee aus einem Pappbecher und versuchte, an rein gar nichts zu denken. Sie studierte die Abflugtafel mit Zielen wie Stavanger, Riga, Dubai, Rio. London.

Dann ging sie zum Gate und stieg in ihren Flieger.

Ein Buch zu schreiben, ist ein Prozess, der stets damit endet, dass die Autorin ihren Namen auf dem Buchdeckel wiederfindet, während diejenigen, die dabei geholfen haben, das Ganze voranzubringen, erst auf der letzten Seite genannt werden. So wird es auch hier sein.

Zuallererst geht ein besonderer Dank an meine tolle Lektorin Dorte, die mich in einer schweren Zeit, in der ich nicht mehr daran geglaubt habe, das hieraus tatsächlich ein Buch entstehen kann, an die Hand genommen hat. Danke, trotz allem, an Sune, für alle widersinnigen Einfälle, die der Autorin graue Haare beschert haben und die Leser zum Lachen bringen werden. So soll es sein.

Vielen Dank an meinen tollen Verlag. Diesmal geht ein besonderer Gruß an Sophia und Gerda, es war mir wie immer das größte Vergnügen, mit euch zusammenzuarbeiten. Und schließlich ein großer Dank an euch alle, die ihr das Buch an die Leser, auf Buchmessen und in Dänemarks schöne Buchläden vermittelt. Außerdem möchte ich mich bei Professor Hans Petter Hougen vom Rechtsmedizinischen Institut bedanken, der mir bei allen Fragen so freundlich und geduldig Rede und Antwort stand. Seine Expertise ist hier im Buch zu finden.

Ein großer Dank geht auch an die dänische Anwältin Verna, die mich darüber informiert hat, wie Scheidungsfälle an britischen Gerichten gehandhabt werden.

Viv, vielen Dank für deine feste Hand und deine Liebe und dein Verständnis für Nora und ihre Autorinnenmutter.

Danke an meine scharfsinnigen (und teils strengen) Korrekturleser und Übersetzer, Kor und Disa. Danke auch an meine anderen hart arbeitenden Übersetzer. Ich habe große Ehrfurcht vor eurer Arbeit, bei der ihr nicht nur übersetzt, sondern meine Bücher auch aktiv verbessert.

Und tausend Dank an alle Leser, nah und fern, in Dänemark und in aller Welt, die Nora Sand stets anfeuern und gerne Zeit in ihrer Gesellschaft verbringen. Ich bin so dankbar für eure Unterstützung.

Danke an all die Menschen, die diese Autorin hier am Leben halten, mit ihrer Freundschaft, ihrem Verständnis, ihrer Liebe, Nähe und praktischen Hilfe bei allem, wofür ich selbst kein Talent habe. Ihr wisst, wer ihr seid.

Ein besonderer Dank geht an Heidi, die so unfassbar großzügig die Türen zu ihrem Zuhause geöffnet hat, wo ich gerade sitze und das nächste Nora-Sand-Buch schreibe.

Vielen Dank an meine Familie, darunter meine wunderbaren Nichten und Neffen, die bisher nur die jugendfreien Zusammenfassungen meiner Bücher kennen und es ziemlich eintönig finden, dass immer irgendjemand verschwindet.

Normalerweise gibt es keine Widmungen in meinen Büchern, aber sollte ich es jemals tun, dann wäre dieses meinem Bruder Andreas gewidmet. Ich fasse mich kurz: Er ist ein guter Mann. Einer der besten, die ich kenne.

Und endlich kann ich meinem Kickboxtrainer sagen, dass es ein Unding ist, im falschen Land zu leben.

MIX
Papier aus verantwortungsvollen Quellen
FSC® C083411

Das für dieses Buch verwendete Papier ist FSC®-zertifiziert.